珠海市斗门区作家协会 一 编

黄杨月

作品集

2022年

团结出版社

UNITY PRESS

图书在版编目（CIP）数据

黄杨月作品集. 2022 年／珠海市斗门区作家协会编.
-- 北京：团结出版社，2023.6
　　ISBN 978-7-5234-0262-7

　　Ⅰ．①黄… Ⅱ．①珠… Ⅲ．①中国文学-当代文学-
作品综合集 Ⅳ．①I217.1

中国国家版本馆 CIP 数据核字（2023）第 127459 号

出　　版：团结出版社
　　　　　（北京市东城区东皇城根南街 84 号　邮编：100006）
电　　话：（010）65228880　65244790
网　　址：www.tjpress.com
E - mail：65244790@163.com
经　　销：全国新华书店
印　　刷：四川科德彩色数码科技有限公司

开　　本：145mm×210mm　　1/32
印　　张：9.125
字　　数：191 千字
版　　次：2023 年 6 月第 1 版
印　　次：2023 年 6 月第 1 次印刷

书　　号：ISBN 978-7-5234-0262-7
定　　价：68.00 元

《黄杨月作品集》（2022年）编委会

编委主任：赖春明

编委副主任：杨成樟

总　　编：黄龙汉

主　　编：黄春炳

执行编辑：陈国齐　梁冬霓　李　静

封面题字：

林墉（中国美术家协会原副主席、国家一级美术师）

万道清辉耀黄杨

黄杨山与黄杨河，以刚和柔的姿态，守候着斗门的四季与晨昏。因此，"黄杨"对于斗门人民来说，就是一种家乡的情结，"黄杨月"就具有了一番深长的意味。黄杨山上的月亮，黄杨河里的月亮，用清亮、静谧之光，沐浴着这片土地葱茏繁盛的万物；用祥和、笃定之魂，抚慰着这片土地的每一颗心灵。

走进斗门，你会觉得斗门就是一章基调质朴而又韵味无穷的散文诗，既有散文的优美，又有诗的灵气。这里，海风吹拂，渔舟点点，佳果飘香，草木繁茂，百花吐芳……一座良田万顷、厂房林立、交通飞跃发展的城市，正奏响激情澎湃的乐章，吐纳着生态的芬芳，步伐坚定地走向新征程。

一座城市的钟灵毓秀，需要用文学艺术的光芒渲染，才能彰其貌，显其魂；需要用淋漓笔墨的记载，才能铺展峥嵘的光辉岁月。沧海桑田的斗门，一路走来，都有作家笔力扛鼎，把繁花与歌声，火焰与荆棘，变成耐人寻味的篇章，供世人景仰。

从这期的《黄杨月作品集》里，我们可看见斗门的作家，带着对这片土地深深的眷恋，把一景一物、一人一事、一思一想，都浓缩在感情饱满的笔端。那些文字像淙淙流水，润泽着这片古老而沧桑的土地；它们也如一道道清辉，存在于书中，存在于天地间，交织成热爱的光，将斗门照耀。

　　本书共收录40位作家的作品，大部分为本土作家，风格各异，体裁不同，除了散文、小说、格律诗、现代诗之外，还有文学评论，拓展了更多的知识面，内容更为丰富。这些文章有的像飘逸的白云，轻盈而灵秀；有的像老木虬枝，苍劲有力；有的像一杯清茶，淡若无味却不失真意……细细品读，都是真情流露的笔墨，都是基于对现世、人生的深度观察、仔细思考。

　　在《斗门绿韵》《"红色摇篮"话南山》《古韵排山》《黄杨山赋》等一系列反映本土风貌的文章中，我们领略到斗门之美、斗门之韵、斗门历史的厚重与沧桑。在迎来社会大变革的今天，我们尤其要记住历史，保持历史意识，保持踔厉奋发的斗门精神，才能在危机中寻求发展的机遇，在发展的潮流中立于不败之地。

　　记住历史的同时，作家们不断发掘斗门的进取精神，捕捉时代脉搏，再现发展与蝶变的历程，书写了可歌可泣的感人故事。如乡村振兴题材的《鲈游四海　梦寄水乡》《蕉北明珠，古韵小托村》《如诗如画上洲村》等篇章，通过对乡村画面的描绘、农民生活改变的描写，体现了斗门这片古老土地蕴藏着的无限生机，也反映了政府对于三农工作的重视，在深情讴歌中寄托了美好的愿望。

各类小说中，有思考道德诚信的小说，有反映空巢老人生活状态的小说，也有歌赞美好爱情的小说……各种思想与表达，像百花绽放在斗门的这片热土上。我们也可看见作家们的社会担当意识，他们不局限于个人天地抒发情怀，而是深入生活，深入社会，把生活滚滚洪流中的各种人性凸显于笔端，寓教于事，让我们意识到，什么是真，什么是善，如何在心中埋下美的种子，并长成参天大树。一座城市的美，不单单是景观的美，更体现在人心之美。只有教化人心，文学才有传道解惑的意义。

在《无关输赢》《故园三题》《尾声》等篇章中，作家们的细腻情思可见一斑。日子热火朝天，我们也需要静听生活的细流，生活才会有质感。让人眼前一亮的还有《另类小贩》《甜品人生》等小品文，文章从小事入手，却都能表达出生活的况味与哲学。文学离不开生活，生活之事，无论大小，都是作家取之不尽、用之不竭的题材。

巍峨黄杨，斗门之魂。希望这本《黄杨月作品集》，能用一缕缕清辉，照亮读者的心灵，为大家展示斗门"山之仁厚，水之善美"的厚度与芬芳。

梁冬霓

2022 年 11 月

目 录 Contents

斗门乡村振兴颂歌

陈志坤

黄杨山下村居成片，
黄杨河畔沃野相连，
美丽大斗门焕发新颜，
人们生活如蜜甜；
百姓人家齐声欢庆，
昨天的愿望如今实现，
村居小道成柏油路，
成就湾区建设新引擎。

四方宾客把手相牵，
并肩同行计谋献，
产业兴旺乡村发展，
欢乐时光留下眷恋；
政策引领就在眼前，
振兴家园乐无边，

绿色生态你我喜眸凝，
共同富裕美好明天。

回想过去茅舍坭屋的日子，
出门无船便无路的曾经，
改革开放带来巨变；
二次创业再攻坚，
三清三拆规划高起点，
广厦万千花园景，
闲庭御苑悠然荡秋千，
迎来赞叹一声声。

舞龙醒狮佛家拳，
水乡多年鲈鱼美，
又有咸茶沙田歌，
飘色曲艺非遗存；
时代书写人民所愿，
万众同心志存高远，
一起歌唱合力鼓干劲，
今日斗门美名传……

陈志坤，男，供职于宣传文化部门，从事管理工作，爱好文学、摄影。

鲈游四海　梦寄水乡

梁冬霓

　　"江上往来人，但爱鲈鱼美。君看一叶舟，出没风波里。"一条自由自在的鱼，带着活泼的气息，从范仲淹的诗中游来，游在白蕉镇温柔的水乡中，双鳍扇动着水乡的歌谣，嘴里吐出的每一个泡泡，都是绮丽的梦想。它就是吐纳着日月与星辰之光的鱼——白蕉海鲈。

　　西江水系的滢滢碧波流经珠江口西岸的斗门白蕉，与湛蓝的海水交汇，海鲈鱼便有了天然的咸淡水温床。气候温暖、雨量充沛、水系发达无污染、饵料丰富……地理环境的独特，成就了鲈鱼的丰产。抵达舌尖的白蕉海鲈，肉质饱满、嫩滑清甜、营养丰富，它带着独特的风味与无穷的魅力，如春风般走进了千家万户。

　　白蕉海鲈，它是水乡人的梦想。水乡人摇着船橹，把欸乃声抛落在静静的时空，带着勤劳与智慧上了岸。他们曾在磨刀门水域撒网，捕获54公斤和74公斤的白花巨鲈，这，也许就是一种预示——鲈鱼是他们梦想的起点。他们唱着咸水歌，在太阳下闪烁着晶莹的汗珠，撒网收网的动作娴熟优美，脸上充满惊喜……如今，一块块纵横交错的鱼塘就是他们智慧的结晶。在白蕉昭信村，水塘星罗棋布，云影远淡，波光潋滟，行走在塘间，舒适而惬意。每一口塘的增氧机欢腾地转动，溅起水浪朵朵，悠然送出轻松愉悦的曲子，似传达着鲈鱼在水下穿梭畅游的心情。

喂料、换水、疏苗、消毒、巡逻、维修……辛劳的汗水日复一日地流淌，农户们妥善管理，及时预防病害，保持着水源纯净、种苗健康、饵料丰富、密度合理、水层混养……养鱼人满怀的深情与希望，寄托在鲈鱼身上。日出到黄昏，月明到破晓，或暴风急雨，或月朗星疏，他们的汗水与心血，都凝落在潋潋水波里。终究，鲈鱼没有辜负他们的期待，带他们走向了致富的道路。他们有了小车，盖了漂亮的房子，瞳仁里闪烁着幸福的光。村民富裕了，产业兴旺了。看到活蹦乱跳的鲈鱼从塘里走出，聚满鲜美的味道涌向各地，他们感恩于家乡的水土，感恩于这条鱼的恩赐，那一张张古铜色的脸，就像咸淡水里摇曳的水草，快乐而满足。

白蕉海鲈，它是企业家追求的幸福生活。珠海多家海鲈加工企业，极力改良工艺，从撒盐不均的干腌，到鲜度保持更久的水腌；从需要蒸煮到开袋即食。变化多样，佐料独特，使鲈鱼成为味觉上的念想。当这些企业的创始人第一次踏上白蕉这片土地，便爱上了这里的阳光、空气和水滴，更爱上这里的鲈鱼。他们不在乎谁做强做大，他们共同的目标与情怀，就是把白蕉海鲈的品牌做好，与农户建立"产供销"一条链的合作关系，把优质的海鲈鱼推向世界。在他们心中，白蕉海鲈，不再是一条鱼，而是价值与意义所在。

企业家们泛舟商海，却不仅仅把鲈鱼当成致富的鱼，更当成展现文化的鱼。祺海水产科技有限公司的"海鲈王子"，微笑的脸上洋溢着热忱，向我将鲈鱼的鲜美味道、营养价值、生长环境、鲈鱼在古代诗词中承载的历史文化和水乡的疍家文化娓娓道来。他打造了"好水""好鱼""好文化"的三好鱼品牌，赋予白蕉海鲈更多的文化价值。白蕉海鲈集万千宠爱于一身，在《致富经》与《食尚大转盘》的节目中闪亮登场，把企业家们的理想与热爱，信念与执着，融成大众餐桌上的佳肴，成为普通百姓味蕾上的一丝牵挂。

白蕉海鲈，它是斗门的荣誉与文化名片。从20世纪80年代到2020年，历经30多年的发展，白蕉镇的鲈鱼养殖面积已达3.3万亩，年总产量12.64万吨，约占全国产量的50%。银色黑斑的海鲈，带着缕缕清亮的银光在水里腾跃着，让水乡缀满璀璨的光芒。2009年，白蕉海鲈获评国家地理标志农产品；2011年，白蕉镇获评"中国海鲈之乡"的称号；2017年，白蕉海鲈获"中国百强农产品区域公用品牌"；2019年，珠海获评"中国海鲈之都"……光辉中饱含汗水，前行中备尝艰辛。这些闪光的荣誉，离不开政府对白蕉海鲈的重视与偏爱。

政府部门一步一个脚印，建立"鲈鱼高产养殖生态调控技术"养殖示范基地、送技术下乡、实现海鲈种苗的人工淡化培养、建立白蕉海鲈现代产业园、海鲈鱼院士工作站……一批海鲈名牌产品，"酸菜鱼""盐鲜海鲈鱼""烤鱼"等，如雨后春笋般成长起来，并沐浴着利好政策的雨露，不断持续发展。为民惠民的实干、高瞻远瞩的谋划，使白蕉海鲈在电力设施强大、市政管网齐全、污水处理系统完备的条件下，游弋在各网络的交易平台，终于写就了扬名海内外的故事。

2022年中国农民丰收节的活动中，白蕉海鲈鱼以它的甜美肉质和独特的文化内蕴，惊艳了主会场，带着闪亮的名片，聚集众人的目光，跃上了云端。因为一条鱼，珠海再次获得国家级荣誉——中国海鲈预制菜之都。近两年，斗门成为全国最大的海鲈加工基地，海鲈预制菜产业竞争优势明显。各式各样的预制菜，色泽鲜美，味道浓郁，极大挑逗了老百姓的食欲，令人念之垂涎。

渔农、企业、政府三方合力，探路"丰收节经济"，波光粼粼的水乡，掀起了一股海鲈鱼经济热潮。万亩塘头，前来收购的车辆络绎不绝，忙碌的渔农拭擦着汗水。他们笑容满面，交谈着鲈鱼塘头收购价稳步增长的好消息，脸上布满光泽，眼里充满希望。这样的场景，让人联想起和煦的春风下，草木迎着阳光郁郁葱葱，都是生机，都是美好。

日夜用汗水供奉鲈鱼的人，日夜用心智开发市场渠道的人，日夜用胸怀与谋略举措持续发力的人，一起在这海风吹拂的乡村，谱写了一首振兴的昂扬之歌。

白蕉海鲈来了。它来到餐桌上，摇身变成黑椒鲈鱼扒、奇特鲈鱼盏、长寿鲈鱼面、金丝鲈鱼球……精致的美食文化像一朵奇葩在烟火尘世中绽放。它来到白蕉海鲈旅游文化节，穿着可爱的疍家服饰，展示着白蕉人的朴实与谦和。它在看水上婚嫁、听沙田民歌、观摩生动的虾舞……一幕幕水乡文化的表演，展现了浓郁的水乡风情。游人穿梭在文化节里，穿越古老的时光，品味着"白蕉海鲈"的各种美食，沉浸在文化盛宴带来的美好享受中。

暖风拂四季，水乡弄大潮。白蕉海鲈承载着梦想、智慧、情怀与魄力，年年岁岁，游向生活的深处，游向世界的海洋。

草木里的深情

梁冬霓

从黯淡的街角拐过去，再穿过一条黑漆漆的小巷，终于到达单位的宿舍。我疲惫地坐下，望向窗外——昏暗的路灯像在打盹，一种难以言说的寂寞涌上心头。拿起电话，我拨通好友的号码。白天，在单位的苗圃里，身形瘦弱的我向烈日下的花草树木屈服，向泥土屈服；汗水顺着头发流下来，湿透的不仅是衣服，还有身体里裹藏的年轻跳跃的心。那颗心的鲜红色差不多已被汗水淋成灰色，鲜亮的大学本科文凭在体力活面前显得多么黯淡无光。"我真想离开……"说到最后，我竟然泣不成声。"咬紧牙关坚持下去吧！毕竟斗门属于珠海，未来的发展指日可待。"好友在电话里鼓励我，像给我打了一支强心剂。

那是 2001 年，我刚刚毕业来到斗门发生的一幕。近 20 年过去了，流水让很多细碎的小事逐渐模糊，这情景却依然存留在记忆的深处。

斗门，被称为珠海经济特区的后花园，在刚跨入 21 世纪时，却与山区小城无异。那时，在广州、深圳辗转一段时间后，我来到了斗门的一个园林部门。想象中这里应该有气势恢宏的高楼，马路宽敞笔直，绿树成荫，鸟语花香，流光溢彩……然而踏入这片土地的一刻起，兴奋的心情就像一个饱胀的皮球突然被扎了一枚钉子。低矮的旧房子，狭窄的街道，参差不齐的树木，街上还跑着拖拉机。"突突突"一阵声音过后，我的眼前卷起一片烟尘……那个夏天，失望与信念在心里互相交替，我开始了人生中一个充满未知的旅程。

我被安排去苗圃工作。苗圃工人多是本地人，一个阿姨骄傲地告诉我："十五层，是斗门最高的楼！"十五层原名为银城酒店，一度是斗门最高的建筑，也是这里的地标，本地人称其为"十五层"。看着她眼里的神采，我的心飞越着万水千山，落在繁华若梦的远方。

苗圃工作的艰辛自然不在话下，但本地人的淳朴，让我终究没有逃离。在苗圃里，我与花草树木成了朋友，与一线工人一起实践各种技术活，也懂得了淋水、施肥、喷药、修剪等不起眼的基层工作，对于一座城市的绿化建设是多么重要。那时多数行道树的树干弯弯曲曲，大小参差不齐，叶片绿中带黄。整个城区的绿化景观单一，而且经台风多年的侵袭，到处都有树木缺损和黄土裸露的现象。在日复一日年复一年中，我们单位积极向周边城市学习，一点一滴坚持不懈地努力改变现状。

弹指一挥间，10年过去了，我一步一个脚印，青春的热血与汗水不但挥洒在苗圃里，还在城区各片绿地里，凝成亮眼的绿，嫣然的红。那些日子，我经常踩着一辆自行车，寒暑往来间在绿地里巡查，检查植物生长情况，对症施肥或喷药，足迹遍布井岸城区。

激动人心的日子总是要来的。2013年1月，斗门区委区政府顺应时代的发展，在"大绿化行动现在正式开启"的高昂声音中，开启了绿色生态建设的高潮。我们单位作为城区的绿化管养部门，无疑身负重任。因为要严格掌控质量，认真筛选苗木，我的足迹遍布中山、广州、佛山、阳江等珠三角的苗圃；与同事们的身影在斗门区内辗转南北，转战东西。在市政道路及省道、各个公园、高速路口、各村镇，挥着锄铲、顶着烈日，在泥土的芬芳中，像绣娘一样，把斗门区绣成阡陌纵横的美丽家园。夜以继日，披星戴月，路边吃快餐，风吹日晒成了常态。犹记一个夏日，我因过度劳累而被送去抢救室……奋斗，总是伴随着艰难，更多的还是热爱。看着短短几年内，斗门区的绿量大幅增加，我们把辛酸的泪水隐藏，眼里只有天空中轻盈的一缕云。

又差不多一个 10 年过去了。过去树不遮阴、草不覆土、景观单调的记忆已渐行渐远，城区面貌发生了天翻地覆的变化。如今，到处树木婆娑，花团锦簇，鸟声啁啾。城市绿道、林荫道、健康步道，与交通干道组合成一条千里绿廊，像一张绿网全方位、多层次地覆盖了整个斗门区。当我们踩单车、散步、跑步的时候，一路有鸟语花香，翠波绿浪，瞬间远离了人世的尘埃与喧嚣。

以往垃圾遍布、杂草丛生的空地，也都来个华丽转身，变成大大小小的公园，极大满足了人民群众健身休闲的需要。新建的黄杨河湿地公园已成为斗门的新地标，与各组团绿地连成斗门的"绿肺"，空气清新，负离子饱满，斗门人民不用驱车远行，就有美景欣赏。在公园里休闲娱乐，赏花、听涛、观鸟、看云……不但成为斗门人民的生活方式，也成为外地游客慕名而来的特别体验。

2016 年，珠海被评为首批"国家生态园林城市"，我们忍不住欢欣高歌，因为一草一木，都饱含着我们的汗水与心血。毕业至今，快 20 年了，一座城市建设的进程，仿佛不过一瞬，但在我的人生中，却是一段刻骨铭心的岁月。从一个初出茅庐的黄毛丫头，到如今成长为单位的技术骨干，我对这座城市倾注了太多的感情。今天，我用脚步丈量对这座宜居城市的深情，漫步在缤纷斑斓的路上，看着井然有序的崭新高楼，除尘降噪的沥青路，彩虹般流动的灯光，再想起当初"十五层"的光环，不禁热泪盈眶。

古韵排山

梁冬霓

我想要寻找的诗韵就在这里：屋舍俨然，巷道笔直，灯盏古秀，青瓦流光……站立片刻，一念、一想、一吟、一咏，就是光阴两百年。

慕名而来的人，脚步都特别轻，笑闹声也收敛起来，生怕长了羽翼，扰乱上空安静的云。

这是斗门排山村，在清朝乾隆年间建立。它坐落在岭南一个山清水秀的地方，像一颗珍珠，被和风细雨滋养着，滋养出灵性、柔润；也像一具年代久远的木雕，沧桑、古老，却气韵流动，有淡淡木香。

两百多年前，一个姓谭的湖南衡州人，随父到广东经商，后从今珠海前山迁徙到黄杨山西侧丘陵地带，饮过被风摇落的花香与雨露，决定在此繁衍生息时，是不是也想过"规划"二字，要在这里建成一个状如棋盘的村庄？后来的人，已触摸不到他的心思，但他们大概都知道，人生如棋，每个人都是棋盘上的一枚棋子，所以建造屋子时，随坡就势，从高到低，在这片斜山坡，布了一盘大大的棋局。

屋子一排排，一列列，纵横交错，井然有序。立村之初，这里叫"斜排村"，民国初期，改名为"排山村"。排山村是珠海市规模最大、保存最完整的古村落之一。两百多年岁月的纹理，被村人细细描摹，描摹出一个人才辈出、诗风古韵、岁稔年丰的侨乡。

村中有两座宗祠，一座是"权石谭公祠"，是纪念开村始祖谭权石的祠堂，木刻楹联是"肇基以俭，业广为勤"；另一座是"仁山谭公祠"，木刻楹联是"崇敦礼让，德溥慈和"。楹联是先祖的遗训，寄托家族兴旺的愿望，表达了他们勤奋创业、待人亲和、立德修身的人生观。祠堂大门紧闭着，听说权石谭公祠正中堂的墙上，还挂着10幅历代先祖的遗像。我想象画中的他们，目光幽深，在这里静看子孙后代随着世纪更迭，来的来，走的走；静看时代巨变中，固有的家族精神怎样在时空中恒凝。矗立一旁的武帝庙，有100多年的历史，庙门的花岗岩阴刻"志在春秋功在汉，忠同日月义同天"，更显示了忠孝节义的传统美德。因而，让人景仰的杰出族人，一个个从祖训中走出：清嘉庆年间的巡城署把总谭均生、航空飞行员谭达光、四代从医的名医谭业建、革命烈士谭锦超、为民请愿的从政人员等等。他们如一颗颗星星，在排山村的史册里，把每一砖、每一瓦，都照耀得熠熠生辉。

鳞次栉比的房屋，排列整齐。东西走向的巷子随着山势倾斜而呈梯级状，南北贯通的巷子则平坦笔直便于步行，在里面穿梭，视线通畅，从这头可以望尽那头。在小巷中漫步，如穿越了几百年光阴。这里多是糯米夯土墙瓦房。掺入糯米浆和红糖浆的夯土，夯筑出来的墙体用料，精细、均匀、板结性强，经历了两个世纪的风霜，大部分墙体依然没有倒塌，墙面依然温润细腻。先辈们匠心独运的智慧跟着岁月一起沉淀，远久之时，他们怎么思考、布局、夯筑的形象跃然眼前，他们流下的汗水，不仅仅是辛劳，更是一种扎根大地的气魄与才智。

夯土泥墙的房屋中，也有一些青砖屋、红砖屋。细细看，一些镂空砖墙，伸出浓密的花叶，给斑驳的墙面增添了郁郁葱葱的生机。门窗的木雕，墙上的泥雕、砖雕精致细腻，随处可见。与屋子一起接受时间考验的，还有村南的6棵数人无法合抱的古榕。它们历经了两百年村庄的兴衰，却依然枝叶婆娑，须发飘飘，挺立着沧桑之躯，继续留给后人浓荫。树下有安闲乘凉的身影，有孩童的笑声，有讲述各种传奇的声音。古榕们也一定在窃窃私语，说着村庄无人知晓的故事，并用庞大的根系，延伸到每一个角落，探寻春天的气息。

村庄前，一弯水波盈盈的池塘，叫"子孙塘"。风吹来，池中睡莲在半睡半醒间挪动了一下身子，无意中透露出的安详，与村中飘飞的诗意相匹配。周围是白色栏杆，下部分是石条砌的花朵，每朵四片花瓣，如一排古花窗。褐色的灯杆一路沿着白色的栏杆高高挺立，斜伸的灯臂，像铺着青瓦的屋檐，檐下吊着一盏灯，浅黄的灯罩，中间嵌着一朵花。这些是排山村改造后的景致，细微之处，凸显着古色古香的风格，暗含了修旧如旧、保护古风貌的思想。

"斜水源流通万国，排山利路达五洲"，以前的村人给村闸写对联时，在挥毫泼墨间就写出了排山村典型的侨乡文化。村里的祖籍华侨多达1000人。过去，他们也曾过着栽培谷物、聚集而居的农耕生活，从19世纪末开始，村里开始有人移民到外国谋生，主要去了美国旧金山、檀香山，也有人去了加拿大、菲律宾、澳大利亚等地。

岁月把在海外打拼的辛酸压缩成薄薄的纸业，华侨不忘桑梓的情怀却如故土枝繁叶茂的榕树，不断生长，荫泽子孙及四方。

在乱世中，为了防止盗贼，华侨纷纷捐款集资，给家乡购买枪支、建造碉楼、修建闸门……为村人带来一方平安。他们还捐资发展教育，从20世纪30年代起，在村中兴办小学、修筑篮球场、成立"排山体育会"，并把排山篮球队打造成中山八区的一支强队。

今天所见完好的祖祠和武帝庙、平坦的道路、坚固的村闸，都是由华侨集资修缮和建造。古朴雅致的舒适环境，也是由华侨们与珠海市慈善总会、爱心企业联合改造而成。我们走过的每一步路，每一处景，都饱含着排山村华侨深深的故乡情。

排山村华侨对家乡的爱不仅限于本村，他们还捐建医院，为人民造福一方。处于白蕉镇的"侨立中医院"，是1989年旅美乡亲谭章珍捐款所建，经过多年的发展，现已成为广东省中医院的斗门分院，为广大群众消减了很多疾病的痛苦。

子孙塘北端，"扬帆起航"的雕塑，不但代表了华侨们远赴重洋、艰苦打拼的过去，也象征着排山村的明天。一年四季，有水稻飘香、荔枝累累、杨桃垂枝、草莓殷红，旅游农业经济让我们看到排山村古老的外表下包裹着年轻的心，人们纷纷到此求取宁静与诗意。

转弯处，一个院子种满花草，玫瑰花和蓝雪花浓郁芬芳，篱笆、木桌与秋千，让每一颗心灵都在此流连栖息。质朴的情怀与古老的诗意，这样的民宿入画，也是排山村的点睛之笔。

春风一再深入，一棵老榕树的心（组诗）

梁冬霓

（一）

黎明在海面盛开
海潮裹卷着雄浑
奔流在交错的经纬
泥沙以无畏的勇气
把渺茫澜光，冲击成片片浅滩

鱼在水下抖出鲜活的气泡
白鹤与鹭鸟用轻盈的身姿
呼唤着神秘的伟力
将一幅五光十色的锦帛
嵌入咸涩的版图

围垦工人的呐喊石破惊天
惊醒了荒滩的深度睡眠
信念与风浪两两相击
光阴缓慢，消磨了号角的高远
把皮肤上晶莹的盐
撒入时钟的每一声滴答

掌心里的石块、砂砾、竹围、树枝
使海水再一次后退
手臂被磨砺成尖锐的风
划一圈，便是起承转合的传说

堵截了巨浪的吼叫
月亮像清洗过一样宁静
被瓦解的苍茫，抬起片片沙田
画出优美的海岸线追逐蓝天
波涛里的点点渔舟
正垂钓着一段历史的壮阔波澜

（二）

海风掀起了青纱帐
蔗林里的呓语轻轻晃动
赶海的儿女，转身与犁耙相依
一锄一铲的汗水
浸润了斗门记忆中的甜

围海造田的夙愿
被无悔的岁月所举高
摸着石头过河的人
被海的深渊吞噬的人
是挺立的大闸里
不能关闸的柔软的疼

稻香、山林、花地、鱼塘
落于锦绣里的一针一线
漫步的风，扬起半明半暗的回忆
把挥舞农具的声响
筑成又甜又咸的梦想

长眠者的笑容
在阡陌纵横的农田里生长
他们有经久不息的青春
就像一块块生命力旺盛的土地
收割了一茬又一茬庄稼

（三）

是万家灯火
解说着温馨的含义
在一片完整的街区
用璀璨与黑对峙

高耸的楼群与星星对话
有大鸟飞过，驮着光鲜的语言
加入夜空的交谈
谈及商店明亮的心事
谈及宽敞的路，连接的过去与未来

桥梁架起的彩虹将河水凝视

每一曲静水流深的低吟
都曾有沸腾的血液翻涌
辽阔的血肉之躯，站在时间的背后
俯仰一切原始与繁华，锈迹与常新

前世的海，今生的城
沧海桑田的变奏
活在人群的记忆中

是那一树繁花，出逃冬天
为了缓和北风的刚硬与寒冷
用尽全力
抵达生命最热切的姿态

美丽的堤岸上
我却看见，春风一再深入
一棵老榕树的心

梁冬霓，广东散文诗学会会员，珠海市作家协会会员，斗门
区作家协会会员。作品见于《南方日报》《作品》《珠海特区报》
《中山日报》《潮州日报》《大湾》等刊物，获得省、市、区各级
征文大赛奖项多个。

如诗如画上洲村

李　静

深秋时节，穿过橘黄的落羽杉林道，黑色的沥青路与橘黄色的树叶渲染秋的绚丽，古朴宁静、美丽整洁的上洲村就出现在眼前。它是我熟悉的，但又是陌生的，有一种全新的感觉。

上洲村在我家对面，村前有一大片农田，是我儿时的乐园。田间有一条进村的小路超过 1 公里，两旁种了很多水杉树。树林掩映，以前在外面的马路几乎看不见村庄，只见无垠的田野，种植着蔬菜、甘蔗、水稻之类的农作物。有部分农田是我们李屋村的，小时候常常跟家里的大人去田间耕作。这里土地肥沃，有碧绿无边的甘蔗林，稻花飘香的水田，还有各式各样的菜地，你可以摘野花、摘菜、摘豆角……碧绿的油菜开着嫩黄的花，红亮的番茄，紫色的茄子最吸引人，一个个紫色油光闪烁的茄子挂在绿叶下……俨然一幅农家丰收图，有一种莫名的美。

那时的上洲村并没有今天的整洁美丽。这座位于斗门镇西北部的村落，依在苍翠的上洲山下，周围有大大小小的河涌，山后就是虎跳门水道。潮涨潮退之时有海水涌入河涌，中秋节后一个月还会有禾虫出游。禾虫是大自然的馈赠的一道不可多得的美食，一年一造，过了这个季节就得等下一年了。

相传上洲村是清朝康熙年间余姓村民从开平迁来修建的，村民主要有余姓、黄姓、邓姓，以余姓居多。上洲村面积仅 1.8 平方公里，一直以来，以农耕、养殖为主，靠天吃饭。所以一场台风，养殖业几乎血本无归；一场大雨，村前种的农作物全泡汤。村民住的房子大多是祖传下来的黄泥屋，低矮残旧，拥挤不堪，低洼近海，下场大雨就水浸道路，这些泥路小巷，雨后寸步难行。

长大后，我外出读书工作，很少回乡，上洲村就此留在少年的记忆里。

近 10 年来，上洲村频频传来好消息：入选珠海市乡村振兴示范村、珠海市第一批生态文明村、市级卫生村、文明村、广东省宜居示范村、广东省文明村镇、第二批全国乡村治理示范村等。我还注意到上洲村这几年举办了很多活动，吸引远近的客人来游玩，成了网红农旅打卡地，斗门的一张靓丽名片。

2015 年秋天，村前的晚造水稻成熟了，落羽杉的叶子由绿变黄，上洲村委会组织农民举办收割节，准备了镰刀、老式的脚踏打禾机等农具，欢迎四方宾客前往体验田间收割的乐趣。周边城市的市民喜滋滋的带上一家老小，驱车走高速而来，体验一把农耕文化。成行的落羽杉林，成片金黄的稻田，黄与绿相间的乡间美景，整洁的村容村貌把不少摄影爱好者醉倒，连声说没想到斗门深藏如此美丽的乡村。从此，上洲村美名远扬。

次年春天，上洲村又有新玩法。村委会趁着农闲时节，组织农民在村前冬休的稻田种植格桑花，通过公众号等新媒体发布赏花节消息，吸引各地游客前来赏花春游。田间小道，人头涌动，有在花丛里拍照的，有放风筝的，有追蝴蝶的，喜气洋洋，不亦乐乎。村里道路已铺上沥青，还修了停车场，停了不少本地及周边城市的车，村民们在花田边或自家庭院门前热情地向游客推出自己制作的叶仔糕、艾饼、咸角仔之类等应节的地道美食，还有自己种植的农产品，上佳的品质招揽了不少生意。春天的上洲村到处是花香，到处是喜庆，到处是欢声笑语。

前年，听说上洲村又出新招吸引游客，在稻田里种上不同颜色的植物拼出一个小猪佩奇卡通图案，还种了连片的油菜花，为乡村旅游带来新亮点。

今年，上洲村联合斗门区融媒体中心和一些企业等推出"我有一亩田"系列农耕体验活动，在农旅中融合文化要素，给游客全新的体验，这种"乡村+媒体+企业"的全新方式，为上洲村带来稳定的客流量，也增加村民的收入。

连续几年，上洲村都在做农旅项目，除了收割节，他们还创办了装禾虫节、泥浆排球赛、赏花节、插秧节等活动。围绕农耕文化选材，把田园风光变成农民致富的平台，时时有新招数，年年有新花样，吸引远近客人多次前来休闲娱乐，赏田园风光，尝农家美食，今日的上洲村成了大家的乐园。

走进上洲村，我发现老旧的黄泥屋基本消失了，仅剩的几家也已开始了改造。村里建起了一栋栋两三层高、具有岭南风貌的新楼房。村中那一条条尘土飞扬的泥泞小巷铺上了整齐的石板，巷边屋旁充分利用空间建花圃，种上鲜花、绿植；还修建了灯光篮球场、休闲公园、荷花池等，配置石凳、凉亭；进行了厕所革命——修建了外形美观、设施先进的新型公共卫生间，为乡村旅游助力；还有一条4米宽的沥青环村道，道旁植树，安装路灯，通公交车，解决了从县道进村最后一公里的困难。

放眼望去，蓝天白云，鲜花盛开，干净整洁，窗明几净，农村比城里还美。最让我震惊的是全村不见蜘蛛网一样的电线、网线，连水管也没看见，他们不用水电、不上网吗？

我们在村篮球场见到了村书记，他告诉我们近年来在市、区两级政府的支持下，上洲已完成了三线下地、雨污分流、道路硬化提升工程等项目，是斗门区第一批完成市级乡村振兴样板村建设验收的乡村，电线、网线、水管都处理好，打造了整齐、美观、安全的人居环境。

我们沿着环村道走到村后上洲山，午后的阳光透过树叶洒在一座黄泥碉楼的墙上，斑驳的泥墙、残缺的门窗、带着尘封的故事一直矗立着，见证了上洲村的变化。我们还看到村里最大的老建筑——余氏兰亭公祠，这座砖木石结构的老屋建于清光绪十九年，青砖筑墙，屋顶有飞檐，七八米高挑的大开间，门前有三级麻石砌筑的台阶，气派恢宏。

上洲山相传是吕洞宾留下的，山上树木葱茏，山顶修建了一座三层高的凉亭，造型古朴。登上凉亭，四周景观一览无遗。西边的虎跳门水道自北向南缓缓流过，水中沙洲永业围是斗门著名的禾虫产地。向东而望，近处有白鹭飞翔的白石山，远处是连绵苍翠的黄杨山，青山绿水尽收眼前。

下山后，转到村后的永业围安居点，又是另一番景观，大榕树下一条小河缓缓流过，一道石桥跨河而建，一艘陈旧的木艇安置在河边，告诉人们他们的祖辈曾出海打渔。午后，在这里坐一坐，吹吹从田野或从海边刮来的风，十分惬意。

"正所谓山不在高，有仙则名，水不在深，有龙则灵。上洲村有山有水有传说，市委市政府和区委区政府大力扶持，各界朋友积极捧场，2021年村集体经济收入比2020年增长了70%，农民收入增加，越来越多外出务工的村民回流建设家乡，我们上洲村会更上一层楼!"村书记一脸心驰神往，憧憬着美好的未来。

上洲村依托村集体的力量，因地制宜，群策群力，不断研发新的农旅项目，吸引各方人士持续关注，让美丽的田园风光变成可持续发展的美丽经济，擦亮美丽经济的品牌，村集体经济收入日益提高，村民过上了好日子。

年味飘香

李　静

珠江出海分八门，其中四门在斗门。斗门镇地处斗门区腹地，躺在珠江门户第一峰黄杨山脚下，连绵的黄杨山横亘在斗门镇内，有山有水，风光旖旎。此地南宋时期已有居民，宋皇室后裔分支聚居住这里。

斗门镇一带的乡村过年是从腊月二十三开始的，这天是小年夜，家家户户摆上甘蔗、糖炒米、橘子、糖果等贡品祭灶君。你会发觉贡品全是甜的，原来灶君爷爷的挚爱与小孩子一样爱吃甜的。等香烧完，祭灶君的贡品就分给我们这些翘首以待的小馋猫。

我爸妈的工作忙，值夜班是常事，他们无暇照顾我们。进入腊月后，学校放寒假，我们跟着爷爷奶奶回到老家过年，放鹅、打猪食、烤红薯……孩子是干这些活儿的主力军。一边玩一边吃，日子过得惬意。

过了小年，村里的人开始忙着置办年货，蒸年糕、炸油角、煎堆、打扫卫生、剪头发、缝新衣……忙得不亦乐乎。各家各户养的鹅"嘎嘎嘎"叫个不停，像一首迎新春交响乐，在巷子里嘹亮地响着。

亲邻好友相约着一起炸油角、煎堆，在门前垒起一砖头做的炉，红红的柴火把油烧得"吱吱"作响，油角炸起来的花生油香气在小巷越来越浓，年就越来越近了。

在我的记忆里，爷爷做的菜可好吃。爷爷个子不高，身板壮实，面目慈祥。虽是木匠出身，但厨艺也是上乘的。他喜欢研发新菜，追求食物的色香味。至今我还记得他那道充分利用农家常见食材的"老鼠爬泥"：先把花生米炒熟，去衣放凉，花生变得金黄松脆；鸡蛋打在碗里搅拌，放上调味料，拌上花生米，倒进烧红的大铁锅里爆炒片刻，花生米像小老鼠一样钻进金黄的鸡蛋里，这道菜就做成了。既香脆又绵软，口感奇妙。小伙伴们寻香而来，我们一起抢着吃，解解馋。现在回想起来，粤菜里并没有这样的菜名，大概是我问他做什么菜，随口编的菜名。爷爷看见我们小孩子爱吃，就经常做。那时物质匮乏，买鱼买肉要票证，这些自家种的花生，自养的鸡，不用票证，不用等过年也可以满足一下我们这些馋嘴的孩子。

其实爷爷的拿手好菜是碌大鹅，这道菜只有过年的时候才能吃得上。

那时村里家家户户养的鸡鸭鹅一般会留着过年吃，或者用作亲戚朋友间的人情往来，平时是舍不得吃的。斗门镇的乡村新年大菜除了白切鸡之外，还得有碌鹅。过年若能宰一只8斤以上的大鹅做成碌鹅，那就是全家一年的期盼。

到了年廿九，家家户户开始贴对联，巷子里鹅的叫声也越来越少，我知道大家都开始宰鹅做过年大菜了。这天一大早，爷爷宰好了鹅，奶奶拔鹅毛。这是个耗时间的细活，鹅有很多细细的毛头，需一根根地拔。若鹅养的时间长，长得够老，细毛相对少一些，肉质也香一些，所以大家都挑老的鹅来做菜。

爷爷在鹅的肚子里放一些酱料、大蒜、八角、陈皮之类，用竹签扎口，放进烧红的锅里，慢慢炙，不时翻一下，一直到鹅皮呈金黄色，鹅明显瘦了身。这道工序叫走油，鹅的皮下脂肪多，走油后肉更香醇，软硬适中。鹅油一点儿也不浪费，用碗盛好，还可以煮别的菜。这时再放适量的酱油、糖、醋、米酒、水一起煮。诱人的香气从厨房飘到大厅，从大厅钻进房间，肆意撒在每个角落，这迷人的香气把我每一个味蕾都打开。"爷爷，好香呀，熟了吗?""还不够火候呢，帮忙烧火吧，熟了砍个大鹅腿给你。"一边烧火，一边闻着越来越浓的鹅肉香气，感觉整只大鹅都是我的……

碌大鹅终于在晚上出锅了，一掀开锅盖，只见整一只鹅泛着诱人的酱油色，油光润泽，香气四溢，似乎每一个毛孔都冒出香喷喷的味道，在我记忆里这就是过年的味道。"爷爷，鹅腿砍下来归我啦。"爷爷笑了，说要等到明天大年三十，我爸妈回来吃团圆饭才能吃。冬天黑得早，庆团圆的鞭炮声一阵一阵在村里响个不停，家家户户开始吃年夜饭了。爸爸妈妈终于回来，人齐了，年夜饭上桌。爷爷兑现了承诺，砍下大鹅腿让我用手拿着吃，鹅皮呈焦糖色，引人垂涎，咬一口，鹅肉甘香入味，软中有嚼劲，别提有多好吃。

后来，爷爷奶奶走了，姑姑们都出嫁了，我的童年也溜走了，碌大鹅这道过年大菜由我爸爸来做。

那时，我家已搬到爸妈单位附近居住，我上中学了，寒假功课忙，姑姑们出嫁后乡下老家就没有养鹅了，鹅是从市场里买来的。这时买东西再也不用票证了，市场里的年货丰足。爸妈的工作依旧忙，照常上班。没有时间约邻居一起做油角、煎堆，也没有糖炒米的匠人走街串巷，更不用跑到田里砍甘蔗，小年夜拜灶君的供品从市场里就买齐了。

鹅是妈妈宰的，拔鹅毛的工作终于落到我头上，调味、烹饪之类的核心技术只是爸爸掌握。

腊月二十九那天傍晚时分，爸爸下班了，一家人吃过晚饭，他按照当年爷爷的做法，把腌制好的鹅放进油锅里走油，慢火炙。我习惯在旁边帮忙烧火，爸爸却打发我回房间写作业，他自己来烧火就可以了。柴火烧的噼噼啪啪作响，爸爸坐在旁边抽着水烟筒，红红的炉火照亮他的脸，一丝丝皱纹早已爬上他的额头，他已学会了爷爷的碌大鹅。

熟悉的鹅香从厨房里飘了出来，氤氲的热气笼罩着整个天井，似乎每吸一口空气都是鹅肉的香味，新年就在这样充满食物香味中飘然而至。

多年后，爸爸退休了，我也出嫁了。每逢过年，爸爸会留半只碌大鹅等我年初二回娘家时吃。爸爸煮的碌鹅味道始终如一，妈妈说爸爸为了保证味道，每年找家乡养鹅的乡邻预定的大鹅，原来如此，爸爸也像爷爷那样执着地追求食物的色香味。

爸爸故去后过年时回娘家，再也没有吃过那样带着家乡年味的碌大鹅了，妈妈不会做。我曾尝试做过碌大鹅，可是怎么也做不出当年的味道，也许是因为这鹅不是我养的，也许这鹅不是父辈做的，也许是因为他们一直宠着我，不曾教我酱料搭配的核心技术。

现在想吃家乡的碌鹅，不用等到新年。只要有空，回到家乡斗门镇，钻进那些藏在小街小巷里的小饭店，你会发觉很多家店都有碌鹅，只是少了记忆里的味道。

那年冬天到北方看雪

李　静

立冬那天，听说北方好些地方迎来了今年的第一场雪，而且是暴雪，新闻里、朋友圈里纷纷晒出雪花纷飞图，雪地嬉戏图，堆雪人、打雪仗，好不热闹。

我站在南方的海边看海，心里想的全是北方的雪。

对于一个常年居住在南海之滨的人，像我，未知雪的样子。这儿多少年没有成功入冬，日历上的立冬、小雪、大雪、冬至、小寒、大寒就是二十四节气的名字，对我们来说就是预告新年将近，抓紧时间准备过年吧，既不含冬天的温度变化的指标，也不体现冬天特有的物候现象。你看，这儿立冬那天街道两旁树的叶子是绿的，只是一种老了的绿，有点旧。这些树大多数会在春天落叶，发新芽，长出嫩嫩的、新新的绿。那海边的草地也是一片绿油油，成群结队的小鸟在草地上觅食叽叽喳喳的。还有那些种在街心公园的花，姹紫嫣红，竞相开放。这样的温度，这样的阳光对这些花来说正是好时候。大街上来来往往那些的人群，穿单衣的，穿短袖 T 恤的比比皆是，当然也有穿风衣的，那大约是一种秋日的风姿。

雪究竟是什么样子？这个问题困扰我很多年。记得《世说新语·咏雪》中描写雪的句子是这样的："撒盐空中差可拟""未若柳絮因风起"。谢太傅尤喜谢道韫那句"未若柳絮因风起"，大笑大乐。我以为雪花就像柳絮，春天漫天纷飞的柳絮，轻柔，飘忽。可雪也是来自水汽，我见过冰箱里的冰霜，其形状确实与盐有相似之处吧。每次读到这篇文章，或与学生讲述这篇课文，学生问起为什么谢太傅喜欢侄女的"柳絮"？雪真的是这样吗？这岭南的孩子与我一样未见过雪。此刻，我为自己的见识贫乏感到窘迫……我没有亲眼见过雪，也许像鹅毛？可现在的孩子连鹅毛也没有见过，不好比拟。心里总想要亲眼看一回雪的样子，用手捧一回雪，让真实的视觉、触觉告诉我它真实的样子。

那年的春节假期，还未到立春，应河北朋友的邀请我们几家人飞去河北、北京等地游玩。从未经历过北方的冬天，我无法想象那儿有多冷，该带什么衣服。南方的冬天冷空气中夹杂着水汽，人称湿冷，若在10℃左右，人们穿上大衣或羽绒服还是觉得寒气入体，冷得打战。那-10℃的北方，该穿什么？会不会冷得打战？我们不知道，那就买御寒的衣服吧，绒里的防寒秋衣秋裤、棉裤、毛衣、长羽绒服、绒帽子、围巾、手套……南极人、北极人全带上，这些厚厚的从里到外的御寒装备平时在这夏长秋短无冬的地方根本没机会穿。

飞机到达北京是晚上九点多，乘务员告知地面温度是-10℃，并没有下雪。一出机场，干燥的冷空气扑面而来，我原以为会冷得牙齿打架，结果感觉并没有那么冷，脸有点冰凉，与南边的10度时的体感差不多。

第二天一早，我们去天安门广场观看升旗仪式，清晨的冰冷让人瞬间清醒。天色微明，广场已聚集了不少人，大衣围巾棉帽手套一样不少，安静的伫立着，远远地看着国旗队威武地走进广场，鲜红的国旗冉冉升起，来自五湖四海的游客唱起国歌，唱出清晨最动听的歌声。我拉下围巾唱歌时发觉围巾里有一些白色的冰沙，居然还能呼气成冰。

北京的冬天外面虽冷，进了室内竟温暖如春。这里有集中供暖设备，室内的温度大约20℃，比我们那边舒服，暖洋洋的。我们家乡冬天时室内也是冷飕飕的，与室外的温度相差无几，若阳光灿烂的午后，室外比室内还暖和。这儿不一样，进了屋，我们可以脱下御寒大衣，如春天般温暖自在。

孩子们好奇地打听啥时候会下雪，朋友说近期北京都是天晴，要看雪再往北走吧。他查了一下附近的天气情况，决定带我们去唐山市。

唐山的温度比北京低好几度，天灰蒙蒙的，好像要下雨的样子，阴冷阴冷的，脚冻得发麻，还好我穿了棉裤棉鞋，暖和着。

我们进入酒店，温暖的气息马上裹了过来，竟有入夏的感觉。酒店的温度估计有22度以上，我们的御寒装备在这里顿时成了累赘，身上的大衣、棉裤、防寒衣服硬把我捂出一身汗。晚上在酒店的餐厅用餐，也是热的手足无处安放。当地的朋友脱下了羽绒大衣，穿着衬衣和我们吃饭，轻松自如。我第一次感受到热会使人发昏的感觉，比酷暑还难受。耳朵发烫，脸蛋发烫，满脸通红，最恼人的就是那件高领毛衣，恨不得把高领子剪掉……还没吃两个菜已经汗流浃背了，饭菜的热气一阵阵扑面而来……擦擦汗，继续谈笑风生，愉快地吃起来吧，怎能辜负了朋友的盛情？

第二天，朋友带我们去南湖公园滑冰。小孩们可高兴，一大早就呼朋引伴到餐厅吃早饭，说着在水泥地上滑旱冰的往事，笑作一团，他们期待在真冰上滑。

天色阴暗，云脚很低，酒店的服务员提醒我们今天会下雪注意安全。孩子们一听要下雪就乐了，嚷着"看雪去"，迫不及待地出发了。

南湖公园的树光秃秃的，只剩下树干、枝丫在寒冷的北风中静默着，湖里的水早已冻上，结超过一尺厚的冰，成了天然的滑冰场。

天空有细碎的冰碴飘下来，难道这些冰碴就是雪？朋友说："下雪啦"，招呼孩子们看雪。孩子们伸出双手接雪细看。我第一次看到下雪，也接过来细细看看。这是一场小雪，雪粉如盐末，白白的、细细的、碎碎的，飘洒着，洒在帽子上、衣服上，一下就消失了。这样的小雪无伤大雅，孩子们乘兴滑冰去了。难得在冬天去一趟北方，还能遇上雪，好好享受这大自然的滑冰场！

一千多年前，谢太傅在寒冷的冬天举行家庭聚会，太傅亲自与孩子们谈论诗文，见白雪纷飞即兴命题"白雪纷纷何所似"，兄子胡儿给出"撒盐空中差可拟"。今日看来这个答案是写实，雪的确如此呀，他没有错。只是出题人谢太傅喜欢兄女对雪诗意的描述"未若柳絮因风起"，把雪比作柳絮是写意，谢道韫的咏絮才因此得名。

小雪那天，半夜里就刮起北风，温度急降，一大早飘起毛毛细雨，星星点点落在车玻璃上。若在北方，料想这场细雨也许就是一场小雪！

李静，广东斗门人，中共党员，从事初中语文教学，珠海市斗门区作家协会会员，现任珠海市斗门区作家协会副秘书长。

斗门绿韵

黄春炳

斗门绿韵：浓厚、葳蕤、勃勃生机。

斗门绿韵：靓丽、悠长、赏心悦目。

斗门绿韵浓厚，在于山青水碧。绿，成了这里大自然的主调色——黄杨山叠翠，风起绿涛生；黄杨河碧波粼粼，船过绿漪涟涟。北部生态农业园以及广袤的田野，都涂抹上希望的色彩，鲜绿妍丽。水松林是一把擎天的绿伞，岭南大地是一张绿意盎然的地毯。

斗门绿韵靓丽，在于树绿花妍——城镇大道、郊野阡陌，樟树、落羽杉、大腹木棉挺拔苍翠，大叶紫薇、紫荆、榕树蓊郁婆娑；城乡公园的花圃、道旁花坛，矮牵牛、格桑花、醉蝶花鲜艳夺目，馥郁芬芳；紫罗兰、郁金香、五星花姹紫嫣红，清香扑鼻。

斗门绿韵葳蕤，在于景致夺目——金台寺依山傍水，香火鼎盛；接霞庄古雅灵动，游人如织；菉猗堂恢宏雄伟，皇气缭绕；斗门旧街溢满南洋风情，令人神往；灯笼沙水网密布，灵动着南国水乡的万种风情；莲江、石龙村民宿独特，成为新的旅游打卡点。

斗门绿韵悠长，在于物产丰饶——山、海、田、水、林、果、渔，无不慷慨赐予。甚至连一只螃蟹，也让它长了两层壳。黄金风鳝、五山白鸽鱼、白蕉海鲈、上横黄沙蚬、莲洲粉葛、乾务糍水、斗门镬边糍……

斗门绿韵赏心悦目，在于文化底蕴深厚——南宋皇族后裔赵氏子孙聚居于此；"菉猗堂"成为明清古院建筑代表作；斗门"水上婚嫁""装泥鱼习俗"入选国家级非物质文化遗产名录；珠海第一个中共基层党组织小濠涌党支部在此点燃抗日圣火。

斗门绿韵勃勃生机，在于经济发展迅猛，大产业促大发展——电子信息、智能制造、新能源新材料、现代物流、现代农业"五大产业集群"已培育发展新一代；五镇一街朝着绿色生态宜居小镇、智产风情小镇、国家级特色小镇、高端智能制造产业小镇、粤港澳生态旅游特色小镇、高端商务小镇的目标稳步推进。

斗门绿韵色彩缤纷，醉人怡人。

黄春炳，原为珠海市斗门区文联常务副主席，区政协委员。现为中国曲艺家协会会员，广东省作家协会会员，《黄杨月》主编，出版有《黄春炳小说集》，不少作品在省、市获奖。

蕉北明珠，古韵小托村

黄龙汉

小托村，坐落在斗门白蕉黄镜门河畔的一座自然纯朴的乡村。

小托村是吴姓客家人聚居的村庄，始建于 1840 年（清道光二十年），原名黄镜门村，后因村后小托山有特产山橘远近驰名，村民出于对山的崇敬之情，以山定村名。

客家人勤劳，曙光初起，大地还笼罩在薄薄的雾霭中，人们辛勤的身影就陆陆续续出现在蜿蜒小路上。村民扛着锄头，挑着箩筐，说笑着，心里充满了希冀与喜悦。蓝天下，村前的"庙仔海"缓缓流过村庄，村后的观音山、横屏山、担湾山，翠竹迎风，山林如海，还有横坑、坑尾、叶成坑、泥沟坑和官田坑等"五坑"，风光优美。

太阳不知在什么时候收敛起耀眼的光芒，悠闲地悬挂在山之巅，像那醉态可掬的闺女，又像那刚过门的新媳妇，脸红红，羞答答地看着大地上的一切。片片的田野、翠绿的秧苗、婀娜多姿的蕉芋、水波荡漾的鱼塘，花草树木点缀其间，荷叶田田如罗裙翻跹，构成一幅如诗如画的美丽图景。辛勤劳作的人们，沐浴在夕阳的余晖中，整个田野像笼罩着一层薄而柔的轻纱，远远望去，一切显得那么美丽又那么和谐。

在通往村庄的小路上，青草和野花点缀着，看不到尽头。村道两旁新植的黄花风铃、大红花等树木，经过阳光雨露的滋润，显得郁郁葱葱。村民停歇在小溪边，用清凉的溪水洗去一天的疲倦，以一身的清爽往家中走去。沿途村民的说笑声，小溪潺潺的流水声，田野里虫子的叫声，还有小鸟的鸣叫，让村庄显得格外宁静。

不一会儿，空气中就飘来了淡淡的饭菜香，村民一家人围坐在饭桌旁，一边吃一边聊，谈论今天村庄的变化，谈论村中哪家有什么喜庆事，谈论哪家又建了新房……饭后，村民在村中沥青小道散步，或坐在院子中乘凉，仰望天上，繁星点点，悠然自得。

小托村的自然环境无疑是美丽的。只是过去这里的人居环境比较差，村内破旧的房子林立、满地的垃圾、污水横流、泥泞、狭窄的巷道……这是我第一次踏足小托村的感觉。

小托村自然环境得天独厚，人文环境丰厚，这里背靠风景秀丽的观音山，观音山下，既有广府民居，又有中西结合的洋楼，有清道光二十年建的古井，有抗日旧战壕，又有防空洞遗址。祖祠"日有吴公祠"是村民聚集议事、拜祭先祖、欢庆娱乐的地方，曾是农会旧址，里面珍藏着市里送文化下乡赠送的名家书画；后来在小托山北侧官田坑口还发现贝丘、沙丘遗址，经专家鉴定约为 5000 年前新石器时期人类遗址。

我对人文历史丰厚的村庄情有独钟，小托村是我非常喜欢探访的村庄之一。受文友雄国兄的影响，一直关注小托村的发展，后来在村书记的支持下，斗门作协在此建立创作基地，我对小托村有了更多的了解，感情也日渐深厚。每次到小托村采风，村民的淳朴和蓝天清风一样，都是那么温暖舒心，只是小屋变成了高楼，入村的泥泞小路成了宽敞的沥青马路；房子新颖别致、井然有序、布局合理，统一用古香古色的青砖装饰；路巷宽敞笔直，路面铺上花岗石；每条巷道都有路灯照明，每条巷道都整洁美观，每间民居房前屋后树木花草散生其间；丰富充实之美伸手可掬，休闲广场、新时代文明实践所、健身室、图书室阅览、老人活动中心、青少年活动中心配套齐全。村里一切呈现出不见纤尘的纯净自然本色，随着视角的移动，一步一景，令人目不暇接，感到分外惬意。创建示范村，乡亲们都被一种氛围感染着，村居环境美了，人的精神面貌也变好了。

走进小托村，穿过上书"蕉北明珠、古韵乡村"古色古香的牌坊，浓浓乡土味扑鼻而来。凭栏远眺，满目的青翠让我流连忘返，人间的美丽似乎都浓缩在这村落，花红叶碧，绿树成荫，奇花异草尽情开放，古朴典雅的农舍，美轮美奂的别墅，在绿荫、翠竹的掩映下，在蔚蓝的天幕下显得格外宁静、淡然；仰望天上，云散风流，一种无以名状的舒畅在心中静静流淌。在这里，我忘却了城市的喧哗，忘却了冗繁忙乱的生活；在这里，再匆忙的人也会慢下脚步，细细感受生活，体会生活。

对于自然与文化的美，人类是有共识的。当我以一个游客的身份面对着这些瑰丽的自然风景和珍贵的历史遗迹时，不禁为这些自然与人类的杰作而感动。在享受这些福荫的同时，我们更要正视自己继续者的身份，维护这些资源的真实性和完整性，承担起对珍贵遗产倍加爱惜，使之永久流传的责任。斗门创建"示范村"，因地制宜，保持"一村一品"的特色，把岭南水乡文化、乡村传统文化有机结合，正是基于这种自然与文化和谐相处的理念。

坐在观音山的古树下，这里绿树成荫，铺锦叠绣，绿草如茵，溪流潺潺。我闭上双目，静听溪流叮咚，呼吸着弥漫空中的芬芳，一种悠然、恬静的感觉萦绕于心，骤然涌起许多思忆。幸福的观念在每个人心目中都是千差万别的，然而无论怎样不同，都离不开物质生活和精神生活的满足感。在斗门创建美丽乡村的计划中，把规划、产业、生态、民生、文化、法治等有机结合起来，推进美丽乡村的创建工作，也正是为了带给村民物质和精神生活的富足。

建设美丽乡村一定要坚持规划为先，只有规划好，才能有序推进、从容建设。现在倡导城乡一体化，但城乡毕竟有差别，让村民居住城市公寓式大楼，村民幸福感未必提高，他们会感到缺少"地气"。根据这种状况，斗门出台了具有地方特色、村居民认可的镇村规划，这样的规划注重挖掘每个村庄的风土人情、风俗习惯等人文元素，体现村庄个性魅力。对于农村地区，要让农民获得幸福，物质生活的满足是首要条件，高效率的农村产业是经济繁荣的基础，单靠地方公共财政支撑无法形成美丽乡村的可持续发展局面。只有村民富裕起来，他们才有能力建造和维护高水平的农宅，也才有能力自觉维护村庄环境和服务设施的运行。在农业产业化，农民增收方面，需要以市场需求为导向，进行区域布局，降低产业成本和风险。

宜人、宜居、宜业、宜游，以及那别具一格的格调，是小托村带给我们的幸福感受。作为美丽乡村的创建者，在每一个人的心中，都有一个共同的愿望，努力建设美丽的村居，让村民过上美好幸福的生活。小托村结合本地实际，广植蕉芋，制作"小托粉条"，并申请了斗门非物质文化遗产；村民承包鱼塘养殖优质鱼虾；盘活闲置的宅基地建"四小园"，用青砖青瓦建围墙统一打造，种植各种蔬菜、瓜果；规划发展客家咸茶、特色美食……这些都是发展农村产业的有益尝试。

相信在不久的将来，小托村会更加美丽富饶。

黄龙汉，男，高级讲师，广东省作家协会会员、广东散文诗学会会员、珠海市作家协会理事、珠海市诗歌学会理事、珠海市民俗文化研究会会员、珠海市斗门区文联兼职副主席、珠海市斗门区作家协会主席、珠海市斗门区历史文化保护协会副会长、斗门区公共文化人才库成员。先后在国家级、省、市等报刊发表作品250多篇，创作《大爱无言》《情怀依旧》《黄杨月》《梦中水乡》等歌曲。有40多篇作品在国家、省、市、区获奖。著有《雨沐莲心》散文集，获中国散文学会全国散文评比三等奖，被国家图书馆永久收藏。2015年被中共广东省委宣传部评为"书香岭南"全民阅读模范个人。

何嫂买菜

陈国齐

太阳升得老高，何小光一会儿到门口张望，一会儿回到屋里，进进出出，来来回回踱步，心急火燎得直跺脚。停在门旁的一大筐苹果、半筐的香蕉，给射进来的阳光照得发亮。大黄狗和灰毛猫在嬉戏，跳上跃下，躲躲闪闪，把门口的木板胶轮手推车搞得吱吱响，小光更心烦气闷了，顺手拾起身旁的小木板掷向大黄狗，以出口闷气。

妈妈买菜怎么还不回来呢？出外做买卖，分分钟都是金钱啊！真令人焦急死了。

先装货吧！小何说干就干，动作很利索，这么一扛，那么一放，水果都平平稳稳地安放在手推车上了。

出发吧，不要等了。正欲拉车，但转念一想，不行，未经妈妈允许是不能离家的，妈妈平时千嘱咐万叮咛都是这样说的，虽然自己已不是小孩子了，但还得听老人家的。

几经踌躇，小何认为还是先找着妈妈再做决定干什么。

小光的妈妈何嫂，习惯早睡早起，梳洗毕，第一件事就是去肉菜市场买菜，然后急匆匆赶回家煮早饭给儿子吃，然后母子俩再干各自的工作：老的去给人家做家庭钟点清洁工，少的做流动小贩卖水果。

中心肉菜市场。猪肉档里，一字儿排开 15 个摊位。何嫂今晨到市场去，习惯性地先向猪肉档走去。卖猪肉的，也许天天和油水混得久了，大多嘴巴也油得很，何嫂每经过一档，这档的档主就抛来媚眼，唱歌似的拉腔捏调：新鲜猪肉，平正靓！那边厢的档主也在吆喝：平价猪肉，莫错过！……何嫂对这些扑来耳际的声音，无动于衷，我行我素，脚步却不由自主而惯性地径直往第五档走去。档主是个中年的肥胖汉子，八字胡又粗又硬，见熟客来了，笑脸相迎，举起利刀问道："何姨，要什么呢？"

何嫂用手翻翻这块，拣拣那块，最终拣了一条排骨、半块五花肉，不问价钱就把肉往秤盘里丢。

"这么少不够吧。"肥胖汉子问。

"足够了，手头紧！"何嫂给了钱，边说边离去。随即，她又习惯性地向卖瓜菜的地摊走去。

地摊里蔬菜瓜果，红红绿绿，鲜嫩鲜嫩的，应有尽有。何嫂的目光不往瓜果看，却往菜贩人群中寻找那个六十开外的卖菜老头儿，可是那个熟悉的人影儿今日却没有出现。

时间不早了，怎么还不来呢？我还得买菜赶回家，给儿子做饭哩。等不等呢？真急煞人了。望望太阳，瞧瞧大街口那边，急是急了，她突然在心里对自己说，也许他正急匆匆赶着路哩，还是等一等吧！她自找理由去说服自己，这样就能有耐心地继续等待下去。

"妈——"儿子在背后叫了一声，"急死我了！怎么还不回家？"

何嫂回过神来，期期艾艾地答："还未买够哩！我正等卖菜的阿伯。"

"妈，你等他有什么事呢？是欠他的菜钱吗？"

"不是，我等他的菜。"

"他的菜又平又靓吗？"

"不是！"

"你们是好朋友吗？"

"不是！"

"那是为什么？"

"我只是多次买过他的菜，算熟客罢了。还有第五档卖猪肉的肥叔，也是多次买他的猪肉而熟络起来的。我觉得他们买卖公平，买惯买熟呗。"

"如果卖菜老伯一直不来，你都等下去吗？"

"我尽量多等一会儿！"

"噢！——"何小光不由自主地叫了一声，心里真有点犯嘀咕了。好一个傻妈妈，别人的菜不好吗？那人迟迟未到，你这样等下去不是白白误了我做买卖的时间吗！他抱怨妈妈做人太死板了。

"再等一会儿吧！"妈妈说。

母子俩默然无语。

何嫂眼见今朝买不到老伯的菜了，才很勉强地买了别家的，同儿子一道急匆匆回去。

"对，对，对！我也应有这样的顾客！"何小光忽然却又喜欢妈妈的憨厚戆直，从妈妈的行动中悟出了一点什么来！

王大利买水果

陈国齐

王大利是个很会算计过日子的人。

今年秋季，儿子王小利就要从小学三年级升四年级了。放暑假前几天，听儿子的班主任何老师说来家访，父子俩高兴地一同去市场购买水果，准备招待老师。

市场的水果真多啦，苹果、荔枝、香蕉、火龙果、芒果、黄皮、西瓜、香瓜、黑提子、青果、枇杷……琳琅满目，目不暇接，令人垂涎欲滴。

爸爸走到卖枇杷处，问问价钱后，顺手摘下4颗肥硕的枇杷，把2颗给小利，他自己先后把另2颗剥了皮，就往嘴里送。小利接过枇杷，瞅了一眼卖枇杷的阿姨，阿姨不但没有责备的意思，为了招揽生意，她竟说：放心，很新鲜，挺甜的！小利见爸爸吃了，也跟着吃了。爸爸说，不甜。转身就走，小利紧跟着。

爸爸到卖黄皮摊位，和卖主打个招呼后，就摘下三颗褐黄熟透的黄皮，给小利一颗，另两颗在手心里轻揉几下，擦干净，就连皮整个儿丢进嘴里。不一会儿，爸爸边吐果核，边说太酸，转身就走！

爸爸到卖西瓜摊位，那里放着早已切好的西瓜块。他拿起两块最大的，一块放进嘴里，另一块给小利。小利来不及吃，爸爸又往别处走了。

爸爸到卖青果摊位，和档主点了点头，拿起两个，和小利又分了吃。

两人到了荔枝专卖摊位，糯米糍、妃子笑、桂味、怀枝……各类品种应有尽有。十多个档主在吆喝，都说自己的荔枝最甜最好吃。

爸爸到这里，拿起4颗怀枝，每人2颗分了吃。

爸爸到那里，拿起4颗糯米糍，每人2颗分了吃。

爸爸去此处，拿起4颗妃子笑，每人2颗分了吃。

爸爸去彼处，拿起4颗桂味，每人2颗分了吃。

……

从这摊位吃到那摊位，从这水果处吃到那水果处……

小利吃呀吃，饱得吃不下去了，只好把剩下的放进裤袋里。

最后，父子俩购买了1斤荔枝、1斤苹果、2斤香蕉，各自打着饱嗝儿回家去。

回到家，他们在客厅里把洗干净的水果装了一盘，刚摆放好，何老师来了。

"何老师，吃水果吧！"王小利把一盘水果捧到老师面前，高兴地说。

"我和爸爸……"王小利感到脚板被爸爸踢了一下，突然把话刹住，抬头一望，爸爸对他快速地眨了几下眼。

他不明白是什么意思，问道："爸爸，为什么踢我一脚？"

王大利脸红红地说："不小心把你踩了一下。"随即转过身对老师说："别客气，请吃水果！"

老师说，多谢，一齐吃吧！

王小利又说："老师，我和爸爸早吃饱了。"

"在哪里吃饱呢？"老师逗着小利，问道。

王小利得意地说："刚才在市场，爸爸带我到卖水果的每一个摊位,这里拿两个试吃,那里拿两个试吃,不用花钱,早就吃遍了荔枝、枇杷、西瓜、青果了……现在还饱得很哩。"

王大利听儿子这么一说,浑身躁热起来,刹那间额头汗珠涔涔。

坐在旁边的王小利妈妈斜视了一眼王大利,忽然站起来说:"小利,你还未洗手,出来一下!"

王大利呆立了好大一会,望着母子俩走进寝室的背影后,才如释重负地轻松下来,因为他知道什么事也瞒不过聪明的老婆,更何况他和他们多次去买过水果,都是这么做,而且他还在他们面前夸夸其谈,说自己从来都是花很少的钱就能吃很多水果,这悭钱的高明手段谁也比不上哩!懂自己心事者非妻子莫属了,现在在幸好她及时出来拉走这个不懂事的儿子,不然,让他继续说下去,那就……

"小利学习还算用功,考试成绩都不错,但有点儿贪小便宜!"何老师见小利离去了,稍稍地说,"我们做长辈的要用言行去多引导教育嘛!"

"啊!"何老师声音虽小,传进王大利耳里如同响了一个炸雷,王大利不由自主地惊叫了一声。王大利仿佛感到何老师已洞察了他那些贪小便宜的事,突然浑身又躁热起来,汗流浃背,不敢正视对方,羞愧得低下头来。

何老师坐了片刻,没等小利母子回来便告辞了。

那盘水果静静地放着,谁也没动它一下。

陈国齐,男,珠海市斗门区人,中共党员,国家公务员退休。广东省作家协会会员、斗门区作家协会名誉主席,入选斗门区公共文化服务人才库。著有《镇南楼的钟声》(散文、小说、寓言童话文集),由《羊城晚报》出版社出版。

与你淡如水，我便能千杯不醉

黄少明

01

我正在厨房捣鼓着自己的晚餐，最喜欢的土豆丝刚下锅，秦风就打来了电话。他告诉我下个月要结婚了，我是他第一个告诉的好友。

我愣了愣，无力地放下了手中的掌勺。我该庆幸他第一个告诉我，毕竟我们是相识10多年的朋友。只是听到这个消息，我的心里却无名地隐隐作痛。

这顿饭注定做不好了，土豆丝炒焦了，不经意撒把盐就变咸了。我闻着难闻的焦味，用筷子夹起一根土豆丝放进嘴里，太难吃了！

我把一碟土豆丝毫不留情地倒进了垃圾桶里。

还在喘息中的我跑进了洗浴房，我闭上双眼，任凭花洒里的水拼命地洗刷身体。冷水让我身体莫名地发抖，我双手交叉抱住自己，为什么会如此难受，我讨厌自己这个样子。我只想让自己保持冷静。

我知道我喜欢秦风这个男人，但是他从来就不曾属于我。

02

我和秦风是高中同学，可谓是不打不相识。

高一新学期，我们班举行班干部竞选。天性内敛害羞的我，对这样的班干部竞选是没有兴趣的。

可是在竞选学习委员职务的时候，他走上了讲台，穿着整齐的校服，浓眉毛、高挺的鼻子、略显黝黑的肌肤，看个子起码有一米八，他一张开口说话，我突然觉得这声音怎么这样好听。

他就是秦风。他站在讲台上说了一句，他考试的成绩是我们班里最高分的，所以他认为自己最合适当这个学习委员。

这一听我心里想着这人怎么如此自负，当他走下讲台后，班主任问还有没有同学竞选。在最后的时刻，我径直站了起来，走上了讲台。

秦风露出了一丝狡黠的微笑，我凌厉的双眼望向他。我努力让自己镇定，告诉大家，我不是全班第一，但会做好这个职务。最终我以一票优势击败了秦风。

我本想当一个听话文静的乖学生，这下子因为自己容不下骄傲的秦风，狠狠地把学习委员这个职务从秦风手上夺了过来。也许我遇见秦风，本就是人生赐予我的一场意外。老师安排座位的时候，秦风坐在了我后面的一排。

有时候上课的时候我会突然感觉我的头发被人扯了一下，我趁着老师在黑板写字的间隙立马转过头来，抿着嘴面无表情瞪着秦风，可他总是无所谓地朝我笑笑。

秦风上课的时候老不专心，他看起来对什么都不在乎，在全班同学都积极做着笔记的时候，他从来不做，回答问题的时候也常常不按常理出牌，因此班级老师对他的印象总是：学习有天赋，性格桀骜不驯。

虽然性格不讨喜，秦风却是班级名副其实的学霸，他入读高中的成绩是我们班第一，就连高中第一次期中考，他的成绩依然是班级第一。我不得不承认秦风是个很聪明的人。

那个时候我们都要晚自习，有次正当我在认真算着一道数学题的时候，秦风用手指头轻轻敲打我的背后，我烦躁地放下手中的笔，转过身后瞧着他说："干什么"

秦风依然是那副狡黠的笑容，他没有说话，只递给我一张纸条。我打开揉成一团的纸条，里面写着"学习委员做完作业了赶紧给我抄一下。"

我一直都想他学习委员没竞选上会不会对我心怀怨恨，于是我趁此在纸条里第一次好好地和他谈起话来。可是没想到他看到我的肺腑之言后，只是对我扁了扁嘴，挑起了眉头，一副事不关己的模样。

秦风不是那么小气的人，因为在轮番的传纸条中，从一开始的各不相让，慢慢我问他功课他也认真为我解题，再之后遇到难懂的数学题我常常求救于秦风。

莫名其妙地我和秦风竟然成了朋友。

03

有了秦风这个朋友，我的学习委员这个职位可谓做得越来越稳当。后来因为我的语文成绩好，还被选上当语文课代表。

有些调皮不爱做作业的男同学功课总是迟迟不上交，每当这时我还没有出手，秦风就已经替我去解决妥当。

我早上回到座位上，一叠功课本就会整齐地摆放在我的桌子上。我每次都会给秦风写个字条，说感谢他。只是，每次秦风都说不要跟他来这一套，还笑说我这么内敛以后怎么找男朋友。

看到秦风这样说的时候我心里会有一阵乱跳，可是在那单纯的年月里，谁又会多想呢。

学生从来都不喜欢冬天，校园的广播已经响起，可躲在暖暖被窝里的我依然不想起来。想把头缩回去继续睡觉又害怕一不小心睡过去了迟到。万分无奈地起来穿衣洗漱，连早餐都顾不上吃就跑到教室。

这是真的冷，我在校服外面加了个棉袄还是感到毫无暖意，整个身子冰冷冷的，刚坐下来就不停搓着双手。

这时秦风给我递过来一瓶牛奶，他说刚从小卖部买回来，还热着呢。

我看着秦风，他的头发被外面的寒风吹得有些凌乱，他校服里面穿着一件高领毛衣，看起来好像并不感到冷。

我摇了摇头，虽然心里很想接过这瓶热牛奶。

秦风粗暴地用嘴咬开饮用管外面的透明包装，然后把饮用管径直插到牛奶瓶里，我看着秦风的样子，不禁有些想笑，不知道为什么。

他还没等我反应过来，就把热牛奶放在我手上，边喊我赶快喝，边握住了我的双手，他用自己宽大的手，给我温暖。他的手似乎软绵绵的，一点都不像男孩子粗糙的手，有点像女孩子的手。

我突然感觉自己脸有些发红了，第一次被一个男孩这样紧握着双手，有一股刺热感油然而生，说不清道不明。

我马上就把手缩了回来，轻声跟他说了句谢谢你的热牛奶。

我从来不曾想过自己会在青葱的年月里喜欢一个男孩子。我开始觉得自己喜欢上秦风，是在高二分班之后，他选择了理科，我选择了文科，注定是南辕北辙。

我的后座再也不是秦风，再没有人故意扯我的发丝，没有人和我传纸条，或调侃或教我做题。我也不再是学习委员，不再需要去督促同学们学习。

突然一切都变了。我开始很不习惯，我以为慢慢就会习惯，但是没有。我在上课的时候会想起秦风，做数学题的时候会想起秦风，就连课后打扫卫生也会想起秦风……我完了。我有点害怕自己这样的状态，常常闭上眼睛眉头深锁。

但是过了没多久，我就收到秦风再次给我传来的纸条，惊喜、意外，我不知道怎么用文字形容，见字如见人。

我隐藏着自己对秦风的暗恋之情，秦风从来没有对我说过什么。我根本不知道他对我会是怎样的一种感情，我不敢表露出来，因为我害怕，只能默默以朋友之名与他写着信来往。

高三那年我破天荒地剪掉了自己蓄了多年的长发，理由很简单，那是我曾听过秦风说起，他喜欢短发干练自信的女孩。

可惜每天穿梭于校园中，偶尔的相遇，秦风看着我短发的样子，似乎并没有泛起一丝涟漪，我为得到他一个赞赏的眼神，可是他却摸摸我的头告诉我说，我们会是永远的好朋友，这次高考我们一定会胜利。

高考后，秦风去了北方，我还是留在了南方。那个时候开始知道有一种聊天工具叫"QQ"，我申请了一个 QQ 号，添加的第一个好友，就是秦风。

虽然多了 QQ 聊天，但是刚进入大学校门，我和秦风还是习惯性地用写信来维系感情。我每次给秦风写信，都会选用顺丰快递，虽说每次跨省邮寄都得花去我 23 块钱，但是想到隔天秦风就能看到我的信，这点钱我还是花了。

秦风每次都说我浪费钱，他不会寄顺丰，所以我的等待往往就得多些日子。秦风这头刚给我说寄出信件，我就忍不住隔一会儿就跑到学校收发室里看。

寄信的时候内心总是充满期待的，收信的日子则是喜悦的。南北一方，依然有人记挂着自己，这种感觉，想想都是美好的。

04

大学第一学期结束的那个寒假，我参加了高一的同学聚会。我当然会参加，因为秦风也会出席。

我不喜欢喧闹，趁着大家还没散场，几个月没见的秦风招呼我单独出去走走，走到红灯处时我一不留神踏了出去，秦风随即把我拉了回来。我有点不好意思对他笑了笑，他摇了摇头又笑说我笨。

他手心的温暖，瞬间传遍我整个身体，我的心跳离奇地加速，似乎完全不受我的控制。那一刻，我好想告诉秦风，我喜欢他。

但是这几个字我积攒了很大的勇气依然没有说出来。每当想冲口而出，就会想起在书信中秦风告诉我，我是他这辈子最好的朋友，没有之一。

寒假在几次跟秦风相约玩玩乐乐的日子中很快就过去了。

大一第二学期，我收到了秦风给我的信，他告诉我他喜欢上了班里一个女孩，想让我给他帮忙。

我忍着心里的疼痛，问了他想我怎样帮忙。

我高中时候每次写的作文老师都会在班上公开表扬。而只有秦风一个人知道，其实我最喜欢写的不是命题作文，而是诗歌。秦风想让我代他给喜欢的女孩写情诗。

21首情诗把人追到手，秦风说是我的功劳，我对着手机屏幕哭着说不用客气。

秦风忙着谈恋爱，没空再和我写信了。只是偶尔会给我手机发来几条信息。

他这场恋爱开始得轰烈，结束得狗血，秦风为那个女孩花尽了心思，深爱过，腻歪过，互相伤害过，最终还是逃不出"毕业即分手"的魔咒。

05

大学毕业，秦风刚结束了这场恋爱，一个人萎靡不振地回到我们的城市。

秦风邀请我们整班同学去唱K，他拿着麦克风声嘶力竭地呼喊着自己的心声，失恋苦，我看着这样的他也觉得苦。他为她哭红了双眼，却不知道我也在为他心伤得透骨。

同学们故意调侃我们俩，认识这么多年竟然也走不到一起。我看了看秦风，轻声说着："人家秦大少看不上我呢。"

秦风先是笑笑，搭着我的肩膀跟大家说："我这妹子，是一辈子的好朋友。"

我眼眶中含着泪水，可我不敢让泪水滴落下来，我不想做秦风的好朋友，我喜欢他，可是他从来就没有喜欢过我。我们那么近，却又那么远，像他说的我们什么都可以谈，就是不能谈情。

那个晚上，我不知道怎么了，不会喝酒的我狂喝个不停。秦风每每阻拦我，我甩开他的手拼命一瓶又一瓶地喝着。

酒的味道太难闻了，也难喝，我平时最讨厌的东西，但是当时只想喝醉了去。

秦风扶着摇摆不定的我回家，在路上我不断笑了，又哭。我推开扶着我的秦风，拨弄着自己的长发。

我伸出手指着秦风，侧头看着他说："还记得我高中的时候突然剪了个短发吗？你不是说喜欢短发的女生吗？我现在再去剪一遍，你会喜欢我吗？"

秦风迟疑了半秒，张开嘴巴可说不出一句话来，只用力抱紧了我，强拉着送我回家。

清醒过后，我敲打着自己脑袋，痛恨自己为什么喝那么多酒，不喝多就不会乱说话，这下可真尴尬了。

过了几天没想到秦风给我打来电话，他在电话里头说那晚喝醉了胡言乱语，我漫不经心地说了句："是吗？"

"哎，你呀，都不会喝酒，这下子知道喝醉了酒难受了吧，看你以后还敢不敢多喝酒。"

"我喝醉了说什么了？"

"哈哈，那就别提了，反正你以后还想喝酒就记得叫上我，记住我们是好朋友，你万一喝醉了我还能照顾你一会儿。"

我知道自己喝醉后说了些什么，秦风肯定也知道我知道，但聪明如他，怎么可能会去点破，我也应该看破，如果友情可以不变，那就让我们保持一种淡如水的关系。

人生在世，谁没有试过暗恋别人。我有权喜欢别人，别人也有权不选择我。

也许我并没有放弃爱秦风，只是在后来的日子，大家一起畅快玩乐，心里也时刻保持着清醒，我再也不会让自己喝醉，也不会对谁透露半分对秦风的这份感情了。

06

大概在半年前，秦风说要请我吃饭。在那一天，我第一次看到他心爱的她。

大家的工作渐渐忙碌，少了如往日那般无聊就调侃一番，他一直没有告诉我谈恋爱的事。我也不知道这段感情他是什么时候开始的。

我看着坐在秦风旁边的这个女孩，一头乌黑柔软的长发，我有点意外为什么不是短发？她的瓜子脸精致的五官，流露出自信的光芒。我知道她肯定有让秦风爱上的理由。

当我们谈起一些事情来，她咯咯咯地笑，真是个爱笑爽朗的女孩，难怪她有这样的好运气。

秦风打算买房，但是房价却让人望而却步。当他告诉我还差好几万时，我不假思索便全部拿出来借给了他。

秦风知道这些钱都是我存了好几年，想着出国旅游的。我跟他说，房价每天都不一样，赶快把房买下来吧，别想了。

我被秦风抱在怀里，我终于又可以和他那么近距离接触。当然这只是一个友谊和感恩的拥抱。

07

我不知道以后是否还会遇到一个像秦风一样让我痴迷的男

人，但有一点很清楚，在暗恋这场无声的独角戏里，我在尽力地表演，而秦风早已离席。

婚礼现场响起了《感激我遇见》的音乐，秦风挽着新娘缓缓步入宴会厅。他身穿一套白色礼服，他对着所有人饱含笑容。新娘很美，很幸福，笑得很甜。他们在台上互相亲吻，互诉衷情，他爱她，她也爱他。

那一晚我接到了新娘的花球，秦风狡黠地朝我笑笑，如同回到高一时候，一样的笑颜。只是不知不觉已过了这么多年。

我跟众多同学一桌，大家都在念着从前，说着现在，只有我不想说话，只想喝酒。我喝了一杯又一杯酒。

我凝望着台上的秦风，在心里默念着，我终须要把你狠狠放下，今天是你大喜的日子，往后的人生我们还是最好的朋友，只要与你淡如水，我便能千杯不醉。

雨　下

黄少明

窗外的雨滴落在破旧的空调外机上
打开窗户一缕雨丝缓缓吹进来
我瞬间醒了过来
窗外的世界斑驳陆离
马路上在酝酿着一场又一场的逃跑
我听到一声急促的喇叭声

行人不倦
初夏的热浪暂时被遮掩
雨落不息
仿佛天空的眼睛一眨
浇灌了我内心所有的明媚
轻声告诉自己
别忘了生命
别误了年华

　　黄少明，笔名乐从心，珠海市斗门区作家协会会员，青年作家网签约作家，已出版散文合集《幸福的那些小事》《素心如简》和长篇电子书小说《花漾盛女》《梦落倾城》。

夕阳之光

——记黄健忠艺术人生

封少珍

　　健忠是我的亲密战友。我们有共同的爱好，共同的理想，共同的追求，共同的享受。闲时，我们在书房的小天地里玩自己喜爱的文化艺术。当各自构思创作的成品出炉时，彼此都有一种欣喜与满足感。同时也提出自己的意见，互相勉励，互相欣赏，共同提高。

　　健忠从小热爱艺术。读小学时受老师的影响，对书法篆刻有极大的灵性和浓厚的兴趣。在老师的指导下，他逐步掌握书法和刻章的一些技法。当兵的时候，他从连队调到师政治部搞文艺创作。从那时候起，他更加热爱文化，一心追求艺术的真善美。复员回到地方从事文化工作多年，一有时间他就练习书法，玩石头刻字。

　　健忠是中国硬笔书法协会会员、北京长城长书画院会员、中国当代书画协会会员、斗门区美术书法家协会会员。对书法篆刻的浓郁兴趣，一直坚持到退休。退休后，他觉得时间才真正属于自己，可以专心致志"玩文化"。所以，他每天坚持研习书篆艺术，日子过得十分充实。

最近，他选出自己的书法精品和印章，整理出几本《书法篆刻作品集》。一集是毛泽东诗词，一集是著名古典文学《红楼梦》诗词，一集是唐宋古诗、篆刻和自己创作的诗歌。这几本作品集是他多年创作的结晶，每件作品都洋溢着他生命的律动，闪动着他生命的灵光。如他创作的诗歌："十八穿军装，守卫在南疆，风雨来历炼，时刻上战场。""月色照天高，背枪夜巡道，南塘军火库，夜光闪刺刀。""斗门美，建设气如虹，工业园区拔地起，荒滩野岭换新容，美景图画中。""黄杨山上金台寺，三面环山水一池，香烟缭绕客如云，青龙白虎两对峙"……这些作品抒发了他当兵守卫边疆的情怀和自己对人生的感悟，以及对家乡的热爱，融入了他深厚的文化修养和人文情怀。

健忠的作品如他的人格，为人真实、诚挚，字和印章中浸透了他淡泊名利，倡导正义的道德观念。看得出，那是他追求艺术的坚毅品格和至真至纯的品性。他的作品藏着他的人品和文品，他的精品集是他人格修养的最好体现。

他的书法以行草为主。在兄长黄奇才的启发下，在大量的书风中，他专心去探求、领悟、汲取传统书法家的营养和精粹，再写出属于自己风格的笔墨作品。他领悟到：书写时要有弹性，落笔有神，有收有放，笔画应刚柔相济，还要有雄健的笔意，作品才会充满刚健，生机勃发。他认为：功力应该是按照古人的书写标准和规范进行书写，书写的笔画要有章法，布局要讲究。他悟懂这些道理之后，尽量要求自己达到这种境界。另外，书法的语言是以心造境。他在创作时，力图使自己的作品达到自然的境界。要掌握书法的技能不但要精，要熟，还要时时多练才能有过硬的功夫；有真功夫，才能很好地继承中国书法传统的根本。在研习中，他渐渐悟出这些书法的妙道与神采。如：笔法与技法是"形质"，学识与修养是"神采"。他掌握了这些内功之后，每天都加强练习，注重在前人的书法中汲取更多的知识。多年来，他订了许多《书法杂志》《篆刻》和《中国书画报》来补充自己的知识，力求在书写中汲收更多精华和营养，使自己的作品更加厚实，更有生命力。

他创作时要求自己尽量做到入静、入境。只要他拿起笔，就立刻进入全神贯注的创作状态，尽量把自己的思想感情全部注入线条和笔墨中。细品他的作品，给人以沉厚明净、俊健爽利的印象。其笔锋厚实雄劲，笔法简洁灵动，意韵悠长，只觉他的作品有一种精神境界和高尚的气质。健忠在多种书体中偏爱行草，他觉得行草能让他激情澎湃，熟练之下可以纵横奔放，自然洒脱，又可以自由发挥。

在健忠这几本《书篆作品集》里，让我眼前一亮的还有他的篆刻艺术。他对篆刻艺术有一种天生的灵性和娴熟的技巧，以学习秦汉印风为主。他觉得篆刻是中国最有特色的一门传统技艺，是最能展现文人精神情怀的艺术文化。篆刻以刀代笔，朱白相间，融书法、雕刻、技法于一体，其精湛、韵趣令人叹为观止。他还觉得，篆刻印章天地虽小，可气象万千，要想精通这门艺术，并非一朝一夕能掌握。退休后，他几乎成了一个疯狂的篆刻迷。他叫女儿在网上买了许多不同质地的石头，不断实践，不断研习，后来多数是用青田石和寿山石。从此，有了自己的艺术理念，也渐渐有了自己艺术的创作风格。印章虽小，可看上去赏心悦目，有一种新奇别致、古朴小巧的情趣，给人美的享受。

刻章的时候，他注重掌握运刀之法，以短冲、快切、转角带摇的刀法和双刀法，尽量使自己刻出来的朱文苍莽，白文深厚。他在刻章时专注、认真，作品看上去自然、平直、刚劲。他刻的印章有凹有凸，扁阔丰厚，古拙静穆；有粗有细，气势灵动，清和端庄；变化丰富，神采俊美……

健忠在研究篆刻艺术中，抱着学习和继承的态度，努力让自己的作品富有时代气息，有自己独特的艺术个性。他的章法和谐，行气俊逸，精致优雅。在他的作用中除了能感知他篆刻艺术的功力之外，还能体会到他对综合艺术的修养和追求，总觉得他的作品里浸透了他人生的感悟，也注入了他生命的活力。那些石头刻下了他精彩的人生。

最近几年，他参加北京举办的"畅想中国梦"第三届全国"墨缘宝"书画大赛中，篆刻荣获金奖；作品编入大赛的精品集。在参加第七届"羲之杯"全国书画大赛中，篆刻荣获一等奖；作品也选入精品集。最近，他参加"滕王阁""纪念红军长征八十周年""党旗飘飘"等全国"书诗、画、印"大赛，篆刻也获得一等奖和金奖。

健忠于2019年在文化馆大展厅举办了"黄奇才、黄健忠兄弟书法篆刻摄影作品展览"，受到广大市民的好评。

这几年，书法作品"抗疫"获全国书画"十一届羲之杯"大赛一等奖；篆刻作品"庆祝共和国70周年华诞　黄杨山上写意浓"获全国诗书画印大赛金奖；作品"中国必胜"等参加2020

年珠海市民艺术节美术书法摄影大赛获三等奖……

2021 年初，健忠为井岸霞山公园新景点撰写的书法"知青缘""广阔天地"被刻在两块大石上。这书法大字用笔严谨、神采飞扬、端庄典雅，醒目的大字点亮了整个知青缘园区，深受广大市民的喜欢和赞赏。

健忠喜爱艺术，用艺术赞美祖国、歌颂共产党。继《夕阳之光》精品集之后，他于 2021 年 5 月再次出版《黄健忠书画篆刻精品集》，献给中国共产党成立 100 周年。他的精品集展现了他一生热爱艺术的精神。

赏读健忠《书画篆刻作品集》有感：

笔端生情趣

石头孕浩气

书篆成正果

晚年乐怡怡

《精品集》

一幅幅画面

洋溢着他的真善美

一页页书法

书写着他真诚的爱

一个个篆刻印章

刻着他的努力和勤奋

一本本精品集

展示着他

追求艺术的闪亮人生

封少珍，女，广东省作家协会会员。著有长篇小说《南国昙花白》，小说散文集《爱的选择》《我走我的路》，散文集《生命恋曲》等。先后在《人民文学》副刊、《中国作家》世纪论坛、《新生界》《千家写岭南》《羊城晚报》《珠海特区报》等省、市级以上报刊发表作品并获奖。

何日君再来

——连绮兰的同学情

何悦华

师范毕业时，同学们都准备了一个本子，让每位同学写上纪念性的文字，这就是毕业留言。出来工作后，由于宿舍条件差，师范时买的书和那本留言簿，都放在家乡老屋的阁楼上。有一次回乡，发现阁楼上的书全部被白蚁蛀掉了，当然那本留言簿也不能幸免于难。

留言簿上同学们都写了些什么，已没有什么印象，但连绮兰同学的留言，却能一字不漏地记下来了。连同学的留言是"何日君再来"，也许是简单直接，也许是道出了同学之间最真挚的情感，我居然能一字不漏记下来了。

然而没想到的是，当"君再来"的时候，已是20年后的第一次同学聚会。第一次同学聚会有没有见到绮兰，已没有印象。但毕业30年后，顺南同学的孩子结婚，我们师范这班同学去喝喜酒时，见到绮兰同学，我竟认不出她来了。我问身边的同学，这位同学是谁呀？同学说，她是连绮兰。没想到这话被绮兰听到了，她有点伤心地幽幽地说："是了，我在同学中不够优秀，不够突出，当然不记得我了。"

我为自己一时的失语而感到内疚，没想到一句轻轻的话语会伤到一个同学的自尊。至今想来也觉得有点奇怪，连绮兰同学我一直记得，而且她的样子也长得别具一格，好像有几分西洋人的血统，可当时就是没有认出她来，这可能与她当时的发型有关。想起在顺德碧桂园第一次同学聚会时，我们斗门的几个同学也认不出小玲。小玲开车来大良接我们，我们不敢相信眼前这位打扮高贵的"年轻"女司机就是昔日的同学小玲，还迟疑着不敢上她的车。看来认不认得一个人，与其样貌的变化有关；而记不记得一个人，则与这个人有没有特别之处，或这个人与自己有没有过交往有关。在师范三年中，与女同学基本上没有什么交往，而与连绮兰同学的一次偶然相遇，却给我留下了难以磨灭的记忆。

由于师范无升学压力，无什么作业，自己也无什么爱好，周末便常常一个人步行到大良的书店里看看有什么好书，见到好的买得起的也就买一两本回来。有一次，在回程的路上，刚好遇上了绮兰，她是骑自行车的，看样子也是到大良买完东西回来。她见到我后下了车，我们说了什么话，当时的情形怎样，一点也记不起来了。只记得我坐上了她的车，穿过大门村，从山边的教师宿舍那头的后门回校。进入校园之前就下车了，生怕被人看见。若被人看见，别人还以为我们一起到外面游玩，那可是掉落黄河也洗不清了。在那时整个校园对男女同学之间的相处都非常的敏感，学校对此更是如临大敌。若那时被人看见男同学和女同学在一起，那可是不得了的事情，如果有亲昵行为，轻则记过处分，重则开除学籍。

那可是我师范三年唯一的"艳遇"。之前与绮兰同学没有任何交往，之后也没有过任何接触。本来她在路上捎上一位同学，仅仅是出于对同学的关心和帮助，是一种本能的同学情，说得高尚一点，那是雷锋精神的体现。可以看出，连绮兰同学是很珍惜同学情的，是一个心地很善良的人，做事也不会瞻前顾后想那么多。绮兰同学的这种思想品质，几十年来都保持不变。

就今年在顺德的同学聚会里，她为能尽到地主之谊而感到高兴。她尽自己的能力，请全班同学到大良一间有名的牛展煲仔饭店吃饭。这店虽小，却真有点名气，我们到时，已排起长龙。绮兰怕对我们照顾不到，让她的先生也来了。其时我们刚喝了很多茶才过来，正为寻不到洗手间而着急，而绮兰同学的家就在附近，与周围的店主熟，绮兰同学便带我们到就近的一间小店的私人洗手间去，对同学的照顾可谓无微不至。

尽管我们师范同学如今两年才聚会一次，但很多同学在平时因缘际会，或因某一目的意向而有小聚。绮兰同学是同学聚会的积极分子之一，仿佛随着年龄的增长，那份同学情越来越浓一样。在顺德那个片区，绮兰同学也经常和几个女同学一起，游玩，品茶，畅谈人生，其乐也融融。虽然绮兰同学的际遇普通而平凡，但她始终保存着那份初心，始终牵着那一份同学情。她的活动信息，也常放到班群里，放在朋友圈里与同学们一起分享。绮兰同学的心里，也一直装着全班同学吧。

所谓百年修得同窗读。师范，是我们读书生涯的最后一站，也是来自各个不同地区却为同一知识层次的人共聚一堂的一站。在这里，我们学习专业知识；在这里，我们播下了理想的种子；在这里，我们进行了凤凰涅槃般的蜕变。毕业后，我们怀着各自的理想各奔前程，但3年同窗所留下的点点滴滴，都是一笔宝贵的精神财富。几十年后，那份同学情更像经霜的秋叶一样可爱。

人活在世上，因有理想而精彩，因有情感而充实。如果一个无情无义之人，即使家财万贯，位极人臣，活着又有什么意义呢？所以，我们要珍惜生命中遇到的每一个人，珍惜人生中的每一段情感。我们的每一个人生阶段都会有不同的人生感受，而人生又是多么的短暂。俄罗斯有一首名为《短》的诗说得好：

一天很短，短得来不及拥抱清晨，就已经手握黄昏！

一年很短，短得来不及细品初春的殷红窦绿，就要打点素裹秋霜！

一生很短，短得来不及享用美好年华，就已经身处迟暮！

总是经过得太快，领悟得太晚，所以我们要学会珍惜，珍惜人生路上的亲情、友情、同事情、同学情、朋友情、战友情……

因为一旦擦身而过，也许永不邂逅！

《红楼梦》中一处断句的探讨

何悦华

大家知道，20 世纪初白话文推行以前，中国文章是没有标点符号的。《红楼梦》原本自然也没有标点符号，今读到的《红楼梦》通行本，其标点是后人加上去的。我们也知道，对于同一文本，若标点断句不同，也会出现不同意义。因此，对《红楼梦》所下标点是否正确，关系到是否能再现曹雪芹原作原意的问题。下面试举一例以说明之。

如第二十八回有贾宝玉诌出的一个丸药方子，原文如下：

头胎紫河车人形带叶参三百六十两不足龟大何首乌千年松根茯苓胆

今各通行本对这段文字的断句差别较大，且有文字上的出入：

头胎紫河车，人形带叶参，三百六十两不足，龟，大何首乌，千年松根茯苓胆。（1957年人文社第1版版本）

头胎紫河车，人形带叶参，三百六十两还不够。龟大何首乌，千年松根茯苓胆。（《语文新课标必读丛书》俞平伯点校本）

头胎紫河车，人形带叶参——三百六十两不足——龟大何首乌，千年松根茯苓胆。（1982年红学所校注本）

头胎紫河车，人形带叶参三百六十两，六足龟，大何首乌，千年松根茯苓胆。（周汝昌汇本）

作家刘心武曾撰文把这段文字断句为：

头胎紫河车，人形带叶参，三百六十两不足龟，大何首乌，千年松根茯苓胆。

应该说，我初看那段没有标点的原文时，私下的断句也是这样的。因为从行文语感上看应是如此，每一样药前面的修饰限制语都规定了这种药中最好的品质：紫河车为人之胎盘，头胎之人正值生命力最强的时候，其胎盘补益作用当然最好；而人形的人参药效最奇；茯苓为寄生在松树根上的菌类植物，千年者药力强；何首乌大者味厚力专，这些已是医药学常识了。

唯独这个"三百六十两不足龟"则莫名其妙。那么会不会是断句出了问题呢？若把"龟"字划归后面，如俞平伯及红学校本为"龟大何首乌"，则是说不通的，因龟有大小，且龟与何首乌形不像神不似的，那有用龟来比拟何首乌的道理。"大何首乌"的断句应是正确的，这符合中药处方书写的传统习惯，至今的中药处方也常常这样写，他药如生地也常常写作"大生地"。

若把"三百六十两"划归前面，如周汇本为"人形带叶参三百六十两"，这样一来，这个方子岂不是怪怪的，其他药都没有用药分量，独独人参有用量，哪有人开药方这样开的？

也许有人认为，这个"三百六十两"不是言用药之分量，而是说药之价钱的，因前文有"太太给我三百六十两银子，我给妹妹配一料丸药"之语。因而人文社版断句为"人形带叶参，三百六十两不足。"这是说人形带叶参很珍贵，三百六十两银子配这药方是不够的。这样看来倒似乎是合理的，但细读原文又发现了问题，在几味药中插入一句讲价钱的话，显得唐突而文气不顺，因而这样断句也是值得怀疑的。

又根据周汝昌先生细查古本发现，"不足"实为"六足"的讹抄。原因可能是，行草书法中相邻的字相同，用另一种写法，因前面"三百六十"中出现了"六"字，因而后面的"六足"的"六"换另一种写法，与前面的"六"写法不同。传抄之人不明此理，错把后面的"六"当作了"不"。而且，《大明会典》上有"暹罗国献六足龟"的明确记载。六足龟乃珍奇之物，这在上述方子中恰与其他几味药对等，即药味之珍贵，说明配药难度之大。周先生的考证是令人信服和佩服的。这样一来，"三百六十两不足"的断句就不成立了。

根据以上的分析，我以为这段文字的断句应为：

头胎紫河车，人形带叶参，六足龟，大何首乌，千年松根茯苓胆。

至于"三百六十两"，疑为传抄之误，因前有太太给三百六十两银子配这丸药的文字，可能是把前行的"三百六十两"抄到后行中来了，应删去。关于这药丸，这几味药只是整个方子中的臣药或佐使药，后面还提到更珍奇的君药，即古坟中的珍珠，配齐这个药方，才有下面花上上千两银子的说法。

鲁迅作品里的"逸笔"

何悦华

作为一代文学宗师，鲁迅的文学造诣可谓出神入化。在其文学作品中，常常出现一些超越常规之笔，犹如彗星滑出正常的轨道，绚烂而夺目，给人留下深刻难忘的印象。

一、鲁迅作品里的"逸词"

这里所说的"逸词"，是指字典、词典里没有，是鲁迅根据表达的需要创造出来的。如《故乡》中有一个情节，"我"与闰土到西瓜地里捕捉一种偷吃西瓜的小动物，这种小动物当地人叫chá。这是一种当时就已濒临灭绝的动物，书无记载，字典无此字。于是鲁迅根据汉字的造字规律首创了这个"猹"字，这是一个形声字，从其字形和字音中，我们也能体会到这种小动物的特性。这个字易认易记，韵味十足，科学而艺术。

又如《祝福》开头写村镇旧历年底的气氛："一声钝响，是送灶的爆竹"，"钝响"一词是词典里没有的，但鲁迅在这里编造的这个词却很有针对性和表现力。因为"我"回鲁镇看到的是黑暗的现实，心情是那样沉重。"钝响"一词非常贴切传神地表现了半封建半殖民地的旧中国农村那种沉闷压抑的气氛，以及人的麻木感觉与悲凉情绪，具有深厚的意蕴，耐人寻味。

二、鲁迅作品里的"逸句"

鲁迅作品里的"逸句"，是指那些不符合逻辑常规，违反语法规则的句子，而读来却又让人感觉意味独特，妙不可言。如《狂人日记》里有个短语"发出一阵呜呜咽咽的笑声"，"呜呜咽咽"一般是用来形容哭声的，但鲁迅在这里却用来形容笑声。因为假如狂人自勒，那帮吃人的人自是求之不得，其悲伤当然是装出来的；实际上是脸哭心在笑，是真正的笑，是虚伪的哭。鲁迅用这一简短的修饰语表现了深刻的真实，可谓妙绝。

再看《孔乙己》的最后一句："大约孔乙己的确已经死了"，这看来是前后矛盾的句子，若是公文写成这样是不行的，法律条文这样写就更不行了。然而，鲁迅写的是小说，是文艺作品。公文与法律条文必须用科学语，而文学作品用的是情感语，情感语具有模糊性与不确定性的。"我"没有看见孔乙己的死，所以说"大约"，又因为长久没有见，所以说"的确"；用不确定的语言来表达矛盾的心理，用模糊的语言达到了准确的效果。

还有《秋夜》开头一句："在我的后园，可以看见有两株树，一株是枣树，还有一株也是枣树。"这是一个不符合逻辑思维的句子。在读者的阅读期待中，另一株应是别的什么树，而绝不会是枣树。然而这个奇特的句式，写出了"我"在秋天的夜晚孤独地伫立在园中逐一审视两株枣树的情状，给我们的语感是执拗、顽强、寂寞和荒芜，恰好表现了鲁迅的那种韧性斗争精神和荷戟独彷徨的悲凉。言语是表情达意的，文字的最高境界就是表现人物的情绪。此句正是如此。

三、鲁迅作品里的"逸段"

所谓"逸段"，是指鲁迅作品里那些似乎与作品主题没什么关系或关系不大的片段。如《从百草园到三味书屋》在写百草园时，鲁迅宕开一笔，写了一大段有关美女蛇的传说，这似乎与百草园没有直接关系，然而这一传说增加了百草园的神秘色彩，从而增强了文章的趣味性。鲁迅散文中的题材常常显得有点散漫，然而都有一根比较隐蔽的红线贯穿始终。正如书法作品里的行书草书，一些字看似倾斜欹侧，实质却似欹反正，最终都归于整体的和谐。

再如《药》里对那乌鸦的描写，不少人认为乌鸦是有所指：有的认为象征革命力量，有的认为比喻反动派，并作出种种解析。其实乌鸦并无所指，那铁铸般的乌鸦和光秃的树枝以及有如铜丝般直立的枯草，只是在渲染一种悲凉的气氛。最后那乌鸦"哑"的一声飞走了，也是无尽悲凉情绪的延伸，别无他意。事实上鲁迅作品里的每一处描写并不是都有所指，然必有其作用。那些纵逸之笔皆源于作品的主题，犹如那些旁逸斜出的树枝都源于主干。正因如此，鲁迅的小说写得郁郁勃勃，多姿多彩，极富魅力。

鲁迅的艺术修养博大精深，因而其文艺创作便有着非凡的气魄和胆色。他善于创新，不囿于前人。其行文汪洋恣肆，其笔法奇诡独特，然皆能曲尽其妙，令人拍案叫绝。

何悦华，男，1964 年生，珠海市斗门区白蕉镇人。1983 年毕业于顺德师范学校，长期从事教育工作。20 世纪 90 年代开始发表作品，至今在各种刊物或文学网站发表文学作品 200 多篇（首），优秀之作入编《中国散文大系》《中国非主流散文精选》《珠海经济特区三十年文学作品选》等多种选本。获奖作品若干，其中《爸爸的爱情》于 1998 年获首届吴伯箫散文奖，《破解鲁迅作品的言语密码》于 2015 年 5 月获首届林非散文奖最佳理论评论奖。个人信息录入《中国散文家大辞典》。现为珠海市文艺评论家协会会员、珠海市作家协会会员、斗门区作家协会副主席。

阳光开始犹豫

陈艺韶

阳光探进窗台的一刻
白的墙，白的床，白的被子
让她开始犹豫与恍惚

房间一直敞开
在药水味与消毒水味的混杂中
一批人被拉进来，又一批人
被推出去

一只本想歌唱的鸟
渴望听见婉转的清音，并安然
享受于世间的热闹
无奈声音不再是具体的事物

他捂着受伤的耳朵

看白衣大褂行色匆匆

像离场的观众，留下来的

要么活成小草的模样，要么

与春天一起老去

拉开窗户，阳光跳到掌心

接着又不知所终

诚　信

陈艺韶

　　晓芸记得，这个中年妇女已经是第 5 次来。她像往常一样挑了一张离服务台最远的桌子坐下来。从晓芸的角度可以看到她那条洗得花白的半身裙子和那双掉色的长靴。她一言不发，紧蹙眉头，安静得像一只猫。偶尔有人进出，她又显得紧张与急促。身旁的小男孩大概五六岁，眼睛清澈明亮，一脸天真，玩弄着桌上的小泥人，不时从咧开的嘴巴可以看到他在说话，像自言自语。

　　女人的眼睛大多时候盯着大堂通向经理室的过道，只是偶尔被保安狡黠的笑声打断。保安并没有站在门边，而是堂而皇之坐在中央的椅子上玩手机游戏。显然，他对这样上班的方式觉得很惬意，并且觉得理所当然。大堂西北角散落着金蛋被砸后留下的一地彩色碎带，还有横七竖八地躺着龇牙咧嘴的碎片，裸露出来的部分凸显颓废，就连周围的空气都弥漫着霉烂的气息。

女人站起来，显然她开始有点不耐烦，晓芸的眼角余光告诉她。可女人很快又坐下了。晓芸注意到，女人的眼睛盯上了挂在西北角上方那幅"诚信赢天下"的陈年字画。字体掉色，纸张移位，画框几乎摇摇欲坠。这幅字画前天掉下来时差点摔烂了。这件事只有晓芸知道。

面朝东面的大门依然半敞着，一片乌云恰好挡住了射进来的太阳光。晓芸才发现，今天的天气确实不好。

女人开始按捺不住，起身怯怯地问，小姐，经理什么时候回来？

晓芸头也没抬，继续坐在服务台后面玩手机，接近冷漠地说，我也不清楚。要不，你改天再来。

可——可我来了5次……声音哽咽。

10次也没用，经理不来，我也没办法。晓芸从来没有这样铁石心肠过。她后来想起这番话，也恨起自己来。

女人没有再说话。依然安静地坐在椅子上，只是换了一张台。

晓芸站起来——又坐了下来。

就在昨天，吴经理跟她交代好了，这几天，上门追回房款的人都是冲着他来，他必须躲一躲。售楼部的一切交给晓芸处理。用吴经理的话说，他们不会为难一个漂亮的女孩子。尤其是男人。

晓芸心底里感受到一种坚硬的悲凉。

这种悲凉这两天都缠绕着她，使她难以入睡。可能更缘于她与吴仁胜之间的特殊关系。

晓芸十七岁跟吴仁胜来到广东打工。男人能干，短短几年换了几份工作，赚了不少钱。从一个普通的房产经纪做到销售经理，而她也顺理成章当上部门主管。可眼下遇到了麻烦的事情。

这些事情的来龙去脉只有吴仁胜最清楚。晓芸问了几次反而被骂多管闲事。不过，眼下家私城改装的商铺办不成房产证已经是板上钉钉的事情。前段时间还被几十个业主联合起来告到法院去，法院已经受理了。现在资产已经被冻结了，不能再销售了。可为了维持整座商业大厦的日常开支，吴仁胜顶风销售，让前台继续接待。前台销售人员纷纷辞职或跳槽。吴仁胜早就放话，谁走晓芸不能走，走也脱不了干系。

售楼部的门两扇只开了一扇，仅容一个人进出。除了个别的看房者，进来的大多是追款的。这几天来了一拨又一拨。

晓芸记得很清楚，就是在前天的早上，天色灰蒙蒙的。刚打开门，就轰进来了三个人，两女一男。为首的中年女子身材臃肿，声如龙钟，叫嚷道，我们要找吴经理！！

晓芸怔了一下，不愠不火地答道，吴经理还没来——

这三个人好像没听到晓芸的回话，径直往经理室冲去，为首的女人被地下的金蛋碎片绊了一脚，一怒之下回身起脚一抽，金蛋碎片应声打在墙上，"砰"的一声，那幅"诚信赢天下"的陈年字画重重地跌了下来。还好，没碎。这番变故把跟在后面的晓芸吓了一跳。

经理室的门紧锁着，像一堵冷冷的墙。然而，女人脚稍一用力，门板应声打在后面的墙角上，发出闷闷的响声，好像打在吴仁胜厚厚的肚腩上。躲在豪华办公台后面的他吓得脸色苍白，心惊胆战，屁股像装了弹簧一样飞了起来。晓芸被挡在门外，只看见胖女人丰腴的腰肌和那条暴露在衣服外面的内衣带子。

胖女人张口大骂，好一个吴仁胜！自己躲在后方，叫一个女人在前台忽悠！今天必须退钱！必须退！说到后面睖了晓芸一眼，可以看到晓芸窘迫的脸。

吴经理涨红着脸，冷冷地说，我们现在也没钱！这时候，身后的那个苗条女子眉毛一挑，脸色严峻地说道，吴经理，据我们律师所查知，你们的楼盘已经被法院查封了。竟敢公开兜售，这分明在犯法！我们随时可以报警。站在门口的那个男子很快地掏出了手机。

晓芸注意到，吴经理脸上的肌肉在抽搐，扭成一幅可怕的图案，就连平常指挥惯的右手也像风中的柳树颤抖起来。这时候，吴经理成了蔫了的生菜，用颤抖的声音甩了一句，退钱去。

这时候，晓芸反而感觉到从未有过的平静。

晓芸看了一眼坐在墙角的中年妇女。这回她看得很认真，连女人头上的白发和皱纹都看得一清二楚，耳边也响起了女人几乎哭泣的呐喊声，10万元可是她家的全部家当，是男人做苦力活挣来的，生活靠它，看病靠它，孩子的读书也靠它。

这时，"砰"的一声，那幅"诚信赢天下"的字画轰然落地，溅起了一地的灰尘。那股别有深意的狂风依然在左冲右撞。

晓芸坐在警车上，向窗外看，天空早已明净，阳光正好明媚。

陈艺韶，中共党员，教育工作者，珠海市作家协会会员、斗门区作家协会副秘书长。作品以小说、散文、现代诗为主，多发表于《中山日报》《斗门乡音》《黄杨月》等纸质报刊。

怀　念

江从芳

　　大概因为年岁的递增，正如某首歌里唱的：昨天越来越多，明天越来越少了……时光交错间，恍然发现多了样习惯，那便是一旦闲余，脑子里总是被回忆填满，很难装进去别的什么。

　　回忆愈多，愈久，愈反复，心底的怀念便油然而生。眼前浮现的，耳畔回响的，那一帧帧、一幕幕，都是生命的印记，岁月的吟叹。

　　我是如此深切地怀念着，怀念遥远的、永不可及的从前。

　　没错，就是从前。纵然时光如洪水，似刀刃，将那么多与我有关的光阴一遍遍冲刷，一片片割离，但是又如何呢，从前是无限堆叠的往昔，是挥之不去的梦境，是一摞厚厚的日记本。我的怀念，像是逆风回归的候鸟，在往昔的真切和今朝的梦境中恣意冲撞；又似倔强的蛮牛，披一身累累伤痕，还要不停地回望，将彼时的愚顽化作此时的慰藉。

　　年岁可数，怀念无限。但凡生命中曾经呈现的，不论久久驻留或是擦肩而去，那些人那些事，全都神奇地变成一道风景、一种情怀，悄无声息地潜入到心底里，让人身不由己且毫无防备。

我怀念已然远逝的年少时光。即便在那时的乡村，终日只为温饱操劳，更未知小康是何意，尚且稚嫩的小小肩头，便早早扛起沾满泥土的艰辛。但是，这又何妨呢？承担了一个时代给予的劳苦，就会享受到一个时代奉献的欢乐。那些悄然飞逝的、不仅仅属于我个人的年少时光，让我和任何不同时代的孩子们一样，拥有肆无忌惮的嬉闹，拥有心驰神往的梦想。

年少的美好，是因为岁月绵长，每一份辛劳都捎带着盼头，每一份甘苦也总有人同享。纵然常常会发呆、会孤独，但心底里始终怀着对这个世界最大的善意，不识时务，更不懂卑微，就那样天然的、本真地活着，宛如满坡的青草。于此，最让人怀念的，是在光阴的匀速流动中渐渐淡去的憧憬二字，愈是年久，愈显珍贵。那份憧憬如梦如诗、悠远朦胧，犹如青山绿水间，瓦房上空的炊烟生起，真真切切又袅袅婷婷，在田间劳作时，仅一个深深的凝望就美妙绝伦。

我怀念已然永别的我的亲人，总爱絮叨的爷爷，一向沉默的外公，这二位老人都是在我上中学的时候离去的，我对他们有着十分饱满而且生动的记忆。爷爷靠着很多门手艺行走江湖，一坐下就有讲不完的故事。外公常年独居，守着一群鸭子和一间小屋，在河滩上度过很多年月。而他们于我的共同之处，则是时不时带来几块饼干或几颗糖果，甚至偶尔还会有一毛两毛皱巴巴的零钱。祖辈的慈爱，总是如此简单明了，但却成为儿时欢乐的重要源泉。

除了爷爷和外公，与我永别多年的，还有世界上最疼我的母亲，和永远年轻漂亮、温婉娴静的姐姐。她们是与我同食同寝、骨肉相缠的亲人，每每想起时，一颗心似要脱离了身体，狠命飞出去，不管不顾地四处游走、寻觅。说不清究竟在找什么，却又无法熄灭找寻的欲念，像是一只出水的鱼，一直搁浅一直扑腾，那么倔强又那么孤独。尤其是对给了我生命的躯体，也给了我良善的灵魂的——我的母亲。不知多少个黑夜白昼，她老人家的身影仿佛与我重叠，抑或植入到大脑里。无论细碎的日常，还是少有的悲喜，母亲总是一直伴随，时为和风细雨，时为灵丹妙药，让我在莫名惆怅或慌乱的时候，能多一份神奇的沉着与安心，继而和自己，也和这个世界从容相随。

记忆中，母亲虽然历尽艰辛，但却从无怨怒，面对任何糟心与烦心的事情都能先坐下来，用手掌拍一拍大腿说道："这个问题嘛……得容我想想法子……"接着，她就真能想出法子来，即便那个法子有多么愚笨，多么为难，母亲也总能克服过去。这一点，也正是我无限怀念母亲的缘由，以至于每逢遇到难处一筹莫展时，仿佛能听见她老人家"呵呵"一笑，然后轻声告诉我说"没事的，想想法子准能过去"。因为乐观，因为宽容，母亲的世界几乎没有矛盾冲突，没有仇怨，那种面对大风大浪也能泰然自若、波澜不惊的深厚功力，需要我用一生来练就。

而对于那位红颜薄命的，我亲爱的姐姐，因她离开时我尚年幼，所以一直不能明确，当年的她为何如此毅然决然，果断选择了永别人间……对此，也很难开口与家人提及，只怕这一道无从修复的巨大的伤，在生生撕开时，唯一能感受到的，只有最残忍的疼痛。于是，姐姐便模糊地活在我记忆里，甚至没有一张照片。不过，这并不耽误我深切怀念，无数次想象她曾经独自饮下的孤单，以及现实中她若健在的美好。我想念她，就像想念一棵兀自生长的桃树或李树，明明好好地站立在山腰，一年又一年绿意盎然，花满枝头。但不知是何日，骤然间狂风大作，暴雨倾盆，将她无情地摧毁了……我的姐姐，就像这一棵孤独的树，必定憧憬过秋日繁茂，果实累累，但最终却成空，什么也没留下。

我怀念已然定格的青春影像，那些不可名状的浮想，无法复制的悸动，全都变成一首首小诗，并悄悄躲进了日记本里。待若干岁月随风，于某个宁静的午后拂去灰尘，开启泛黄的纸张时，那岂止是浮想和悸动，岂止是生涩的诗句？那是期盼、是清澈，是生命中最闪亮的纯真。诚然，当青春的烦扰被悉心记录，化为一个个灵动的字符，难免会被套上"为赋新词强说愁"的解释。但是，那又如何呢？愁便愁了罢，因为青春，所有忧愁都透着别样的美丽。对此，我清晰记得某一段校园时光，自己曾不止一次地犯错，导致学习上，生活上，通通变成了一团乱麻。而且最要命的，当糟糕的现实摆在眼前，我仍然无视身边的劝导，并倔强地反驳道，错误是相对的，即便真的错了，即便付出代价，但只要蕴含一丝丝美好，也是值得的。

呵呵，这都什么歪理，明明挥霍了光阴还执迷不悟。

可不是吗！关于对光阴的肆意挥霍，常常会成为一道内伤，总在不经意的时分突然复发，让人感觉到阵阵疼痛。但是，也正因为那么多执迷不悟的疼痛，才使得青春的色彩不会单一，哪怕曾经哭过悔过，哪怕影响了整整一生，到头来仍然会沉寂于层层叠叠的岁月里，反复浸染、洗涤，并渐渐褪去忧伤的底色。或换来莞尔一笑，或成为永久怀念。往事终究是往事，也仅仅是往事，不论当时注入了怎样的悲喜，只要待到回望之际，都会蒙上一层面纱。这面纱可以过滤时光，过滤悲欢，让人不会固执地停留在当年，而是捧出一颗平静且柔软的心，迎接生命中最美好的怀念。每一份怀念似是一片云朵，只管徜徉好了，不问去处，也不知来路。

怀念有时很痛，有时很甜，让自己哭着笑着，但同时又幸福着，因是独享，所以珍贵。那些无法磨灭的记忆，纵然零零碎碎、纵然杂乱无序，却都是一路走过的痕迹，在人生的后半场，全部幻化成漂亮的弧线，不停跳动着、交织着，构成一幅幅七彩图画。待到这些图画足够丰富，足够动人，便会闪现在以怀念为主题的大屏幕上，在生命之光的投射下熠熠生辉。

我怀念全部的伤痛，也怀念所有美好。因为是伤痛验证了生命的韧性，是美好让人满怀希冀。在无形的人生舞台，总会历经进场、暖场、热场、冷场、捧场、退场等诸多步骤，其间也总会有美好和伤痛交织，顺遂与遭遇并行。然而，直到时过境迁日，此去经年时，美好和伤痛便分不清彼此，也模糊了边界，心里头久久驻留的只有怀念，唯有怀念……

尾　声

江从芳

这一年好像是庚寅吧，生于壬申的我，已经七老八十了。最近脑子里昏沉沉的，常常分不清白天黑夜。难怪啊，都躺了快两个月了吧，该死的尾巴骨还在隐隐作痛，让我完全直不起身来。说来怪自己呵，都一把年纪了，走路也不加点小心，那么窄的田埂，坑坑洼洼又杂草丛生，可不就摔了吗，并且好死不死地摔倒在一条深沟里，一个人哼哼了大半天，才被村里的小黑子发现。小黑子将我背回家时，已经是晚饭时间了，老头儿正等我做饭呢，所以在门口张望着，他总是猜不到我去哪了，更想不到会被人背回来。

于是就这样躺下了，一开始看不到外伤，只是尾巴骨疼。我自己知道，摔过那么多次了，每次都是尾巴骨遭殃，应该是很难医治了。没办法，就好生躺着吧，只要不动弹，疼痛就能减轻。

意料之中的，我这么一躺，老头儿就没好日子了。平常连一碗面都煮不明白，这会儿要怎么伺候瘫痪的老太婆呢。

好就好在，我还有一儿三女呢，就算儿子和小女儿远在外地，就近还有两个闺女，只隔个十里八村，久不久能回来看看。这么一想，似乎是过得去哦！于是我安心躺着，每天除了闭眼睡觉，睁眼就只能盯着窗外那棵野生的柚子树。这树是我看着它从幼苗长起来的，因为生在陡坡，又是开挖的新土，所以一直不太茁壮。而今，好多年过去了，整棵树也就一人多高，远不如长在菜园的同龄树茂盛。

因为躺得久了，自己不能动，树也不能动，我不由对树生出了莫名的同情和感激。如果可以，树一定想去菜园，我也想去菜园。现在的树和我，我和树，竟然同病相怜了。感谢有树陪着我。

自从躺下之后，二女儿来得挺勤的，不光是带一些药物和食物，更是要教老头儿怎么煮怎么喂。老头儿笨着呢，只能说没让我饿死，至于清洁卫生就太马虎了，这一点二女儿也顾不过来。而大女儿则难得露面，这丫头心重，大概因为一些陈年旧事，到现在还心存芥蒂，跟我怄着气呢。可我能如何呢？就像那棵柚子树，要怪也只怪生错了地方。大女儿的确是命苦了些，我曾无数次苦口婆心地劝她来着，但不管用啊，那些无从改变的怨恨，像是烧不尽的野草，牢牢长在她的心头。时至现在，我也不想想了，也管不了了。每天就这样瘫着，所有东西都好像凝固住，不动了，整个世界安静得要命。如若不能看见窗外的树枝摇晃，我眼里便只有一片暗淡的白。

病来如山倒啊！原本以为只是躺着的事，可能会像前几次那样，躺一躺便好起来。但时间证明，这回不同了，大概年纪大了，摔散的骨头再也长不回去。而且，因为长时间卧床，加上老头儿的照料不周，我的后背生了褥疮，并且很快感染了，发展成细菌性败血症。于是，我，一个78岁的老太婆，从不能动弹变得高烧无力、迷糊，分不清白天黑夜，来人是谁。

对此，一旁的老头儿束手无策。自从他告诉二女儿说我"好像越来越重了"，然后便拉我到医院确诊之后，本来就没话的老头儿，变得越来越沉默了。笨手笨脚煮了些汤汤水水，我也喝不下几口。他除了守在身边，拿一条湿毛巾擦擦洗洗之类，不知道能做点什么。这时候，我大概明白自己是好不了了，从医院回家之后，只听见二女儿一直打电话，给她哥、她姐、她妹。我还听出了她姐仍有些不耐烦，她哥和她妹都说不准啥时能回来。呵呵，我的那些个儿女，一个个养大之后，就像棋子一样散落了，好多年不曾齐齐相见。有一次，二女儿还把电话贴在我耳朵上，说是 F 城的幺丫头。没等我开口呢，就听到那一头喊"姆妈"了，确实是幺丫头。这闺女，知道我耳背，扯着嗓子叫唤。我心里高兴，想好好告诉她自己没事，不用着急。但是因为迷糊、没力，错把晚上当早上，而且说得上气不接下气。幺丫头感觉到了，挂电话时，声音里明显带着哭腔。可能她也意识到了，我这次摔得太狠，跟以往不是一回事。

就这样，我仍旧每天躺着，床头挂着从医院带回的针水。我真不想吊这玩意儿了，吊多了尿就多，动也动不了，来尿最麻烦了。换个尿片累坏老头不说，我的褥疮和尾巴骨也会很疼。先前没去医院的时候，我连骨头汤都不敢多喝，就为了减少尿量。现在没办法了，有只针管扎在手上，源源不断的药水流进身体，弄得我冷得不行，像是整个儿浸在水里。老头儿知道了，替我盖上三床棉被，我又觉得喘不上气来，唉……怎么就成了这副德行！

实话说，我从来不是怕苦的人，小时候爹被抓了壮丁，娘跟人跑了，村里还进了鬼子……简直就是在苦水里泡大的。成人后嫁为人妻，小儿才一岁多丈夫病逝，带着两个娃风餐露宿，饥一顿饱一顿。后来被现在的老头儿收留，又再生了三个闺女，过了几年虽然很穷但还算太平的日子。再后来，我跟老头的大闺女轻生了，才二十三岁啊，是我失职啊！尽管东奔西跑操碎了心，也没能把她劝回来。直到现在，前夫留下的一儿一女各自成家，跟老头生的两个女儿也嫁了人了，自己是该老去了呵，老去了也算寿终正寝，再正常不过了。

可是，怎么还会有可是呢？这让我不由想起两三年前吧，也是摔得不轻，躺床上不能动了，幺丫头大老远回来看我。因为时间不多，她几乎寸步不离，给我喂汤喂药，洗头洗脚。我心里自然是高兴的，望着自己40多才生下的已不年轻的小闺女，我真的庆幸能活到这个岁数。况且，那会儿没生褥疮，远没有这一次严重，即便一动不动的，我也能对小闺女说："都现在这副模样了，心里还是不想死呢，想活着。"小闺女面带笑意，但是眼泪一下子掉出来。

真是一年不如一年，这回咋就起不来了呢。但凡有点力气，我都会充满希望，在电话里跟儿女说："没事的，过几天就好了。"可这都一两个月了，我没法拿起电话，也没法说出"没事"。而且，我也真的想念我的儿女了。

不知道过了几日，我已经迷糊得不行了，几乎发不出声音，更别提开口说话的事。但我分明知道并且看见，儿子和女儿们都回来了。去外地打工 1 年未见的儿子，而今四十有八了，回来后站我旁边喊了两声"姆妈"，我翕动着嘴唇没法回答，他便伸手摸了摸我的额头，然后望一眼便走开了。同样相隔千里的小闺女，好像跟儿子前后脚回到家，30 多的年纪，已经很憔悴了，望着我开口喊"姆妈"的时候，像上次在电话里一样大声。看着她，我努力做出微笑的样子，而她却噙着眼泪，流露出完全不知所措的慌乱。还有家里的大丫头，都年过半百了，再怎么赌气也做不到完全不顾老娘。她来到之后就没闲着，一边帮我洗头，一边不停地嘀咕，大概是在责怪老头儿照顾不力，老太太都馊了。

又不知过了多久，好像已经是夜里了，头顶的电灯泡一晃一晃的。我听见屋里吵吵嚷嚷，一会儿又传来救护车的声音。原来，是小闺女不同意就这样耗着，随时等待死神的召唤，于是打通了 120，要将我再次送到医院。

好在车程不远，家乡的山路也铺了水泥，不然上车之后，颠簸加摇晃，我非散架了不可。送我到医院的是大丫头和小闺女，她俩差了 16 岁呢，平常难得说到一块儿，没想到就这个时候拖我进医院的事，两人倒搭成一致，而二女儿和儿子则没有吭声。不吭声的态度，应该更理性一些，都这样了，何必再做无谓的折腾？反正我是这么想的。但因为无法动弹，也无法言语，自然表达不出自己的意见，不然打死我也不会同意。

有什么用呢？在镇医院待了一晚，我除了隐约能听到一些声音之外，没有任何知觉。医生的意见大概是一边用着药，一边观察观察。于是两个女儿就在一旁守着，观察到天亮。然后，好像是转院了，去县城医院。才一大早呢，县城闹哄哄的，医院也不见安宁。我在走廊停了很久，隐约听到有人跟女儿说"没地方，要等""等多久?""不知道"之类，然后我也不知道了。等我再一次从昏昏沉沉中醒来，又已经回到家了，躺在堂屋上头的隔间，看头顶的电灯泡一晃一晃。

我有点想念那棵柚子树了，想看看那深绿的枝叶，在风里摇啊摇的，仿佛自己也跟着动了动。

可我再也看不见它了。这一次从医院回来，很可能是因为没等到床位，或者两个女儿不愿再等，又或者医生建议没必要等，对此我不得而知。但我真的很高兴我回来了，在自己还有些知觉的时候。虽然，其他人看不出丝毫好转，可我心里清楚，我真的好多了，已经没有了疼痛，同时还异常清醒，甚至在大女儿帮我擦身换衣的时候，我居然面带笑意。那一笑，小女儿看见了，她欣喜地连声叫我："姆妈，姆妈!"我听着高兴，觉得这声音实在是太好听了!但我没办法回应，我压根儿不知道怎样才能发出声音。

即便是这样，我仍然十分确定。在那一刻，自己的内心是舒畅的、欢愉的，哪怕仅仅昙花一现。我甚至很清楚，这乍现的昙花，应该就是所谓的回光返照。我很快要去到另一个世界了。

我的双眼无力地合上了，却并不能紧闭，而且，眼前似有满天的乌云，整个世界陷入一片昏暗。不久，又似有一束不知从哪里来的光，射进我脑子里，停住，然后慢慢散开，让我忍不住一阵眩晕，甚至能感觉到眼皮抖了几下。接着，光里出现了一些晃动的阴影，像是效果很差的黑白电视。晃着晃着，阴影渐渐清晰了，我分明看到了3个人，两大一小，穿着厚重的青布棉袄，似在雪地里忙活什么。雪很大很刺眼，但我很努力地盯着，想要认出来那些人影是谁。晃呀晃呀，他们好像停下来了，而且离我越来越近，这时我终于认出来：原来是我的爹娘，还有唯一的哥哥，他们正冲我笑呢，但笑着笑着就没了，消失在茫茫的雪地里……

正回味呢，又有一束光照进来，散开，变成效果很差的黑白电视。只不过，这回电视里的人儿换成了大明，还有梅子，他们俩离得很远，也没有冲我笑，但我很快就认出来了。自己的前夫大明，面容清瘦、慢吞吞、病恹恹的模样；至于梅子，我跟老头儿的大闺女，一个斯文、漂亮，而且心灵手巧的好姑娘。还穿着最后一次回娘家时，她自己做的那件灰白相间的格子衣裳。

这一晃，晃走了好几十年的光景，我是真的想我的亲人了！

接下来，我盘算着能不能熟睡一会儿，或许能在梦里见到他们。但睡不了哦，脑子里总是有一束光移来移去，一会儿又定下来，再散开，从先前的黑白变成了彩色。这彩色好像雨后的虹，一道一道的，很清新，也很漂亮。

忽然，彩虹下面有了花草，房屋，又陆续出现了好几个人影。

最先看清的是我惦记的柚子树，以及树下摇着蒲扇的老头儿。柚子树的树冠比记忆里要茂盛一些，老头儿也还算精神，一边扇风一边踱步，又猛一下扬起手来，哄走了邻居家贪食的鸡。

一晃神，老头儿没影儿了，彩虹下面出现的是小闺女一家。大概因为太长时间没见着了，我那个幺女婿怎么也看不清，远远地，好像靠在一台车上，低着头把弄什么。正朝我迎面走近的是小闺女和她 10 岁的娃，娃的手上掐了一根狗尾巴草，蹦蹦跳跳的，当妈的拎着兜走在后面，一副心事重重的样子。这丫头，从小就不爱笑，也不安分，脑瓜里总惦记一些不着边际的事。

我暗暗叹了口气，想着她这是回来了吧，大老远的一年一回，家里的哥哥姐姐们总得凑一块儿见见吧。

正想呢，我的儿子和媳妇出现了，另两个女儿也出现了。他们身后同样挂着那道彩虹，彩虹下面同样有花草和房屋，只是那棵柚子树好像不见了。儿子直直地站立在柚子树的位置，好像正想着什么，媳妇拎了个木桶，应该是要晾晒洗好的衣物。在他俩的左边，有一条宽敞平缓的下坡路，路上的大丫头正挎着篮子走来，一如平常的神色匆忙。右边是二女儿和女婿，这两口子，一直就那样波澜不惊地过着，即便有什么事情发生，也从不大声嚷嚷。尤其是二女儿，或喜或悲，顶多呵呵一笑了事，有泪也转过身抹去。这点和她姐姐大不一样，大丫头的急躁和愁苦，是时刻存在的，仿佛跟全世界过不去。

看着想着，画面好像在移动，一会儿远一会儿近的，又好像时不时变幻着，越来越模糊不清。不知过了多时，我已经看不到刚才的那些人了，甚至分不清黑白彩色。但是，先前的那束光依然还在，而且煞白煞白的，特别晃眼。

我真的没有一丝力气了，努力地想要再看点什么，但这白光挡着呢，它吞没了所有。

于是我没有了任何想法，整个儿跌进一片光里，却又感受不到一丝明亮。我的眼皮沉沉地垂下来。是时候了，我也该沉沉地睡去了。

江从芳，女，生于 1974 年 2 月，籍贯湖南常德，现居珠海斗门区。2008 年出版个人文集《趟过岁月的河》，作品散见于《语文月刊》《散文百家》《作品》《东方风情》《长沙晚报》《珠江晚报》《浏阳日报》等。

最忆故乡苦楝树

钟育娴

　　每每情绪低落的时候，我就会在公园里待着，静静地坐在大榕树的阴凉之中，看天上的流云，观孩童嬉戏追逐，安详地回溯于记忆之河，让清风抚平疲惫的身心。此时，就会莫名的想起故乡，想起苦楝树，想起树下仰头甜笑，痴痴捧着紫色细碎花瓣的那个小女孩。

　　有村必有树，树是故乡的一部分。记忆中，故乡的古楝树都长得高大粗壮，干净的枝丫却稍显单薄，羽状的绿叶让调皮的春风剪成了锯齿一样，层层叠叠。当时，故乡种得最多的都是这种树。春末夏初，绿叶间就会冒出一簇簇、一串串淡紫娇小的花朵，瓷白的花瓣衬托着蓝紫的花心，远远望去，苑如一层淡紫色的云雾萦绕在屋前屋后，缥缥缈缈，如梦如幻。微风拂过，一树的柔美尽在风中摇曳，伸展，幽幽的清香带着些微的苦味，淡淡的却沁人心脾。

　　夏日午后，许多蝉会停落在稠密的枝叶间。我们几个大点的娃娃悄悄地靠近停落在低矮树枝的蝉，随着一声"吱吱"长叫，一只黑乎乎的憨憨的蝉儿就捏在手中。黄昏，我和小伙伴们到树下玩耍，画方格、扔石子、跳绳、捉迷藏。欢呼着，跳跃着，还在两棵楝树之间，系上两股麻绳"荡秋千"。到了夜晚，邻近的几户人家，搬出小凳子小茶几，砌上工夫茶，谈天说地。老爷爷舒服地坐在藤椅上，悠闲地摇着蒲扇，给娃娃们讲《山海经》里神灵鬼怪、善恶因果报应的故事。星空下，一双双明亮的眼睛闪烁着，一张张敦厚的脸微笑着，恬淡闲适又温馨。待到深秋，枝叶间就缀满一嘟噜一嘟噜碧青色的果子，看着馋人却不能吃。冬季叶落，果实在寒风中变成淡黄色，饱胀的果肉也变得干瘪。这个时候最多的就是麻雀和白头翁了。经常可以看见成群结队的鸟儿在褐色的枝杈间跳来跳去，伸着长嘴啄食着果子。啄了树上的，又啄了树下的，叽叽喳喳，好不热闹。惹得男孩子们蹲在地上捡挑掉落的果实，把外面的皮肉去掉，拉起弹弓"嗖嗖"四射。

　　不得不说，人的记忆真的是很奇特，有些事情用心去记，很难；而有些事情，用尽一生也无法忘怀。而故乡的苦楝树，就深深地扎根于我的脑海中。楝花寒退雨初晴，任是安静也动人。我时时会忆起它稀疏的绿荫，繁开的花朵，傲然的风骨。甚至，我觉得，自己之所以在后来会爱上写作，爱上音乐，就是因为当年苦楝树给我种下了诗情画意的种子。如果说，在我后面的几十年人生旅途中，还能够秉持童年的一份纯真和善良，那也是因为故乡的苦楝树刻在我骨子里的那份警醒。浓密的树荫里，楝花从树上簌簌飘落，轻轻飞舞，那是怎样的一番美景。故此，偶尔在抖音、快手等平台看着苦楝树，我的灵魂就会仿佛一下子回到了老家，回到了几十年前……

　　严格来说，苦楝树并不是我童年最爱的树。相对而言，对于一个缺少零食的馋嘴孩子，我童年最留心的是屋前屋后的桑树、荔枝树、龙眼树，还有一棵从未品尝过果实的芒果树。尤其是芒果成熟时，黄澄澄地闪着耀眼的光，看样子都想象得到，一口咬下该有多么的香甜可口，实在令人垂涎三尺！可惜我从未品尝过芒果的味道，因为那棵芒果树在我记事之前，就被分给了我的三老叔，而结出来的果子，还不够三老叔的几个孙子分食。毕竟当时物质缺乏，能结出美味的果子的树更令人眼馋。可是为什么，在多年以后，苦楝树却成了我对故乡情怀的寄托呢？且随着岁月的增长，它在我的心中的分量愈发的重，重得我每每忆起，就会热泪盈眶！

因为朴素淡雅的苦楝花，承载了我童年的欢乐和美好的憧憬！那个时候的我，朴素、安静、带着几分羞怯。年纪虽小，却很能欣赏花开之美。花开季节，我会拣拾落在地上的花梗，用针线把它们串成一串花环，戴在手腕上，臭美一番。而且，我喜欢去树下闻香，闻着，看着，总觉得那纷纷散落的花瓣，仿佛有什么话要对我诉说。也许，诗意的萌芽就是在那个时候悄悄地萌发了。那淡雅细碎铺陈的花色，也成了我对衣裙的最大向往。有天梦想成真，在深圳打工的舅舅给我买了一条连衣裙，白中透紫的小花星星般点缀在裙摆间，穿着转圈圈可真美。瞬间，我的欢乐就像一阵大风刮过小河水，泛起了巨大的波澜。那一袭轻柔满足了我"穿雅雅"的心愿，也吸引了小伙伴们无数艳羡的目光，是我童年珍贵的记忆。

因为苦楝花开，思念成海！树下，有我爷爷奶奶的影子，内敛、朴素、憨厚；有我父辈的影子，勤劳、节俭、善良；也有我和小伙伴们的影子，稚气、活泼、可爱。那时生活清苦，快乐的笑容却常常挂在人们的脸上。故此，某天当我在斗门农村看到一棵丰美而柔和的苦楝树时，嗅着那迷人清幽的芬芳，我顿时就愣怔住了，随即又产生了浓烈的乡愁！我终于明白了小时候总不明白的问题，为啥老人总喜欢坐在门口晒太阳，一坐就是半天？那是因为"目之所及，皆是回忆；心之所想，皆是过往"啊！感谢故乡的苦楝树，让我这么多年以来一直超然物外，独自咀嚼生命中浅浅的苦味和淡淡的芬芳，也让我心澄如水，心明若镜，平和温柔。正如苦楝树的花语：望向远方，只为一眼就能看见人海中你温暖的笑颜。

时至今日，苦楝花更成为缭绕在我心头的永远乡愁。我们潮州乡下俗称苦楝树为"苦耐树"。"苦耐"也就是"刻苦忍耐"的意思。潮汕人能过困苦的生活，也经得起劳累，日出而作，日落而息，守望相助。也有人说，苦楝是三大爱情树之一（另外两个为相思树和合欢），有苦恋之意，苦恋而不得。但是在我看来，相思不老春长在，楝花开过荷花红。人这一生，还是需要一点点执念的。哪怕时光不能永远停留在暮春的繁花里，也要让自己无惧前路，心向远方。眼里有光，心中有爱的人，哪有那么多苦涩和不甘？毕竟，拥有纯净的情怀，就会岁月静好，处处花香。

时光如刀，刀刀催人老。几十年没回去了，不知道屋前屋后的那些苦楝树还在不在，如果在的话，应该也很老很老了吧，树干上肯定多了一道道的裂纹，树皮也变得皱皱褶褶。不，它们也许已经不在了，据从乡里来的人说，许多老房子都拆迁了，原先的位置起了新的楼盘。故乡，早已不见有我儿时的家，甚至一砖半瓦亦荡然无存。故此，我不太愿意回故乡，我一直执着认为，怀念苦楝树其实是在怀念回不去的童年，不回去，我的童年就还在，我童年的苦楝树也在，所有美好的一切，都在。但是后来我还是想通了，退休了，一定要回到老家去，去寻觅童年的苦楝树，去与"乡音无改鬓毛衰"的儿时玩伴把酒言欢。因为我确信，当出走半生，远行归来的自己漫步于乡间小道时，一切虽然熟悉又陌生，但苦楝情怀恒久不衰，那枝头的绿波，那婆娑的枝影，那淡雅的花色，将永远飘荡在游子的心头！

愿我出走半生归来仍是少年。

摆　摊

钟育娴

有段时间我总是失眠，经常在许多个快要入睡的深夜，忽然给一身冷汗的惊醒，然后睁着眼睛对着漆黑一片的房间。一种深深的压抑（也可以说是失落）涌上心头。我问自己，除了日复一日枯燥的工作以外，我还能做些什么呢？

直到某一天，当我挤在一堆人中，仔细地挑选着廉价又不失时尚的 T 恤时，我终于意识到我内心深处想要的是什么。那就是突破自己。我也可以去摆地摊呐。这可是我一直想做又不敢去做的事，为什么不去挑战一下自己呢？但犹如任何一个上惯班的人来说，摆摊最难迈出的是心里那一关。尽管我陆陆续续进了一些货，又在银行换了一些零钞，却还是患得患失未能成行。某天，我不知受了啥刺激，决定豁出去了！

摆地摊总得有一块铺在地上的东西吧，可是我翻遍整个屋子也没有找到合适的，最后我从床底下发现两个老妈拿来装被子的编织袋，这可正好管用。我往地上铺上试试，有点小。于是，我把两个袋子剪开缝起来，再把所有商品铺上，咦，还挺像回事的。东西挺多也挺沉，我打了两个包，让姐夫先捎过去，放在他家车房里。当晚，我辗转反侧，期待着白天的到来。

第二天早上六点多我就起床了，之所以起这么早，是想去占个好位置。因为我姐说她们小区出口经常有三五个摆摊的，如果去得晚了，好的位置就没啦。再说，稍大一点的位置，都停满了车，去晚了，压根没地摆。然而当我使出洪荒之力，从车房一路拖、拉、提，气喘吁吁到达目的地时，才发现有人比我还早。那是一个40来岁的阿姨。她推着一辆推车，正往地上摆放着商品。我主动跟她打了个招呼，然后就在旁边找个位置，一蹲，利索的铺张开来。周围一片寂静，行人寥寥。到了八点多，人渐渐多了起来，但都是匆匆赶路的，间或有人拿起商品看一下，又放下就走。没人买呀！我喃喃自语。"师奶们急着去买菜，拎着东西不方便。当然不买啦！她们都是回来时才买的。"阿姨告诉我。果真，十点多，那些去市场买东西的一一往回走了。还来了两个卖菜的，一个卖玉米的。我赶紧学他们热情招呼："过来看看啊。牙刷便宜卖了，毛巾也便宜卖了，质量跟超市的货是一样的。"于是就有几个人蹲下来挑。令我惊喜的是，有几个开着电动车已经骑过头了，居然也因为我叫了而慢慢地把车子倒回来，拿起商品仔细看。然后很爽快就买了。但是，装东西的袋子呢？我居然没准备！我尴尬极了。幸亏旁边卖玉米的小哥递给我几个，才解了燃眉之急。

我卖的东西有点杂。因为都是从网上秒杀回来的。主打袜子、毛巾、拖鞋、牙膏牙刷、帽子、饰品，还有几个足球，几套工夫茶具。我看到有妈妈牵着男孩走过，就把足球拿出来，装作打气，再使劲地往地上拍几下。男孩子嘛，肯定无法抗拒足球的强烈诱惑。不到半小时，我的 3 个足球便全部脱手。90 元的进账让我着实兴奋了一把。哦耶！哦耶！秒杀价才 10 元一个哦。

其实刚摆摊那会儿，我的心里慌得很，站也不是，坐也不是，真恨不得立刻有一个顾客过来买东西。我不停地装作看手机、理货。但是由于旁边有人一起摆摊，我的不安慢慢消散了。我家之前不是住在这附近么，有许多邻居看到我在卖东西都很诧异，也许是以为我失业了。我的脸倏地一下发烫，浑身不自在起来，连跟他们打招呼的音调都变了。但是很快我就调整了心态，大大方方告诉她们，我平时上班的，只在节假日偶尔出来摆一下。于是，她们纷纷向我竖起大拇指，说我有经济头脑。

中国人习惯围堆堆。一个摊位面前有人围着，便会有更多人过来看。一些商贩就是抓住了这个心理，故意找几个托儿在他的摊位前买。我不用故意，我随意，因为我姐家就住在这附近啊！不一会儿，我姐来了，我外甥来了，我姐夫也乐呵呵的开车过来啦。哈哈，这些托来的可真及时！我姐还帮我吆喝，那些熟识的街坊就纷纷驻足了，我的摊位远比其他卖东西热闹。哈，我的口才棒棒的！有一个开窗帘店的阿姨，买了我一大堆东西还不想走，一直跟我聊到收摊才回家。所以没摆过摊的朋友千万不要害怕别人会取笑你。没有的事！我平时也是做文字工作的，性格略为内向。但是打自摆摊后，我发现自己很放得开也很自信。这也给了我一个启发，做事不要想太多，你愈是畏手缩尾，别人愈看不起你。所以必须内心足够强大，生活会磨砺你的胸襟、气度，哪怕你现在是在街上发传单，也要昂起头来，意气风发！

第一次摆摊我只摆了一个上午，十一点左右就收摊了。因为那阵子路上已没有什么人，我也渴极饿极累极了，嗓子又干又疼。战绩是卖出了 10 多盒袜子（一盒 4 双），二三十条毛巾，还

黄杨月作品集

有其他零零碎碎东西。对了，还有3个欧冠足球！

自从第一次摆摊以后，我心里对摆摊已经完全适应了，甚至有些喜欢上了。但因为网上隔段时间才有秒杀活动，我的存货也不多，所以一个月里，最多也就摆一次。每次卖货回来，拉着轻松不少的小拖车，再把钱包里的纸币钢镚儿哗啦一下倒在地板上，当着家人的面，慢慢悠悠地数着钞票，心里那个美滋滋啊！

印象很深的一次，我卖的一套茶具里有一个盒子上是印着古诗词的，其中封面上印着一句"百草让为先"，一位老师模样的中年人经过我的地摊瞥了一眼，一边走一边嘴里念叨着这一句。我就秒接了一句"功先百草成"，他就站住了，又回我一句"甘传天下口"，我又秒接了一句"贵占火前名"……他诧异地看着我说你懂这些词？我憨笑，差点就告诉他我不但懂还会写文章呢。结果他加了我的微信，并以一个较高的价钱把这套茶具给买走了，走时还加一句：没想到你这个摆地摊的还挺有文化的……这事我能记一辈子。无论在何种境地，知识永远是最重要的。

有一天，甚是倒霉，接二连三地遇到几个找碴的。先是一位老伯，蹲在我摊位边不停地翻弄着拖鞋，我以为他要买几双呢，心中窃喜，谁知他一开口就令我大吃一惊！他说，你这些拖鞋不好，鞋底肯定是泡沫做的。他义愤填膺，嗓门又大："现在的人啊！就是昧着良心挣钱！这种拖鞋也拿出来卖！以前的人啊！绝对不做这事。我以前买的拖鞋，都穿10年了，也穿不烂！"我的嘴巴挤成O型。10年！这是一个什么概念。我的拖鞋都是一年一换的。再说，我也不敢保证我卖的拖鞋能穿10年啊。但是我不敢说出口啊，我怕激怒他，于是讪讪地说："对对，以前的商品质量好！""现在的东西啊，坑人！"老伯生气地把鞋子重重地往地上一扔，却又不离开，还在继续指责。祸不单行，另一个阿婆也来凑热闹。我记得她没有买过我的拖鞋啊，但是她说："这个拖鞋的确差！进水的，踩上去吱吱作响，还臭脚，臭得要命！"两人这么一来二去，我半天回不过神来，心虚又心慌！天地良心，我的拖鞋一点味道都没有，比起市场上那些气味刺鼻的拖鞋好得多了！他们为什么不去对比，一分钱一分货啊！再说，多数拖鞋会有气孔，进水后水不容易排出来，走路时就会发出吱吱声。而且积水的地方细菌滋生，肯定臭啦，及时晾干就好啦！但是，我不敢争辩啊，和气生财……

还有一位阿姨，走过来，二话不说就拿了一条毛巾，递给了我一张毛爷爷，我担心收到假钞，就让卖玉米的小哥帮我瞅瞅。结果阿姨很生气，后果很严重！只见她摆出一副要吵架的架势，一把扯开自己的钱袋，拿出一沓数十张毛爷爷，迎风甩得哗哗响，大声呵斥我："你到底会不会看钱？你不会看钱学人家做什么生意？！我这些钱都给你，你说哪张是假的！"我脸发烧，心发颤，忙不迭地赔礼说好话，但是这位阿姨不依不饶，铁青着脸扯回那张毛爷爷，足足又指责了我5分钟，才一步一回头骂骂咧咧地走了。经历了此事以后，我除了恶补辨别真假人民币的知识以外，还从网上购买一个验钞手电筒。

我当然不会因为一两次的挫折而气馁，而是下足功夫猛学生意经。我从不吝啬给每一个潜在的客户一句问候。尤其是看到一些老婆婆，我更是热情的问候。可以说我卖东西就是开开心心地聊完天，顾客欢欢喜喜地拎着东西回家。虽然这些婆婆不一定买我的东西，但她们能聚集到一块，就是给我攒人气。我还总结出自己的一套经验，那就是用两个塑料箱叠高高，把稍为值钱的东西摆起来会效果会好很多，别人会认为高档点，这是我之前没想到的。

但是，我有一个缺点就是不会算数。有好几次几个人一起买东西，有讨价还价的，有询问商品材质的，我忙的口干舌燥，收钱都收不过来，算错数了，幸亏那些顾客比较宽容，安慰我说慢慢来，不急不急。尤其令我感动的是一个阿婆，她家就住在我摆摊对面楼房的二楼。那天她买了几个玉米和地瓜，回家煮了。然后端着个不锈钢盆子过来，硬把玉米往我手里塞，说你肯定没吃早餐吧，把我感动得一塌糊涂。

但人并不都那么善良。有天一大早，我去摆摊的时候，发现平时那个位置被两辆车给占据了。旁边摆摊的老伯偷偷告诉我，说那是店铺老板的车，他讨厌我们摆摊，故意停在那里的。可是我们每天都是在他开铺之前就把东西收拾好了，而且把他铺头面前也扫得干干净净，真心不知道他为什么要这样做。所以，做生意远不如想象中的那般容易。单是拖着那满满当当的拖车，背着大背囊，手上还挽着几个沉甸甸的大袋子，走几步就喘不过气。稍不留神磕磕碰碰到崎岖不平的路面，车歪了，箱子掉了，要多狼狈就有多狼狈。有那么一天，我一个人在寒风中站了一个小时却一单生意都没有。而旁边卖玉米的却忙得不得了。我傻傻地站在那里，尴尬又无助，心中掠过一种从未有过的孤独。当天回家，我是相当的疲惫和无奈。后来我安慰自己，小区的人就这么多，该买的都已经买了，剩下的也没几个人，人总不能重复买自己不需要的东西吧。这样想着，心里倒也释然。

大多数人碍于面子，都是到了没有退路的时候才敢放手一搏。但是我觉得，生活是自己的，没必要太在意别人的眼光。实际上，很多人对你在干吗也不感兴趣，像我摆摊，人家只是留意我的摊子有什么货物，根本不必担心会说闲话什么的。再说了，不偷不抢，自食其力，正大光明，有什么好说的！摆摊于我不是最终的目的，它只是一种磨炼，一个挑战自我的方式。摆摊并不卑微，并不妨碍我把脊梁挺得笔直，也不妨碍我脸上明亮的笑容。

何况，很多名人也有这种尝试。柳传志，40岁开始摆地摊；马云30岁搞翻译社经营惨淡，不得不靠摆地摊卖袜子维持生计。宗庆后，12岁蹬三轮车走街串巷，风雨来雨里去卖冰棍。生活中点点滴滴，随处可见的商机，只是看你愿不愿意去尝试。体面与否并不重要，重要的是，你因为顾及脸面，而一辈子不敢去闯，去干，机遇和面包又怎么会从天而降呢？

有人说摆地摊丢人，也有人说摆地摊的人都是一些穷困潦倒的人。我觉得有这样的想法大错特错！我们每天都要去市场买菜买肉买水果，没有这些小摊小贩们，生活中要失去多少便利啊！何况，很多看似不起眼的职业，实际月收入还是非常可观的，甚至还有可能高过你的月工资……像那个卖玉米的，在市场有两个铺头，真心不可小瞧。

当然，一起摆地摊的，的确也有生活十分困难的。一个瘦弱的老伯，年纪在70开外，一张饱经风霜的脸，已经看不出悲欢离合。我在那里摆了几次摊，发现他基本没什么生意。他不是低着头抽着烟卷，就是时不时跺跺脚，倦意而被动地等待着。有一天，他很幸运地卖出20斤米，明知道要帮人家扛上7楼，还乐呵得不行。说实在的，看到他的背影，我的心里很不是滋味。在那一瞬间，我非常心疼这个陌生人。我想了又想，希望能帮助他。所以在某次收摊后，也买了他10斤大米。虽然这个米比我平常吃的米，要贵上许多。

因为我的父辈或多或少也曾经历过这样艰难和心酸的时刻，他努力生活的样子啊，有我父辈的影子，也有我的影子，有许许多多人的影子。我们都是普通人，我们的生活不乏艰辛、失望、无奈，但也有着数不胜数的美好、希望、温暖和欢乐……或许很多时候我们无法体会到别人生活里的辛酸和不容易，但我们唯一能做的是心怀善意，善待遇到的每一个人。

我记录了一下。2017 年 10 月 5 日上午，我第一次摆摊，刨去成本，挣 299 元。10 月 14 日，我第二次摆摊，净挣 336 元；12 月 16 日，因为天气冷又下起了小雨，我早早地回去了，仅挣了 163 元。钱，虽然微不足道，但是却给我莫大的鼓舞。因为我知道，有经历的人生，才是丰富多彩的人生。再说，文学创作需要灵感，而实践会带来无数的创作灵感。作家路遥说过，他最为重视自己在生活中的体验，而不重视那些道听途说的故事。丰富的生活体验和感情体验，是搞创作的财富积累，没有这个积累是绝对不行的。

我绝对是个心态平和，坚韧内敛的人，率真、率性、率直，而且还有一颗善良的心。摆摊是为了证明自己还有另外一种能力。不得不说，经历真的是一种财富，它让我感到分外踏实。或许将来退休了，我还是会去摆摊，拿些商品去卖，除去成本，卖点想卖又舍不得卖的东西，再把剩下的所得捐给有需要的人。我希望，在这个物欲横流的时代，在这个快餐化的时代，自己能够过一种自由、热闹、并带有草根快乐的生活，又能用笔记下细微平凡的片段，在温暖的文字里献出诗情画意传之远方。

愿每一个人都能被世界温柔地对待。

钟育娴，女，爱好文学，勤于笔耕，2003 年起在《中国妇女报》《南方日报》《羊城晚报》《南方都市报》《广州日报》《新民晚报》《珠海特区报》《珠江晚报》《广东史志》《红广角》《当代党史》等报刊发表文章 300 余篇，有多篇文章获市级征文一等奖。现为珠海市作家协会会员，任职于斗门区委党史研究室。写作理念：愿以我笔写我心。

金台寺的脊上兽

赵卫英

清月映照着金台寺的飞檐翘角。庑殿顶上正脊的两端，引人注目的螭吻正露出了它的大眼睛，在东张西望。

它是龙的第九子，也是龙最喜欢的儿子。长着龙的头鲤鱼的身，龙头鱼身，住在南海，能喷水成雨，喜欢吞火。在古代，达官贵族就喜欢把螭吻安在建筑物的最高处，不仅代表至高无上的权威，又能镇宅避火。

细看之下，发现一把扇形的宝剑以垂直的姿态穿透螭吻的背腹。崇尚仁德的中华民族，为什么千百年来，要以这么残忍的方式来让螭吻承受着这种痛苦？

宝剑的主人叫许逊，在 136 岁那年八月十五那天，全家四十二口，一起鸡犬升天。许逊既然有升天做神仙的能力，他的法器应该也是威力无比。把许逊的剑插在螭吻身上，就可以不让它逃跑，把螭吻永远地钉在屋顶上，让它永远喷水镇火，守护着殿堂庙宇。

这样看来，屋脊上的螭吻在默默地承受着剧痛，尽忠职守的护着一方百姓的安好。顿时，让我对这个怒目圆睁，张口吞脊的螭吻肃然起敬。

螭吻不仅是个吉祥物，还有防水、装饰、护脊的作用。在古代，螭吻制成后，要举行盛大的"迎吻"仪式，除了皇帝，所有的高级官员都要参加。安螭吻时还要沐浴焚香、叩头跪拜，以示对它的尊敬。

相比于正脊上孤独的螭吻，垂脊和角脊上的神兽，无论从体型或是神态都显得轻松活泼了好多。

你看那金台寺的垂脊上，整齐合一地站了一列的小兽。骑凤仙人立于檐首，后面列了4只小兽，分别是龙、凤、狮子和天马。

檐首的骑凤仙人是齐国的齐闵王。这里也有个传说，战国时期，齐闵王战败，正要拔剑自尽，突然从天上飞下一只凤凰，将他救起。齐闵王看到凤凰，马上抓到了这一丝生机，爬到凤凰的背上，凤凰将齐闵王带离了追杀之地，逢凶化吉。后人将齐闵王骑凤凰安在屋檐上，借他乘凤飞翔的传说，希望鹏程万里，祈求吉祥如意。

正是有了这些民间传说的承托，让眼前的骑凤仙人可爱灵动起来。我相信，这无数清冷的夜空，在悬崖上展翅穿梭、祥瑞尊贵的凤凰心中一直坚守着一个信念，就是等待一个救起齐闵王的机会。

紧跟的是龙、凤、狮子、天马4只小兽。龙代表至高无上的尊贵，皇帝也称自己为真龙天子，由此可见，龙是皇权的象征；凤，是传说中的百鸟之王，是祥瑞的象征；在古代还比喻有圣德的人；狮子，是镇山之王，勇猛威严，在寺院中是护法王，寓示佛法威力无穷；天马，拥有骏马的外形，白雪般的鬃毛，是吉祥的化身，又是尊贵的象征。这些神兽经过工匠精雕细磨，形态栩栩如生，站在殿脊之上，能感受到一种气势，让我们相信，这些小兽有着足够的力量来镇治一方的妖邪，守护我们一方百姓的祥和安好。不得不说，用传统文化来凝聚人心是最有力量的。

在不同级别的殿宇，都站着不同数量的小兽。仙人不算在 10 个小兽之内。中华民族的传统是单数为阳，双数为阴。所以寺庙屋脊上的小兽一般以单数居多。建筑物的级别越高，数量就越多。如今只有故宫的太和殿上站了完整的 10 只神兽，有十全十美的寓意，也向天下昭示他的皇权是至高无上的。而民间的灰顶垂脊上，是没有骑凤仙人的，连龙、凤都不适合，带头的只能是狮子。且脊兽的总数必须为单数，一般最多 5 个。这也是封建制度之下的等级之分，用建筑的等级来区分人的等级。而站列在金台寺屋脊上的两双小兽，虽不是单数，却是我们黄杨山下的老百姓寄望于成双成对的美好愿望。

我们的老祖宗，擅用美丽的故事传说来滋养我们的内心，使之更强大、更具想象力和包容力。

每晚，金台寺的脊梁上都会演绎着精彩的传说故事，几十年来给这方繁寂宁静的夜空带来了趣味。脊上小兽静静的昂首于浩瀚星尘之下，多年以来默默地守护黄杨山下这片土地。纵然，古代人民的智慧值得赞叹，然而真正的能工巧匠是走过沧桑岁月之后，依然屹立在我们老百姓心里的信仰。那便是先辈留下来的，对于传统文化的一种传承。

算不了的棋局

赵卫英

来啊，小夏。

王哥这一早就堵在村口，朝我看了一眼，挑衅的小眼神挺凌厉的，看得我心里发毛。这，我没空呢，说着正想绕另一条道过去，王哥却一把拽住我的衣角，你不是要逃吧，今天必须给我下盘棋再走！我挠挠头，看着眼前这么多的脑袋都往棋盘上挤，哭笑不得。都怪自己，不该许大话啊，跟王哥打什么赌呢，这王哥可是要继承一大棋院的人呢！本来是想早些逃的，这不还睡晚了，早知道王哥有这一招，我昨天就到姑妈那躲两天了。恨不得抽自己几个大嘴巴子！

我硬着头皮挨竹凳子坐了下来，不知是不是紧张，今天这棋盘，越看就好像要飘起来一样。看着天元的黑子，居然就窜到了小目上。

这不，一盏茶功夫，在一片起哄声中输给王哥3/4子。输了，输了，他们都拍起了掌。特别是小李子，他的声音最洪亮，吵得我的脑壳疼。

我昨晚那是受了风寒，睡不好呢，刚才那几只小麻雀又在叽叽喳喳的，烦死了！

行了，别说那么多！王哥站了起来，这次你带了什么来？他这一开口就问我要宝贝来了！我正愁着上周把家里的青花碗输掉了，到现在都不敢跟妈说。我忍不住用余光白了他一眼！

我往裤兜里摸了一下，那手绳还在！可这是小花妹妹的手绳。我把它扯坏了，才修好，答应要还给她的，怎么办？

小李子来拍我肩膀的时候，我的脑壳就要垂到地上了。本来是想把青花碗赢回来的，没想到还输了小花妹妹的手绳！

小李子，你说，这王哥实在是没情义。还真要了那手绳！

他什么人啊，棋院的接班人呢，想赢他没那么容易！

你跟小妹说吧，是你把她的手绳给输了，小弟，我也非常同情你啊！

一想到小花妹妹，我就烦。因为扯坏她手绳，已经好几天没理我了。我可以想象，她知道我输掉她的手绳后，会怎样的大发雷霆。我重重地叹了一口气！

连续几天，我白天都不敢出门。连小李子都笑我，我哪有脸见人。晚上，我与他一起躺在草堆上，望着浩瀚的星海，心里有些懊恼，怎么能把碗和手绳赢回来呢？小李子没回话，才一下子就传来他的呼噜声。我朝他看了一眼，那沾满了嘴角的哈喇子显亮显亮的，还兄弟，咋就睡着了呢？

我用手枕着头，仍然看着夜空。那星星忽然就像一颗颗棋子，在漆黑的星海里游。

我闭上眼睛，那脑海里的棋子居然就动了起来，还是王哥与我的那盘棋。夜空为盘，星为子，每走一步都特别的清晰。走着走着，已经不再是王哥的那盘棋。棋子像有生命，自由地带着我，在十九道里轻快的跳跃。我成了观赏棋局的外人。

我决定在家闭关1个月，我一定要把输掉的碗和手绳赢回来！那晚，我站在草堆上的豪言壮语，连同那几根沾在头发上的稻草，合着把小李子吓醒过来。

好不容易出关了，我迫不及待地与王哥来上一盘手谈。棋盘如夜空，我的白子如龙，斩掉黑蛟的首级，在斜阳下完美收官。从王哥那灰溜的小眼神里，我看见小花妹妹戴起了那条久别的手绳！她终于笑了！我也舒了一口气。

没想到的是，自此以后，这江湖就多了一个白龙怒斩黑蛟的传说。爸要带我到城里去学棋。那天我对着妈做的一桌子菜，皱着眉苦着脸：听说城里的贼好猖狂，专抓小孩子，我怕！声情并茂，简直就是把角色演活了！

不是吧？妈瞥了我一眼，把碗递给我，低下头来凑到我耳边，都几大碗了，贼不怕？我大吃一惊，这样都被她看穿了！

那晚，我和小李子又躺在草堆里，这次还多了王哥。小夏，你以后要多回来啊。安静的夜里，小李子先号啕大哭起来，王哥也哽咽着，这俩家伙这时候倒知道我的好了。我有些心不在焉的，小花妹妹知道我要走吗？

看着漆黑的夜空上，那些黑白的棋子在跳跃，黑子如带，却被白子生生地就扭断了。突然，我一拍脑门，这不正正就是"断"吗？我马上站起身来，往村里跑。

我跑到李小妹家。看着她家亮着的灯，突然不敢进去。我知道，"断"在十九道里是很常见的招式。只要两处有情况，直接切断连接就可以了。可是，也得两处有情啊，一方无情，从何断起？

我在围墙外不停踱着步。直到李小妹她家熄灯睡觉。我才不情不愿地走回家。

自从那晚以后，妈说我看起来有些失魂落魄。我也没跟李小妹道别就到了城里，以后再没见过。

整整一年，我回过村里几次，没有惊动小李子和王哥。每次，我都偷偷地站在李小妹家的围墙外，那棵桂花树旁。

我总算明白，棋道也是人道。我以为"断"是切断，其实不然，断，恰是相思的始。棋道漫漫，算得了棋局，到底还是算不了人的情。

我远远地望了一会就走了。临走时，阳光透过桂花树的叶子，斑驳闪烁，四周还有淡淡的桂花香。我知道，回忆就藏在那里。

无关输赢

赵卫英

当小儿告诉我，他的脑海里有一个大大的棋盘，我一点都不奇怪。曾经的我，脑海里也有过这么一个棋盘。那时候，我闲暇时光只有象棋。实在幸运，人海中还得一同好。于是，每逢周末，我们都会在半山小区里的石刻棋盘上下棋。

现在想来，那时我们下的棋可能与别人的不一样。我们好像只是在寻找一种与当时格格不入或是鹤立鸡群的一种情怀，又或者是享受那种惬意的、自在的生活仪式感罢了。根本没在乎棋力能涨多少，到最后，来去只懂得"一车河上立，中卒向前冲"。无论如何，在那样青葱的岁月里可以遇见象棋，还能找到一位同好，并与她一起守住了这份年少时的清欢。我至今满心欢喜。

当然，我爱上象棋这种与当时的年轻人格格不入的冷门玩意也不是没来由的。我确是受了父亲的影响。父亲烟酒不沾，也没有其他嗜好，唯好棋。特别是有那么几年，退休后的父亲在楼下凉茶店里与棋友下棋，"将军"这一声喊，居然能传到20米高的6楼。父亲得有多着急？我也急了，以为他要跟别人打起来。要不是母亲及时把我拉住，我蹭蹭的就要往楼下跑。你爸不会跟别人打起来的，要是真急了眼，他明儿还可以到哪里去？母亲这话，让我听得笑不是，哭也不是。心里不是滋味。

后来，儿子出生了，也魔咒般爱上了象棋。从不跟我下棋的父亲却总爱跟儿子下。很多时候，我在旁边听着。他们边下边笑，说什么"过河卒""挂脚马"。我真为儿子急，忍不住想在旁边叨两句，被父亲发现了，挥一挥手，我就只能站边上。他可能忘了，我也是会下棋的人。他们爷孙俩只管乐在棋中，全然感觉不到我的存在。渐渐地，父亲下棋的时候会不停地挠头，甚至举棋的手在棋盘上犹豫不定，嘴里还会反复地念叨，过宫炮啊，啊？中卒啊？你确定啊，走这？我思索着，原来父亲也会紧张。

不行，外公你不能悔棋。

外公不是悔棋，是刚才看错了，眼睛不好，看不到。你让一让外公嘛。

不呢，外公你肯定不希望我让你的，是吧？而且，我们坐在象棋盘面前就必须全力以赴、认真对待，这不是妈妈你常说的吗？看着儿子和老父亲那认真的劲，我实在不知道还可以说什么。

"下了几十年的棋，也会输给孙子！"父亲不服，"三盘两胜，再来！"最后，在父亲这些没完没了的三盘和两胜中，真的是不停地再来又再来！直到父亲与儿子终于平局，这场没有硝烟的隔代忘年战才停歇。

这会，父亲笑了，儿子也笑了。被他们感染的，还有那个前半刻还冒着炮弹烟火味的棋盘，连它也有了笑意。

这时母亲告诉我，父亲只在孙子面前才会笑。确实，我从来都没见过父亲这样开怀的笑，那是一种像白茉莉一样，浑身焕发着青春气息的笑。就好像看到了年轻时一脸无忧的父亲。

实际上，从我认识父亲以来，他就再没年轻过。他老实敦厚，相当负责任，在我们成长的岁月里，他没有成为风景，却一肩挑起上老下小的担子，过的都是生儿育女、养家糊口的烟火中年，一地鸡毛的生活让他绷紧的脸压根就没放松过，笑意哪来？好不容易，熬到了能笑的年纪，儿女也都成了家。遗憾的是，小时候错过了的那些可亲的时光，如今再也不能对着长大了的孩子随意的敞开来笑了！

回家的路上，我问小儿，刚才那一步，你让了外公，是不是？他把路边的小石子踢进了草丛，然后跑出老远，还落下一句狠话：妈，你别多想，我只是饿了！

我笑了。我们这三代人，幸好有象棋搭起的情感桥梁，弥补了儿女与父母辈之间在沟通上的缺失，更让我们三代人在象棋的世界里各自找到了正确的人生态度，却无关输赢！

赵卫英，女，珠海斗门人，系珠海市作家协会会员。坚持笔耕，希望心能随笔正。从20世纪90年代开始创作散文、小说，作品散见于《珠江晚报》《珠海史志》《珠海青年报》《潮州日报》《桂林日报》《中山日报》《洛清江文艺》《饮食科学》《江门文艺》等报纸杂志，有多篇作品在征文中获奖。

区达权作品

从罗马到巴黎

区达权

初冬时节作西欧之行，法国巴黎是最后一站，我们将在塞纳河上乘船游巴黎。

黄永玉在他花甲之年游历西欧时写下的《沿塞纳河到翡冷翠》，让我最早从文字和色彩中感受到了塞纳河。塞纳河畔已作为文化遗产列入《世界遗产名录》。

塞纳河弯弯曲曲地流经巴黎市区，从东往西把巴黎分为南北两半，素有"安详的姑娘"之称。河南称左岸，北边叫右岸。河面不宽，乘船站在甲板上，两岸景物历历在目。岸边有混凝土护坡，码头泊满了五颜六色的船只。河岸上有茂盛的梧桐树，树林后面是千姿百态的建筑群。塞纳像一条玉带，把许多光彩照人的"珍珠"串在一起。乘游船欣赏塞纳河两岸的胜景别有情趣，巴黎最重要的名胜古迹会——呈现在眼前。

那座位于塞纳河小岛上雄伟壮丽的巴黎圣母院是教堂，威严而优雅，是法国最伟大的艺术杰作之一，也是法国宗教和政治生活的重要场所。它的著名不仅因雨果的小说《巴黎圣母院》，也因为它是巴黎最大、最古老同时也是最出色的天主教堂。

那珍藏着几千年古代文物的"万宝之宫"——规模宏大享誉世界的卢浮宫，蕴含着蒙娜丽莎式的微笑，吸引着无数游人。它原是王宫，现在是世界著名的艺术博物馆，收藏有极其丰富的绘画、雕塑、陶瓷、珠宝和家具。其中有被称为世界三宝的《维纳斯》像、《蒙娜丽莎》油画和《胜利女神》石雕像。密特朗任法国总统时请了华人建筑师贝聿铭设计，在卢浮宫中院内建造了一大四小共五个玻璃金字塔形透明屋顶，如锦上添花。

那是拿破仑赫赫战功的见证——凯旋门，它位于塞纳河右岸香榭丽舍大街星形广场（戴高乐广场）中央，与埃菲尔铁塔遥遥相对。当年，拿破仑为了纪念自己的战绩，下令修建了这座建筑，此门全用石材建造，现在人们有时也把它作为巴黎的标志。

往西望去，那巍然耸立的埃菲尔铁塔，为巴黎平添了几分孤傲，是巴黎的象征。它是 1889 年为庆祝法国大革命 100 周年和迎接巴黎世界博览会而建造的。在埃菲尔铁塔建成之前，人类建筑物高度没有达到过 200 米，而埃菲尔塔一下上升到 300 多米，是近代建筑史上的重大成就，也是世界建筑史上的里程碑。

巴黎的历史、巴黎的文化、巴黎的艺术、巴黎的骄傲，在塞纳河两岸洋洋洒洒，如诗如画，令人目不暇接。

塞纳河游船很长，采用落地玻璃设计，宽敞明亮而充满创意，上下两层，各有百多个座位，下层橘红色，上层天蓝色，座位不编号，乘客可以随意走动。游船启航，自东向西缓缓而行，去程略靠右（北岸），回程略靠左（南岸）。为了方便拍摄，我爬到二层甲板上去。

我庆幸遇到出色的导游。市旅的全陪名由福祺，是一名资深导游，我们称他由导。由导堪称西欧通，会英、法、汉（含粤）

多种语言，随时转换。一路上，西欧的人文历史，地方掌故，他娓娓道来，引人入胜。地陪（巴黎当地的导游）是一名曾在北京留学的法兰西帅哥，一头卷发披及双肩。他会一口流利的汉语，让我们叫他加尼（Jiany）。加尼平易近人，为巴黎而自豪之情溢于言表，热情地甚至不厌其烦地向我们作详细介绍道：巴黎的建筑艺术、名胜古迹和优美市容举世闻名，市中心塞纳河两岸的老市区是其精华所在。埃菲尔铁塔、凯旋门、卢浮宫和巴黎圣母院都是巴黎的代表景点，不可不看。

加尼说，左岸是一个集中了咖啡馆、书店、画廊、美术馆、博物馆的文化圣地，一个知识分子的领地，以文化艺术，古典色彩为主，是巴黎真正的浪漫所在。如果说巴黎是一个美少女，那么左岸就好像是巴黎那张每天都要细致修饰的脸。而右岸，有巍峨的高楼大厦，银行、金融集团、保险公司、股票交易所；有一丝不苟、严肃刻板、衣着考究的过往行人；还有奢华、繁荣、熙熙攘攘的商业街。加尼说，巴黎人说笑话，在左岸散步，从你身边匆匆而过的不是教授就是大学生；而在右岸，走路时注意不要踩到别人的脚——那十有八九是一双蹬着高级皮鞋的银行家的脚！右岸的传奇当然大都和财富有关，左岸的故事肯定发生在群贤毕至、少长咸集的咖啡馆里。加尼概括地说，右岸蓬勃、喧哗、奢侈；左岸激情、沧桑、朴素。左岸重"情"，右岸多"欲"。要寻找思想上的知音，来左岸；而要找事业上的合伙人，最好去右岸。

乘船游塞纳河，不能不看河上的桥。塞纳河上有 30 多座桥。它们五花八门，但绝不雷同。最古老的一座桥，已经历了近 2000 年风吹雨打。最负盛名的一座桥名曰"新桥"，也已有 400 多年历史。新桥横跨斯德岛，桥下的岛像尖刀似的伸向塞纳河，将河一劈为二。桥有 12 个拱，每个拱上塑了壮士的头颅，有的怒目圆睁，有的闭目静思。桥上的人群热热闹闹，有书商、自编自演的艺术家、流动摊贩。摄影师或画家可以在桥上寻找创作灵感，也不乏艺术家的作品在桥上展出。

最漂亮也最壮观的桥是由俄国沙皇援建于 100 多年前的"亚历山大三世桥"，花环天使手中的灯盏及海洋女神的形象，构成了这座桥的装饰主题。这座桥以其独一无二的钢结构桥拱，将北面的凯旋门、香榭丽舍大街和南边的国民议会大厦广场连接起来。此桥是为庆祝俄国与法国的结盟而建。俄法两国在百年前还是世仇，拿破仑曾挥师攻打俄国，使莫斯科烈火屠城。100 年后两国一笑泯恩仇，而且将桥通向拿破仑墓。大桥两端桥头柱上镀金的四座雕像，由长着翅膀的小爱神托着，其华丽造型和金碧辉煌的色彩特别显眼。

游船来到一个拐弯处，只见前面的半岛上，矗立着一座举着火炬的自由女神像，造型与美国纽约的那座一模一样，纽约的那座是法国民众送给美国民众的礼物，巴黎的这座却明显地比纽约的那座矮小许多。游船掉头再前行，细看时，发现右岸有座水闸，其巨大的铁门开合仍用手工操作。然而在距离如此古老的设备不远处的河面上，就停泊着用豪华游艇改建而成的船型餐厅，舱内的食客可以一边用餐一边观赏河面上与对岸的景象，游船上的我们也可以一边观赏河景，一边观看那里用餐的食客。

在塞纳河边，到处都有谈情说爱的地方。在绿树掩映的河堤旁，在通往亲水小径的石阶上，在小岛洲头迎风舞动的垂柳下，不经意间就会瞥见一对幸福的情侣温情地接吻，热烈的拥抱。这正是浪漫巴黎的见证。游船过新桥时，忽然看见岸上有一位匆匆行走的老者，穿着浅灰色的西装，怀里抱着大把鲜艳的红玫瑰，脸上满是幸福的笑容。他是要赶回家与老妻共庆结婚纪念日？还是要赶去哪里赴情人幽会？我不得而知。而在另一座桥边的台阶上，一位少年在吹奏长笛，一位穿着露脐装的少女依偎在他的怀中，陶醉在优美的乐曲中。巴黎的柔情、巴黎的妩媚、巴黎的温馨、巴黎的浪漫，在塞纳河两岸如痴如醉、如梦如幻。

乘船游塞纳河，尤其不能不看左岸的咖啡馆。巴黎人喝咖啡几乎成癖，就像广东人爱喝茶。这里的咖啡馆充满了令人神往的气息，永远有饮不尽的历史人文余香，是谈梦想的好地方。加尼说，巴黎人的生活优雅且极富品位，坐在咖啡馆临街的落地玻璃窗后面观赏街景，是文人雅士典型的社交生活方式。他说，你随便走进一家咖啡馆，一不留神就会坐在伏尔泰坐过的椅子上，或是巴尔扎克写作过的壁灯下，或靠在毕加索发过呆的窗口旁。而巴黎，就像一杯香浓的咖啡，在所有艺术学子的心灵深处，散发着它诱人的芬芳。不要诧异巴黎常常能在艺术与设计领域执世界之牛耳，因为巴黎人懂得生活、懂得放慢节奏、懂得去酝酿，提出气魄惊人的新奇策划。巴黎的香醇、巴黎的风雅、巴黎的不羁、巴黎的梦想，在塞纳河畔恣意挥洒，酣畅淋漓。漫游在塞纳河上，可尽情体验两岸旖旎风光构成的温馨浪漫、风情万种的人文景观。

塞纳河日夜奔流不息，滋润着、温暖着、哺育着法兰西大地，巴黎人也无限热爱、久久依恋着他们的母亲河。此时此刻，美国著名作家、诺贝尔文学奖得主海明威的吟咏不禁浮上心头："如果你够幸运，在年轻的时候待过巴黎，那么巴黎将永远跟着你，因为巴黎是一席流动的飨宴。"

我们下榻在远离市中心的巴黎郊区，回到酒店已是深夜。早睡的旅伴已然进入梦乡，但我的大脑皮层仍是兴奋不已。躺下来时，我回味着这一天丰富多彩的行程，又憧憬着明天的安排。协和广场、香榭丽舍大街、爱丽舍宫、凡尔赛宫、罗丹雕塑纪念馆、毕加索博物馆、国家图书馆，尤其是埃菲尔铁塔、凯旋门、卢浮宫、巴黎圣母院，这些建筑和景点，都具有非同一般的意义，可是由于种种原因，不可能一一去看。白天游览塞纳河的一幅幅景象慢慢淡去，脑海里转而把这次西欧之行了一遍电影。

　　我想，半个月前，自香港起飞从荷兰阿姆斯特丹入境后，在西欧广袤的大地上走南闯北，穿越高大雄伟花团锦簇的阿尔卑斯山，跨过蜿蜒曲折风光旖旎的莱茵河；在意大利古罗马，伫立在圆形竞技场入口，仿佛看见猛兽与斗兽士凄厉的角斗；在世界上最小的国家梵蒂冈，竟建有世界上最大的基督教堂；再由南往北走，游世界名城、艺术宝库佛罗伦萨，在水城威尼斯徜徉"世界上最美丽的客厅"圣马可广场；在瑞士，登上世界滑雪胜地、终年积雪的铁力士雪山；再穿过神秘的德国黑森林，最后抵达有"世界花都"之称的巴黎，游游看看，所见所闻，不也是在享用一席流动的飨宴么？岁月静好，我感叹托老天爷之福，旅途顺利，一路愉快，西欧之行终于画上圆满的句号。我静静地思忖着，忽然有了新的感悟，人生，何尝不也是一席流动的飨宴呢。在漫长的历史长河里，自然风景，人文社会，林林总总，源远流长。人生易老天难老，天地无垠，生命有限。佛祖云："弱水三千，只取一瓢饮。"我想，我等凡人更应该如是观之。

搭"火船"去省城（外一篇）

区达权

在珠江三角洲水乡土生土长，对船艇司空见惯。成年后久居闹市，出门见车坐车，偶尔看到客船，便想起孩提时代在家乡看火船拽大渡的情景。

村子紧傍潭江，"看火船"是家乡的一种童趣。所谓"火船"，就是对一艘小火轮（拖头）拖着一艘花尾渡的简称。傍晚，斜阳淡照。随着小火轮的汽笛声由远而近，我和小伙伴们就呼朋引伴，争先恐后奔向河堤占领有利位置，等候来往省城的火船经过。

江水缓缓流淌着。"火船来了！"有人眼尖先喊，接着看见"东风"号小火轮像身强力壮的纤夫，呼哧呼哧地在前面开路，高大的花尾渡紧随其后。小火轮船尾飘扬着五星红旗，圆筒状的烟囱拖着一条浓浓的黑辫飘上天空。穿短裤的司炉工赤着臂膀，用铲把黑黝黝的煤块投向烈火熊熊的炉膛，船尾拽着一条长长的钢缆拖动后面的花尾渡。花尾渡船身雪白，"新兴利"三个红色大字赫然入目，在小火轮牵引下，就像一只硕大而骄傲的白天鹅在江心遨游，一边航行一边播放悠扬悦耳的广东音乐。

火船来到我们面前时，大家就兴奋得欢呼雀跃，向着花尾渡上从窗口伸出头来的乘客频频招手；乘客也微笑着向我们挥手致意，我们目送火船消失在河流拐弯处的树林后面。

乡亲们称到海外或省港澳谋生出外工作的人为"出路人"，他们来往家乡大都搭乘火船，半途上下船俗称搭"过河"。我村是中途站，火船并不靠岸，只由一艘小舢板（称"驳艇"）接驳乘客。火船到站前先鸣笛通知驳艇，驳艇摇到江心等候。然后小火轮减速，让驳艇靠拢花尾渡，水手伸出带铁钩的长竹竿把驳艇两头牢牢钩住，伴着花尾渡缓缓前行（俗称"拍拖"），乘客扶老携幼上落客货。过船完毕，驳艇离开，花尾渡便响起"当——当——"几下钟声，小火轮随即拉响汽笛，喷出一股白汽，加大马力继续呼哧呼哧地向前驶去。

儿时有许多梦想，憧憬着未来。对村里的哥哥姐姐搭火船去省城读书打工十分羡慕。大人们也常常这样哄小孩：仔仔乖，妹妹靓，搭只火船去省城；火船大，火船长，仔仔长大去打工，妹妹嫁到省城做新娘……父亲是"出路人"，年轻时就在广州打工。那年放暑假，父亲说要带我去省城见识见识，我终于有机会搭火船，亲身体验那种快乐和温馨。

我们乘搭的"新兴利"走三埠至广州航线，是当时珠江航运中最大而且漂亮的花尾渡，犹如一座活动的水上宫殿，被誉为"内河皇后"。当年来往四邑和广州的乘客，一般都首选乘搭"新兴利"，后来该船改名为曙光401渡，并曾调往澳门航线，经四邑侨乡的海内外乡亲提出意见后，又返回三埠航线。乘客在船上过夜，有晚餐供应，还有文娱节目。听电台广播啦，打扑克下象棋啦，唱粤曲、讲故事啦，男女老幼，十分热闹。说来也巧，这次我在一楼大厅看见有个江湖佬在表演武术。他光着上身，身材肥胖，体重起码有200多斤，啊，他就是曾到过我们村卖药的那个"独角牛"（当年在珠三角乡镇许多人都见过其人，"独角牛"是他的化名），据说他经常搭这船去省城。"滚滚珠江尽向东，几番尘梦几番风。"乘搭花尾渡，透过窗口浏览岸上旖旎风光，心旷神怡。80年代初，花尾渡被叫停，而遗落在民间的与花尾渡相关的粤语"拍拖""甩拖"也早已演化为男女恋爱时的用词了。第二天太阳升起时，父亲把我从梦中叫醒，于是背起行李，随着人流走上广州长堤西濠口客运码头，第一次搭火船的旅程就此画上句号。

源头颂

源头，长江大河的源头在哪里？一支支探险队伍一次次跋山涉水，餐风饮露，披荆斩棘，战胜雷暴冰雹，击退恶狼袭击，历经寒冻和饥饿的洗礼，为的是拜谒你。

源头，高原上一眼平凡的小岩洞，一泓小沼泽，一个小水坑。貌不惊人但极富魅力。你终年厮守在高原险荒之野，毫不显赫毫不雄壮也毫不轩昂，却令最出色的探险家心甘情愿遍尝艰辛苦苦追寻，终于如获至宝般寻找到你，至诚至敬拜倒在你脚下忘情地亲吻。

源头，你身居高位而眼睛向下，清纯拙朴却勇开先河。你的甘泉千年万年涌流不息，青绿了丘陵平原，解救了亿万生灵。为了追随蔚蓝浩瀚的海洋，冲暗礁扑顽石粉身碎骨毫不惜。

源头，你看似平凡却不孤独，你虚怀若谷，容纳百川，不择细流，无数的涓涓山泉汇成波澜壮阔浩浩荡荡的长江大河，像一条巨龙腾飞在千山万壑之间，不舍昼夜一往无前奔流向海不回头！

源头，你是巨人，你勇于创新。你扎根大地又改造大地。你造就了江河湖泊、平原沃野，造就了水库电站、桥梁码头、乡村城镇。九层之台，起于垒土。你是鼻祖，你是头领，你是先驱，你是元勋。大地因你云蒸霞蔚倍添灵气，人间欣欣向荣充满生机。

在斗门水乡

区达权

上天安排我从水乡来到水乡
水乡曾伴我度过贫困的少年
水乡正伴我度过殷实的中年
水乡将伴我度过丰满的晚年

水乡给我磨难
水乡给我灵气
水乡给我爱情
水乡给我理志

水乡值得我回忆

水乡值得我品味

水乡值得我憧憬

水乡值得我赞美

河涌是水乡的血脉

鱼塘是水乡的眼睛

车船是水乡的翅膀

电线是水乡的神经

青皂色的衣巾

朴实是水乡人的天性

火红的英雄树

燃烧着水乡人的热情

埗头光滑的阶石

闪耀着水乡人的勤劳

曾孑然独立的茅寮水棚哟

住房更新换代早就来到

楼顶上响亮的喇叭

演绎着水乡春天的故事

美轮美奂的新校舍哟

充满了水乡明天的希冀

流逝不再的

是水乡前辈痛苦的回忆
轻快流畅的
是新时代水乡青年朗诵的诗

坚定有力的
是水乡少年前进的节拍
粼粼闪烁的
是水乡男女真诚炽烈的爱

鱼肥虾壮蕉硕
是水乡的农贸市场
小桥流水人家
是水乡的迷人景象

钩机，铁塔，泥头车
描绘水乡新蓝图
鹤洲，东湖，灯笼沙
闪耀磨刀门畔新明珠

蓝天，白云，碧水
绿树，黄楼，红花
还有黑油油的沙田土壤
水乡五彩缤纷胜彩霞

我欣慰，我愉悦

我满足我自豪

我实实在在置身其间哪

水乡的明天更时髦!

区达权，1946年生。原为中学教师，后任公务员。曾任侨刊《斗门乡音》主编。广东省作家协会会员、中国楹联学会中华对联文化研究院研究员、珠海市斗门区文化人才库专家。作品见于《人民日报》《南方日报》《澳门日报》《羊城晚报》《粤海散文》《地平线》《华夏纪实》等报刊，多次获全国征文、征联等级奖。著有《步行无价》《岁月之叹》等散文集。楹联作品入选上海世博会展览，并为广州、上海、四川、山东、武汉的景区收藏。个人小传编入《中国楹联家大辞典》。

抢花炮

——从一副粤语联说起

刘君续

周身花果然好样　一肚草格外大声

　　这是一副粤语民俗谐趣联，据传乃广东南海同治举人何淡如所撰。

　　按传统民俗，每年农历二月初二是"土地诞"，正月至五月每月初十是"五方土神诞"，这两个"诞"按地方风俗的不同而各有所重，又或合二而一。旧时广州府及其周边地区到了这诞日，都有热热闹闹的烧炮仗（粤语，即放鞭炮）、烧烟花，在土地庙前"抢花炮"等活动，有的地方还逐步发展成庙会形式。因为是民间的自发行为，当地群众普遍都乐于参与。为了便于指挥，一般都会用竹、木、葵蓬之类材料搭建临时司令台，俗称"棚"，棚的正面照例张贴应景楹联，上面所举联就是何淡如为某棚所撰。

上联"周身花果然好样"句面容易理解，烟花、爆竹之类大都有五颜六色的图案招贴纸包装装饰，因此这上联写的就是烟花爆竹，直译出来就是："满身花纹，果然是一副好模样"。但句中还兼着暗示了另一个演绎对象，这就是下联所涉及的"花炮"。

下联"一肚草格外大声"说的是花炮。农民离不开土地，土地诞拜土地神祈求风调雨顺、五谷丰登，这是旧时代农民的根本希望。人们为了追求幸福，对土地神顶礼膜拜，也相应地产生了许多的群体活动，"抢花炮"就是其中之一。

抢花炮的"抢"有文抢和武抢之分。

文抢无"火药味"，以在神像面前用"卡卜"摔卦来决定花炮归属，在限定次数内摔得胜卦多者为优胜。卡卜，是一种民间占卦用具的俗名，又称"交贝""较杯""夹杯"等等。大多是用竹子根头剖开为两片制成，每片外形状如弯月，剖面平滑，背面保留着竹头的原始弧形。使用时两片平面合起，高举摔地问卜：两平面皆向上者称"阳卦"，皆向下者称"阴卦"，一上一下者称"胜卦"，胜卦主吉。

武抢可就有火药味啦，真的放炮呢。花炮的炮筒用生铁铸成，因为是坐地冲天发射，俗称"地矗炮"或"矗地炮"。炮内充填的火药是银灰色的纵向火药，点燃后只向前冲不会横爆，俗称"直药"，与爆竹所用的黑色火药（俗称"横药"）不同。有云"各自乡村各自例"，花炮的形式也多种多样，比较常见的例分大、小两种。

小的花炮是炮内充填火药后，在炮管中垫一小层稻草。之后再插上一根绘了花纹、系着红色彩绸布的小木棍，这根系彩小木棍就意味着"花炮"或"炮"。点燃火药后产生的冲击力把木棍弹射几十米高，然后乘着彩绸布慢慢飘落。等待着的人立刻涌去争抢，抢得红绸木棍者为胜，获得庙会所提供的奖品。而炮管内垫上的那一层稻草，则起着匀力、为花炮阻火防燃的作用，而且在发炮时冲出、散开，可以干扰视线增加抢花炮难度。

大的花炮跟小花炮的形式大同小异，只是炮管粗很多，炮口也大，装填时用的火药多，特别是垫用的稻草比小花炮要多得多，正所谓"一肚草"者。让大家去抢的也不是小木棍，而是用竹篾或铜线缠上红布条绕成的圈圈，放在地辺炮的管口内。有制作精巧一点的，会用一块方形印花小手帕，取几段麻线分别扎起四个角系在小圈圈上，就像是一个微型降落伞，在空中自然落下时能自动张开，飘飘荡荡地缓缓下降。

因为花炮所充填的火药多，所以点燃时发声是相当的沉重，有如夏天的闷雷，比鞭炮的清脆声可是更震撼人心，这正如下联所说"格外大声"。

抢到花炮的人可高兴啦，除了奖品外，最重要的是可以得到以土地神名义赐福与人的物件。这物件以庙所祀神祇命名，一般是竹架彩纸做成，就叫"花炮"。这"花炮"由获得者以阖家名义于当年供奉，以保佑一年的平安吉祥，更保佑全村连年五谷丰登，这其实也是抢花炮的最终目的：民众对幸福生活的美好祈盼。因此不但花炮得主高兴，全村人都兴高采烈地纷纷祝贺，皆大欢喜啊！

抢花炮活动除了上面说到的两个"诞"日外，也有的地方在"妈祖诞""海王诞"或"牛王诞"等日子进行类似活动的，活动方式和内容大同小异。

何淡如此联基本是用粤方言组成，联文共用了四句带有歇后语风格的俗语，其中有的俗语是有褒有贬，有的属中性，就看读者如何取舍了。因为方言表达也会因地域不同而产生差异的，可能不同乡村的说法和含意会有差别。

何淡如此联表面上写的是放鞭炮、鸣花炮场景的即时状况，实际上是借题而发，深意在讥讽那些学而不精、却又处处充派头者，所谓"金玉其外，败絮其中""大声夹有准"是也。

词一辑

刘君续

瑞鹤仙·2022 元旦用韵

荧屏歌舞巧。是历进公元，新年来了。璃窗朔风悄。渐阑干星斗，霞铺云杪。年经疫扰。幸高处、阳光拂照。布祥和、处处生机，遍唱凯歌新调。

堪笑。虎狼牙爪，雷暴阴风，顿成鸦噪。沧桑正道。民族奋，山河俏。上征途更励，中华伟业，不减心坚志傲。振精神、再创辉煌，向春竞早。

喝火令·辛丑腊八深宵寒雨有怀

又是玄冬尽，随他冷雨侵。一年光景看浮沉。都在老怀堆叠，杯酒洗尘襟。

检点平生事，空留越客吟。恼人粗放到如今。负了青春，负了爨焦琴，负了暗香疏影，谁与证初心。

南歌子·迎春

蕊著枝头雪，诗怜驴背翁。尘缘际遇本来同，都在江声云影客途中。

岁尽温情起，寒凝花气重。男儿何必论穷通，指点山河明日又春风。

南歌子·元宵得句

旧例团圆话，新潮浪漫行。元宵烟火最关情，把臂双双笑语树缠藤。

恍惚霓虹闪，依稀爆竹鸣。老年视听欠分明，独坐公园缓缓数花灯。

鹊踏枝·连日寒雨今朝放晴

疑是岭南冬未了。冻雨无情，连日寒风啸。已过元宵春悄悄，四时冷暖真难料。

一梦醒来天却好。雨住风停，应是回晴早。造化心机花样巧，阳光总向人间照。

天仙子·接种疫苗见医务人员

如雪白衣心剔透，仿佛小腰真个瘦。声柔情切指纤纤，搓玉手，持针瓿，三接疫苗相邂逅。

眉目朗清兰比秀，罩掩面庞犹顺口。晚年难得是安康，言不谬，叮咛久，和婉热诚情意厚。

西江月·梅

临水一枝先发，悬崖几树香浮。凌空铁骨百花羞，端合禽童鹤友。

格调冰魂雪魄，性情琴侣诗俦。春风春雨太绸缪，笑看山河锦绣。

永遇乐·迎二十大

无尽江山，团花铺锦，霞蔚潮涌。雨露均施，阳光遍洒，处处鸣梧凤。红旗飒飒，京华会聚，都是国家梁栋。百年间，初衷信守，未忘服务民众。

峥嵘岁月，艰辛何惧，万里风云曾共。史页新开，星星之火，终作燎原颂。纳新除弊，富民强国，伟业丰碑高耸。更今日，征途又上，振兴筑梦。

刘君续，1948年1月生，中山市人，1965年起在斗门工作，退休前任珠海市斗门区博物馆馆长。

"红色摇篮" 话南山

刘细学

　　珠海市斗门区有光彩的革命传统，是一块红色的土地。据历史记载，斗门人民开展革命活动时间可追溯到明代的正统十四年（1449 年），黄梁都人林帝佑率领农民参加黄萧养起义；1911 年，坭湾村民孙志雄带领农民武装参加孙中山领导的辛亥革命；1924 年，斗门青年梁瑞生参加毛泽东广州农民运动讲习所学习后，回月坑开展声势浩大的农民运动；1937 年 9 月 20 日，在"七·七卢沟桥事变"的烽火硝烟中，邝任生在小濠涌成立了中共中山八区第一个党支部，开展了可歌可泣的抗日救亡运动。小濠涌支部也是中共珠海市第一个支部，在革命战争年代，小濠涌有革命父子、革命兄弟、革命兄妹、革命夫妻，还有一家七人都是中共党员的革命之家。小濠涌也被喻为"斗门的小延安"。

　　如果说小濠涌是斗门革命的策源地，那么，乾务镇的南山六里［南山、新村、沙龙里、中禾里、太平里、禾丰里（老糠堆），现分为南山、新村、三里 3 个村］就是斗门革命的"红色摇篮"。周围阡陌相连、山水环抱。老南山村现存有建于清代的陈氏宗祠、梧山陈公祠、碧崖陈公祠，为清代岭南建筑风格，现作为南山村老年人康乐馆、曲艺社和"红色南山"及"南山陈耀垣纪念展览"等用。南山村还有一座著名建筑"镇南楼"，位于村的南基山腰，建于民国十一年（1922 年），为斗门区不可移动文物。这座"镇南楼"是南山村旅美华侨陈泽三和陈典经两人回乡，目睹故乡贫穷落后，治安不良、盗贼横行、社会动荡的现状，激发乡愁、义捐善款并发动华侨合力兴建起来的。该楼 7 层高达 21 米，楼顶置一口大铜钟，每有盗贼土匪等进村，便鸣钟报警，声传数千米，足以吓退歹徒。抗战期间，入侵斗门的日军以为镇南楼是游击队驻地，曾派飞机投弹，但无法炸毁镇南楼。

南山三村称为斗门革命的"红色摇篮"，那是因为它们有光荣的革命传统。自明清至民国，南山三村涌现出抵抗外侮的民族英雄和参与辛亥革命、推翻帝制的民主革命先辈。在抗战和解放战争上涌现众多的英雄人物，他们为抗战胜利和建立新中国而前赴后继，英勇奋战，留下了可歌可泣的英雄事迹。

陈逢元，字玺尊，南山村人，充香山协右营行伍。清道光二十六年（1846 年），调赴广西军营剿匪，补加六品顶戴；咸丰五年（1855 年），补本协左营外委把总；咸丰七年（1857 年）十月，英法联军进犯广州，陈逢元指挥将士于大东门外迎击，击毙大批敌军，英法侵略者恼羞成怒，用长炮猛烈轰击大东门，陈逢元不幸被击中，壮烈牺牲。清政府赐恤荫子赐封云骑尉。陈逢元为南山村抵抗外侮之民族英雄。

民主革命时期，南山村人陈耀垣追随孙中山先生革命，全力支持孙中山创立同盟会。他于 1906 年赴美经商，孙中山先生抵达美国时就住在陈耀垣家中，是孙中山的挚友。为支持孙中山革命，他千辛万苦筹集 50 万元汇归祖国，并变卖自己经营的"德和商店"，将所有款项全部献给革命。

1915 年，陈耀垣与华侨朋友无私奉献，成立航空学校，为祖国培养空军人才，第一批就培养了 25 人回国效力。1925 年 3 月，孙中山先生病逝，陈耀垣在美召开大会，悼念孙中山，继承革命遗志，又筹集 10 万多元并购买战斗机 2 架运交祖国。后又参与筹建广州执信中学和孙中山纪念堂等，爱国爱乡的赤子之心可见一斑。1929 年他回到祖国，1930 年被选为国民党中央执行委员。

抗战爆发，陈耀垣积极发动华侨捐款捐物，支持抗日救亡运动，义不容辞地担任海外党务委员会副主任委员，后又担任侨务委员会副委员长。1949 年 10 月，陈耀垣在香港病逝，他的一生，是革命的一生，为中华之崛起而奋斗的一生。

南山三村的光荣革命传统，代代相传，发扬光大。1939 年 3 月，中共南山党支部成立，南山村人陈特任第一任党支部书记。在党的领导下，南山三村的优秀儿女陈汉培、陈福、陈鑫、陈惠贞、陈秀球、朱买盛等 70 多人先后加入了中国共产党，参加抗先队、大刀队，与敌伪进行艰苦争绝的斗争。

在抗战最艰苦的 1941 年至 1942 年间，中共中山八区（今斗门）委员会迁到南山村。南山村霭如书室成为八区区委临时驻地。在这里，时任中共中山八区区委书记郑少康、特派员肖志刚、八区抗日游击队大队长陈中坚等，就在霭如书室进行秘密活动，他们分析敌情、研究组织，指挥了斗门人民抗日保家乡的"马山之战"和抗击敌伪顽围剿的"大虎之战"，给日本侵略者和反动伪军以沉重打击，为抗战胜利和斗门解放作出了重要贡献。

抗战时期，斗门地区先后派出 9 人到陕北延安抗日军政大学学习，其中南山村人陈培芳（徐瑞）、陈志清、陈振伦也把延安革命精神带回来斗门和南山，有力地促进了斗门地区抗日救亡工作的蓬勃开展。1936 年至 1947 年，在中共中山八区党组织的领导和组织下，南山三村先后开办南山小学、南英小学、活然小学、南峰小学、南义小学、前进小学等进步学校，八区的共产党员以教师身份作掩护，开展革命活动，秘密发展党员，发动群众进行"反三征"等斗争，不断壮大党的力量和武装队伍，培养了大批革命人才。在党的教育培养下，南山三村参加革命的先辈达 75 人之多，为斗门区参加革命人数最多的行政村，其中为革命而壮烈献身的有 7 人。

抗日战争时期，南山三村有 6 位铁血男儿为抗击日本侵略者而英勇牺牲，他们的英名镌刻在斗门革命烈士纪念碑上。

陈子念，南山中和里人，中共党员。1940 年参加革命，是中山八区抗日游击队陈中坚部队战士，1942 年 11 月在抗击日伪顽的"大虎之战"中牺牲，年仅 26 岁。

陈福照，又名陈照，南山村人。1941 年参加革命，是抗日游击队陈中坚部队战士，1942 年在"大虎之战"中英勇牺牲。

陈目，南山禾丰里人，中共党员。1940 年参加革命，为粤中纵队四团中队长，1945 年在高鹤县凤凰山战斗中壮烈牺牲，年仅 25 岁。

陈巩华，又名陈炳友，南山新村人，中共党员，1942 年参加革命，任珠江纵队泰山大队事务长，1944 年在台山联安墟被捕遇害，年仅 20 岁。

陈丁顺，又名陈洪，南山村人。1944 年参加革命，中山八区游击队战士，后任粤中纵队四团排长。1946 年 1 月在恩平县白银龙战斗被捕遇害，年仅 25 岁。

陈其浓，又名陈其，南山新村人，中共党员。1944 年参加革命，任珠江纵队副班长。1945 年 11 月在博罗县鸡公田战斗中牺牲，年仅 20 岁。

南山三村还有两位空军战斗英雄，他俩是我国最早的空军飞行员和空军教官。他们是被喻为"空军骄子"的陈神护和陈有胜。

陈神护，南山村人。1919 年响应孙中山"航空救国"的号召，在美国"美洲飞行学校"学习，与陈有胜为同乡和同学。1920 年毕业后回国，在云南航空处任飞行员兼教官。1931 年春，受聘为国民革命军第 21 军刘湘的航空司令部飞行员兼航空学校教官，为中国培养了飞行员 23 人，这些人后来成为中国抗战空军的主力，为抗战胜利作出了重要贡献。

陈有胜，南山新村人。1919 年在美国红木城"美洲飞行学校"学习，1920 年毕业。1921 年应孙中山先生电召回国，在总统府受到孙中山接见，被任命为中校飞机师。同年，参加讨伐军阀陈炯明的惠州之战，战功显赫，多次受嘉奖。1930 年初晋升为空军上校，任广东省航空处处长，后任空军第二队队长，空军总司令部参谋。1936 年升任广东空军司令部航务处上校处长。抗战胜利后陈有胜解甲归田，回到故乡南山，1970 年去世，至今南山村还流传着陈有胜的许多奇趣传说。

革命战争年代，南山不但涌现许多铁血男儿好汉，妇女们也巾帼不让须眉，涌现大批女英雄、女战士。1939 年 2 月南山在抗日烽火中成立妇女协会，1941 年，中共八区南山妇女支部成立。这是中山八区（斗门）唯一的妇女党支部，也是珠海市仅有的一个妇女党支部。1941 年冬，中山八区区委在南山村举办妇女干部培训班，南山三三村妇女陈惠贞、陈妙齐、陈秋云、陈买娣、陈丽芳、陈丽屏、陈美容等参加学习培训，他们后来全部加入了中国共产党，奔赴粤中各地参加抗战，又参加解放战争，成为南山三村英雄妇女的杰出代表。

南山三村女共产党员陈秀球，是个独生女，家境较好，其母亲封建思想严重，认为妇女参加革命会引来闲言闲语，于是为陈秀球选了对象，逼她尽快结婚。而陈秀球一心要投身革命，在党的教育帮助下，毅然起来抗婚，并获得胜利，这激发了中山八区的妇女反封建的斗争，妇女们剪长辫、剪发髻，积极参加抗日救亡活动。为支持游击队，陈秀球无私献出金手镯一对、金戒指两枚，当时价值 200 多元。陈妙齐也献出家用自卫的长短枪 4 枝，支持游击队活动。陈惠贞等也纷纷献出金戒指、粮食、布料等给游击队，帮助部队度过艰难时刻。她们的高尚品格和革命精神在中山八区妇女运动中留下光辉一页。

南山三村妇女中最杰出的代表还有陈章养、陈章贤、陈锦庭等人。她们参加革命，转战南北，为人民的解放和社会主义建设奉献了青春和热血。陈章养于 1948 年 15 岁便参加革命，为部队文工团团员，后在珠江干部培训学校学习，参加支援抗美援朝和土改工作。她服从党的安排调往合浦县和灵山县工作，又在广西梧州北海等地任职。1983 年任广西壮族自治区畜牧水产厅纪检书记直至离休。

陈章贤和丈夫，两个女儿举家参加抗日游击队，她的家也是八区抗先队和党的秘密联络站。后来她参加中山五桂山抗日游击队，在根据地医疗站工作，悉心照料伤病员，部队官兵都亲切地称她为"游击队员之母"。解放战争时期，她的家也是部队的交通站，为斗门的解放奉献了全部力量。她智斗敌伪顽，对党无限忠诚的事迹至今为人传诵。

陈锦庭，南山新村人，中共党员。1949 年参加中国人民解放军，历任两广纵队边四团、粤北军区司令部机关勤务员、通讯员、粤北军区司令部干部轮训队发班长、湖北预备师24团事务长等职。1965年转业到江淮汽车制造厂工作，至1976年离休。

南山有个自然村叫禾丰里，又名老糠堆，是中山八区抗日游击队根据地之一。抗日战争时期最残酷艰苦的1939年至1942年，八区游击队曾转移在此进行政治学习和军事训练。中共八区党组织还在禾丰里举办过党员学习班，培养革命骨干力量。禾丰里也是中山八区党组织进行革命舆论宣传的重要据点。八区区委在此编辑出版革命刊物《党报》《八区人民报》《南联月刊》《南峰月刊》等，点燃革命火种，激励群众投身革命。南山先后成立了抗日武术队、大刀队、抗先队等，名副其实成为斗门革命的"红色摇篮"。

红色，是斗门革命老区南山的本色，红色基因是老区南山的宝贵精神遗产。今天，南山还存有多处红色革命遗址。霭如书室曾是中山八区区委临时驻地；陈氏大宗祠是地下党秘密活动据点；禾丰里是抗日游击大队训练基地和党员培训学习基地。此外还有中共八区区委陈特故居，辛亥革命老前辈、国民党中央执委陈耀垣故居，空军骄子陈有胜故居，著名社会活动家、慈善家陈康大故居和镇南楼等。这些都是我们推动红色文化建设，汇聚强大精神力量，厚植红色基因，延续红色文脉的宝贵资源。

2018年春节，南山三个行政村联合举办"不忘初心，红色南山"和"陈耀垣先生革命事迹"展览，展览在南山陈氏大宗祠开展，前来参观的南山三村民、退休老领导等络绎不绝。消息传开，珠海、中山、佛山、广州及港澳等地的游客都专程回南山观展，多达3000多人。

岁月流逝，光阴不息。如今，在南山这片染红革命先烈鲜血的土地上，掀起了另一场气壮山河的新战役，乡村振兴的号角嘹亮，在"不忘初心、牢记使命"主题教育热潮中，南山的干部群众誓把绿水青山变为金山银山，以育产业、兴产业、旺产业、活产业等农业发展新模式，全力推进一二三产业融合发展，他们正发扬红色革命老区精神，推进农村人居环境整治，建设生态宜居美丽乡村，让老区人民能享受改革发展的成果。正是：

辟地开天，莫忘革命初心；
富民兴业，发扬红色精神。

崖门海战与张世杰墓

刘细学

崖门，珠江出海八大门之一，在新会县城以南 40 公里，紧邻虎跳门，距斗门县黄杨山仅 10 多公里。崖门东面为崖山，称为崖东，西面为汤瓶山，称为崖西。两崖夹峙如门，故称崖门。崖山南邻崖海，烟波浩阔，是元军灭宋时的海战遗址。距今 730 多年前的宋祥兴元年（1278 年），在海上漂流了两年的南宋皇室和官兵，结集在崖山，建造了"行朝草市"，并用茅草盖搭了 3000 间军营，集合了各地赶来勤王的军队共 17 万人马，准备与元军决战。宋祥兴二年（1279 年）农历二月初六，元将张弘范、李恒统率水陆两路大军 30 多万人，乘潮水上涨，从南北两面夹攻宋军。宋枢密副使越国公张世杰，下令烧毁所有军营，在崖海列战船千艘，用铁索结寨死战。但终抵挡不住元军的猛烈攻击，激战一日，宋军覆败。丞相陆秀夫背起 9 岁幼帝赵昺，怀揣传国玉玺跳海殉国。张世杰率亲兵死战突围，退至阳江县海陵岛，谁知遇特大飓风吹袭，舟覆人亡。崖门海战，惊心动魄，极为惨烈。此战以宋军全军覆没，君臣死节，崖门海面浮尸十万而告终。当时文天祥被押在元军船上，目睹崖门之战，激愤无比，写下"谁雌谁雄顷刻分，流尸漂血洋水浑"的诗句。

宋元海战后 700 多年来，新会、斗门一带留下许多与这场海战有关的遗迹。这些遗迹至今成为爱国主义教育的教材。在民间中，也流传着许多与崖门海战有关的风物传说。当然传说不等于史实，只反映了人们对历史事件的政治态度和思想感情，并不一定与史实相符。

明成化年间，在新会大儒陈白沙及一些官员的倡议下，先后在崖门建造了"三忠祠"和"全节庙"，庙中有"慈元殿"。当地人称"国母殿"。三忠祠是纪念文天祥、陆秀夫、张世杰的；全节庙纪念在崖海之战中跳海死节的杨太后。至今，还镌刻着历代诗人在崖门吊古的诗作。其中有清初诗人陈恭尹的《崖门谒三忠祠》："山木萧萧风又吹，两崖波浪至今悲；一声望帝啼荒殿，十载愁人拜古祠。海水有门分上下，江山无地限华夷；停舟我亦艰难日，畏向苍苔读旧碑。"可惜，这祠庙毁于 1939 年日本侵华的战火中。后于 1950 年代重建部分祠宇，保存了十多块明、清古碑。其中有《宋大丞相信国公正气歌》、陈白沙《慈元庙碑》、湛若水《修复崖山慈元殿、大忠祠记》及区大相《崖门览古诗》，简朝亮、张诩、罗伦、林腾蛟、何廷仁、王命璇等的碑刻。

崖山下官涌口海边，原有耸起的岩石，是当年宋军架设铁索的锁江石，称为奇石。崖门海战后，元将张弘范在石上刻有十二个字："镇国大将军张弘范灭宋于此。"后明代广东提学赵瑶巡视于此，愤而写诗斥责道："忍夺中华与外夷，乾坤回首重堪悲；镌功奇石张弘范，不是胡儿是汉儿！"至明成化二十三年（1486年），御史徐冒命石工削去张弘范的题字。至今，崖山已由江门市、新会县投资开发为爱国主义教育基地和旅游景点，在奇石遗址上有田汉于1962年题写的十三字"宋少帝与丞相陆秀夫殉国于此。"

崖门海战，丞相陆秀夫背负宋帝跳海殉国，其尸身及传国玉玺不知所终，至今仍然成谜，民间传说崖门失玺也始终未有结果。有武侠小说作家曾构思长篇小说《崖海英侠传》，说的就是江湖儿女为寻传国玉玺展开的国恨家仇、恩怨缠绵的故事，可惜至今未能成书。而张世杰率残存战船突围，在阳江海陵岛平章山海面遇台风死难。今天却在阳江和斗门留下两处墓葬。一为阳江海陵岛平章乡东岭水库下屋背山的张世杰墓，距阳江县城约40公里；一为斗门黄杨山东麓也字山张世杰墓。这两处张墓都见于历史记载，属于古代名人墓葬是无可置疑的。

张世杰是河北范阳人，宋末最高军事将领，封越国公，与文天祥、陆秀夫称为"宋末三杰"。传说张世杰在海陵平章山海面遇飓风舟覆溺亡后，被殓埋屋背山。迄至明弘治十二年（1499年），阳江知县柯昌才开始封墓，并在墓前建祠祭祀，后墓葬屡经重修。现今存下的墓碑，是清乾隆七年（1742年）阳江知县王之正所立。碑刻"宋太傅枢密副使越国公张世杰之墓"，两侧有石刻墓联："瓣香露祝天难挽；忠骨函埋地有灵。"

海陵张世杰墓，虽说是溺亡此地而殓埋，但《宋史》本传中只有张世杰的死地而无葬于何处的记载。而斗门县民间却有"张世杰逆水流尸"的传说。说张世杰溺亡于平章山海面后，随潮水漂回崖门，后"逆水"而漂至黄杨山下的黄杨河海面，尸身上空有祥云一片遮掩，并有一群鸥鸟卫护伴随。村民见之甚为奇异，忙打捞上岸，殓葬于黄杨山也字山腰上。由此，斗门县便有黄杨山张世杰墓。然而，这只是民间传说而已，与史实记载并不相同。

历史记载的黄杨山张世杰墓，最早见于明代著名学者黄佐（字才伯）于嘉靖年间编纂而成的《广东通志》。上载："太傅张世杰墓，在香山县西南一百五十里黄梁都赤坎村。"黄佐还特别加了一首诗："阳江不见潮居里，此地真存太傅坟；想象云中金甲在，松涛犹似拥千军。"而《崖山志》上有记载："张太傅墓，在阳江县潮居里赤坎村。世杰溺亡后，诸将焚之函骨葬此。"但是，阳江县并没有潮居里赤坎村，这里是误将香山县当作阳江县了。黄杨山张世杰墓，是清朝香山县知县张汝霖于乾隆十三年（1748 年）捐资重修的。他在《澳门记略》中也特别说明自己为什么要重修张世杰墓的原因："宋太傅越国公薨葬赤坎村，数百年来，榛莽翳如，几为狐兔穴，霖部行至此，捐资伐石封碑，华表焕然，乃设祀田，遣官春秋致祭。"这也是对当年赤坎村民随便殓葬张世杰函骨的最佳结局。而据有关文史专家的考证，张世杰函骨为何会葬于黄杨山，那是因为"太傅兵败，张弘范乘胜追蹑，二公（指陆、张）虽已授命，残卒故部势不获于死所从容封宠，须携之稍远而后克葬，亦固其所"。而黄杨山可说为"稍远"之地，况且当时大赤坎村人赵若櫸（宋端平年间香山县知县赵悆夫之孙）曾组织潮居里（今斗门地区）数百乡勇追随张世杰抗元。张死后，将士焚化其尸身，把骨灰"携之稍远而后克葬"，那黄杨山正是最好的灵地，也是潮居里抗元将士的家乡，这不仅是符合当时情势，而且也是顺应赵若櫸等抗元将士的心愿的。

黄杨山张世杰墓自清朝香山县知县张汝霖重修后，弹指间又过去了240多年。直至1980年10月14日，斗门县地方志办公室人员在黄杨山村民的带领下，几经艰辛才又寻找到湮灭于莽林荒草间的张世杰墓。墓地为沙、石、瓦结构，占地616平方米，有三重回岭和三重拜台。青石墓碑高1.96米，宽0.86米，上有二龙争珠浮雕，正中镌刻"宋太傅枢密副使越国张公讳世杰之墓"的碑文，墓前两旁八边圆形石柱上刻着"云山空望侍郎宅；海水犹朝永福陵"的墓联。笔者从1984年6月始，先后数次登上黄杨山"也"字山东麓，瞻仰张世杰墓。曾发现在张世杰墓北侧数米处，还有一个挖空了的墓葬。据当地民间传说，那是一个当地土豪劣绅的墓葬，以为葬在张世杰墓侧，可以借这位抗元英雄的光，以便子孙后代能升官发财。然而，张世杰是何等的忠臣贤良，他岂能让这鱼肉乡民的土豪劣绅玷污此地灵气，马上下令将士捉拿这个坏蛋，绑在庭柱上以示惩罚。这坏蛋只好报南柯一梦给其家人，即将其骸骨迁往别处。张世杰惩罚坏蛋，真是大快人心。由此而警示那些贪官污吏，切勿作奸犯科，须知公道自在人心，举头三尺有神明。

后于1987年11月30日，斗门县人民政府发文公布黄杨山张世杰墓为斗门县文物保护单位；1994年8月24日，珠海市人民政府发文公布黄杨山张世杰墓为市级文物保护单位，并设立保护范围标志，拨出专款对张墓进行维修及周围环境治理。至此，黄杨山张世杰墓得到确认，并成为斗门县爱国主义教育基地之一。

岁月随吟（诗六首）

刘细学

黄杨月作品集赞

独占珠城一色天，万花吐艳映月圆。
字里行间藏旧梦，江湖又见珠玑篇。

早　春

岭南今日菜花黄，故园风物惹衷肠。
等闲过尽芳菲节，沧海楼前日月长。

宁夏游踪

黄沙大漠念昔游，天高云淡好个秋。
万里河山喜极目，有情芳草满神州。

瞻仰烈士纪念碑

丹心碧血志凌云，绿叶红花竞争春。
百年夙愿梦圆日，丰碑辉映后来人。

乡村振兴

郊野田园拂春风，布谷声传喜脱穷。

一村一品同致富，乡村振兴花万重。

一带一路

亚非拉美体共同，波斯犹太路路通。

驼铃马嘶歌仍在，高铁巨轮起东风。

故园三题

刘细学

（一）

爆竹声声除旧，梅花朵朵迎新。每当这个时节，我就记起了故园的梅树。那些在冬残春至，春寒料峭的日子里，越发抖擞精神的梅树，在我心中化为美丽的风景。

读琼瑶的《梅花三弄》，我才知道梅花竟还有如此让人荡气回肠的故事。可是，小时候，我们一群小淘气，只把梅花四弄五弄的，弄得满地"白雪"，只可惜那时还不会念"化作春泥更护花"的诗句。不然的话，边弄花边唱儿歌，一定会弄出许多青梅竹马的故事来的。村边的梅树林里，就藏着我童年的欢乐日子，也藏着那时天真烂漫和如今苦涩沉重的回忆。童年的幸福欢怡，就在梅树上长叶、吐蕊，但总长出酸酸的果子，与故园的落后、贫困，在心底抹不去。

梅花落尽的时候，梅树也成了打着绿伞的妩媚少女。放学的时候，我总要与邻家的阿梅、阿桃在树下做作业。那段记忆是绿色的，绿得极纯、极美。梅林下边便是绿色的稻田，溪水也是绿色的，更不必说溪边那婀娜的柳树了。绿色是世界的原色，是生命的色彩。怪不得梅花越寒越盛，越寒越香，那是她心里有蓬勃的生命之源啊！也怪不得故园虽贫穷、落后，却也生生不息，永葆青春，多姿多彩。

故园的梅树，婆娑虬曲，一如故乡那条弯弯曲曲的小路。果熟时压得树条弯弯的，那造型仿佛乡亲们春种秋收脸朝泥土背朝天的脊梁。这时，心中立时响起一位哲人的话：大自然伟大，而人类更伟大。是的，梅树的风景够美了，但有了人类，这美丽的风景才长出灵魂，长出哲理来。

（二）

春江水满，春草遍野，春阳普照。梅树结出青青的果子，桃花却越发的红，越发的盛。这时，我不禁又记起了"人面不知何处去，桃花依旧笑春风"的诗句来。桃花依旧烂漫，可阿桃呢？不知她现在漂泊到何方去了！

阿桃与我同班读书，是村中老秀才华川叔的掌上明珠。每当中午，她总拉我到她父亲搭在村外柳溪畔的"放牛屋"里去，那儿准有许多好吃的果子，于是便一人一颗分着吃。华川叔回来，总会叫我吃午饭。然后定定地看着我，又看看阿桃，布满风霜的脸，便荡过一阵春风。后来，我考上县中学，阿桃因家贫，就辍学帮父亲放牛，此后见面就越来越少了。

水田开耕了，秧儿长绿长壮了，我父母也来帮华川叔插秧。阿桃也长得亭亭玉立，只是她脸上的笑容却消失了，我和她也只有短短的相互问候，两小无猜的岁月毕竟流逝了，就像这桃花一样，落红遍地，残留心头的只有往日的回忆。

后来，听说阿桃与阿强私奔他乡，音讯全无了。那次寒假回乡，到柳溪畔的"桃花居"放牛屋去，连华川叔也寻不见。只是见这桃花依旧灿烂开着，人杳物在，我才体会到"人面不知何处去，桃花依旧笑春风"所蕴含的深意。

花开花落，岁月如流，又到了桃花满枝的日子，我终于听到阿桃的消息。她当年与阿强私奔，是为了躲避那个人面兽心的治保主任，到深圳打工，学得一手精湛的美容技术。赚到钱再回家乡，在当年的放牛屋旁建起了美容中心，取名"桃花居"。听说，阿桃还将要捐钱建一间"桃花小学"呢！

回到故乡，又见那桃树成林，桃花似海，开得浓浓艳艳，热热烈烈，如云霞满天，格外俏丽。我的心底里又涌出"人面不知何处去，桃花依旧笑春风"的诗句。不过，这诗句的境界已完全不同了，我仿佛见到阿桃、阿强，还有华川叔，正在桃花丛中说着、笑着呢！

（三）

　　每当溪水潺潺，原野苍翠，山雀喧闹时，群山也染成碧色。故乡村后的稔子林，便变成朝霞一般的花海，山野平添无限风光。姐姐说，这是百花仙女把她的彩裙铺到山坡上了。寂寞了好些日子的小伙伴们，像雀儿一样，叽叽喳喳地飞向山坡去。这个稔子林，便是孩子们的乐园。山坡上，野果可多啦，最可口的是"咸酸簺"，鲜红的、紫黑的、翠绿的，一串串像宝珠似的挂在枝头上。小溪边，水灵灵的水杨梅缀满枝头，随手可摘一把，放进嘴里一咬，甜透心哩。星期天，我们便将鹅、鸭、牛等放牧在山坡上，便捉迷藏、摘野果、采稔花，乐而忘返。那时，村里人穷苦，连买油买盐的钱也难觅，于是便打"老虎藤"的主意。父亲经常带我到山上的稔子丛中，去寻那些"老虎藤"。父亲专拣那些婆娑的，长满铁钉似的硬筋的虎藤来打。只见他鼓着气，挥舞银锄，百十回合才"搞掂"一棵，汗水却染湿了衣衫。父亲双手捧着丈多长碗口粗的"虎藤"，脸上露出骄傲的笑容，因为他又给我们兄弟姐妹赚到了几毛钱的花用了。我仰头望着父亲，他那瘦弱的身躯，却像山一样沉实。此时的稔子林，那一朵朵艳丽的花，就像撒满山坡的珍珠，在我眼中化为无穷无尽的财富。

　　艰难岁月中，我也跟着父亲上山劳作，汗水洒在稔子花上，结出了甜蜜的果子；阳光晒黑了我的皮肤，双手也磨得起茧了；可我却获得了丰富的精神营养，这是我终生受用不尽的财富啊！我从心底里感激这倔强的稔子树，这美丽的稔子花。

我还记得，母亲去地里耕作时，不论有多劳累，她也总要到稔子林里，一颗颗一颗颗地寻觅稔子果，小心地装好，带回来给我们吃。见我们吃得津津有味，她那布满皱纹的脸，立时舒展开来，那灿烂的笑容比稔子花更娇艳。这不是稔子果，这是伟大的母爱啊！故乡的所有母亲，都有博大的爱心，这春意无限的稔子花，便是母亲们的充满爱心的乳汁浇开的。

稔子花，故乡的稔子花，在我心中，年年芬芳，永开不败。

刘细学，男，笔名流浪。广东珠海市斗门区人。中学高级教师，世界华文文学家协会、中国散文诗研究会、广东省民间文学家协会、珠海市作家协会会员。曾在区党史研究室、教育局、侨务办公室任编辑，有作品在《光明日报》《羊城晚报》《广州日报》《澳门日报》《广东教育》《师道》等报纸杂志发表。出版个人散文小说集《斗门玫瑰》。

美丽杜鹃花

陈买新

他上学的路，经过她的家。

她的家，一座二层半楼房，白瓷墙琉璃瓦，很美。但更美的是阳台上的杜鹃花。小小阳台全是它的生命！娇艳枝绿的藤蔓，攀满阳台栏栅，顽强地向前伸展，垂悬着生命的毅力，给人一种奋发向前的勇气，也给人一种吉祥和谐的希望。

花开季节，那姹紫嫣红的花儿，像一片红霞把他迷醉了。他总是驻足观赏一二分钟，甚至四五分钟才不舍地离开。迈动了脚步，还回眸一望，为那奔放热烈浪漫妩媚的花儿赞美。

一天，他站在她家门前观赏那美丽的花儿，铁门吱嘎一声开了，走出来一个女孩，身穿和他一样海蓝校服。不用说，他俩是同一间中学的。她见他观赏自家阳台上的杜鹃花，便笑说：这花儿是不是很美呢？

是呀，美极了！我家阳台也有这样的花儿就好。

不难嘛，我送一株你回家栽种，就会有了。

他以为她随意说说的，没想到，放了学见她等在校门口，邀他一起回家里，真的送一株勒杜鹃给他。他很感激，回家种在阳台上，每天给它浇水，看它长出了叶芽，高兴得笑了。

从此，他家也有了杜鹃花。从此，他和她成了好朋友。他每天站在她家的门前，除了观赏那美丽的花儿外，还多了一层意义，那就是等她，一起去上学。从此，他经常跑她家借书，目的是想多看看她，和她说说话儿。他还经常相约她去图书馆，沉醉书香里，直至书馆打烊才护送她回家。而她站在家门前，用目光送他回去，叮咛说，过马路注意安全呀。他回眸给她一个笑，开心极了。

暑假，他相约她去海边，看海浪，看海鸟，牵着手，奔过沙滩，登上礁石，把海的美丽风景留在了心底。晚上，他假装有道几何题不会算，跑到她家向她请教，她热情地给他讲解。借此，他在她家的荧光灯下，愉快地把一个假期的作业温习好。

悠悠学子年，他和她成绩都很优秀，双双考上了同一所大学。两人的感情与日俱增，好比那勒杜鹃的藤蔓向前伸展。大学校园里，他俩确立下恋爱关系，牵手花丛，接吻拥抱，如那灿烂的杜鹃花，奔放热烈浪漫妩媚。

学子光阴结束了，他俩来到了社会，他在一家外企工作，而她却留家待业。他发觉她没以前那般热烈了，相约她总是有理由推约，好像有什么事儿，要隐瞒回避不愿相见。他想不明白，发微信给她说：你怎么啦？这段时间对我这么冷淡！是不是我哪方面做错了，你说出来，我保证改正。她回他微信说：你没有错，你很优秀。可是我……我配不起你，分手吧！

如同响了个霹雳，把他震惊了。他和她的爱，不是三头两日的相识，而是很多年的感情，一点一滴汇聚凝成起来的啊！爱已在心里扎下了根，怎能说分手就分手！

他想不通，也弄不明白，为何要分手？他要去问个究竟。他来到她家按门铃，开门的却是她母亲，没有邀他进屋里头坐，只立在门前说：阿娟不在家，她说，叫你以后别来找她，过几天她要去新加坡了，她不愿意和你生活这个小城镇。

他咬紧了嘴唇，什么话也没有说，也没发觉她母亲眼里隐隐含着的泪光，只觉有一种痛穿过心扉，扎得满满伤悲。也许，这种痛，一辈子都无法解脱！他叹了一声，带着痛，恍恍惚惚地回去了。

痛苦的日子里，一天，微雨霏霏，他在大街上看见一个老伯，一手打伞，一手挽着她腰肢，亲昵地钻进一辆小车去。他浑身一颤，心里头如这微雨般冰凉。他绝望了。深深的爱敌不过荣华富贵，为了金钱，她竟然跟他分手，嫁个老头去新加坡！一种潜意识掠过他心底，涌起蔑视的涟漪。他朝她呸一声，吐了口唾沫，对她产生了强烈鄙恨！望着走远的小车，他没有悲哀，没有痛苦，相反解脱了，这种女人不值得去爱！

心中的疼痛没有了，像洗了个澡似的，一切都舒畅了。他张开翅膀拥抱了新的明天。

后来的日子里，他觅到了一个女孩，牵手和她走进了婚姻殿堂。

婚后第二年的清明节，他在一个花店门前，看见这个老伯，买了一大束百合花，开车往城外跑。他觉得有点奇怪，也开车跟随着。来到一块墓地上，他看见老伯把百合花放到一个墓碑下，伫立默哀数分钟才离去。他走上前，看到那墓碑刻着"杜娟之墓"。他惊呆了，简直不相信眼前发生的事情。这不可能啊！她不是去了新加坡吗？

他连忙跑下山，追上老伯问：大叔，你是阿娟丈夫吗？老伯说：不是，我是她父亲。年轻人，你叫阿岚吧？我们没有见过面，因为我在新加坡经商，很少回来，所以你不认识我。

阿娟不是去了新加坡吗？

没有。她说去新加坡是骗你的。

她是怎么离开人世的？

唉，老伯叹了一声，沉痛地告诉他说：阿娟患了绝症白血病。读完书回来在家待业，其实是在治病啊！她知道你深深爱她，不想把你拖累，为了你有一个更好的明天，她放手了……年轻人，你别怪她，别恨她啊！

他知道了事情的真相，悲痛得说不出话来。他落泪了。曾经深深地爱她，也曾经深深地恨她。此刻，却为自己对她的恨感到惭愧内疚，为她带着无私的爱离开人世泪流满面！半晌，他才哽咽地说：大叔，我可以在她坟前栽上一株花吗？

老伯点头说：好呀，你为她栽种花，她灵下有知一定会开心高兴。她离开人世的那刻，还呼唤着你的名字，她是深深爱你的啊！

他含着泪，回家移植一株勒杜鹃，栽在她坟前。

每年清明节，他都会给她扫墓，跟她说说话儿，修剪那棵勒杜鹃，不让藤蔓绕上墓碑攀上坟头。

花开季节里，那棵勒杜鹃开出嫣红的花儿，如他和她热烈奔放的情爱，美得溢满了山野。

山风托起一颗柔软的心

陈买新

山村早晨，炊烟袅袅。

你正在地里拢畦，准备种红苕。母亲踩着田径路跑来喊：娃儿，快放下活儿回家。你见母亲这般急跑来唤你，想家里出事了，心里骤然紧张起来，忙问：回家干什么，啥事儿？母亲说：嬷姑带来个姑娘等着你回去。你听说是这事儿，心里不急了，也不怎么激动。因为嬷姑带了两回姑娘来让你相亲，人家都嫌你穷，白吃一顿饭便跑了。这回你不抱多大希望，对母亲说：知道了，你先回去，我把这畦地拢完便回。

你回到家，母亲和嬷姑还有姑娘坐在堂屋里，母亲和嬷姑唠嗑着话儿，姑娘一旁呆坐着。见到你回来，嬷姑笑说：我给你介绍个姑娘来了。你说声谢谢，进房去换下汗衫穿一件干净衣服出来，礼貌地给嬷姑递上一杯白开水，也给姑娘一杯。嬷姑说：这姑娘白嫩着呢，她不嫌你穷愿意跟你过日子，你意下如何？你笑笑没说什么，手里也捧着一杯白开水，一边喝一边打量眼前的姑娘。

姑娘有点清瘦，一头长发盘落肩头，有些散乱好像没梳理好的样子，几缕头发挂在脸旁也不当回事，瓜子脸，肤色看似白却泛着青，显露了营养不良，一双眼睛望人时定定地，好像有直线没有横线，神情痴呆，傻傻的样子，问她话儿，咧嘴一笑，嘻嘻

　　黄杨月作品集

一声算是回答了。

你心里马上起了疙瘩，怀疑她不正常。你赶忙把嬷姑拉到一旁细声问：姑，你说老实话，这姑娘是不是疯子？嬷姑说：哪是疯子，是有点花痴，不要紧的，嫁了人就会好。我不是和你妈有交情也不会带来给你了，许多人家争着要哩，你不愿意我就带给别人去。母亲急忙说：不，嬷姑，你把她留下别带走。又对你说：娃儿，花痴不要紧的，有男人伴就会好，娶过来成个家，能生娃，传下香火就值了。娃儿，快答应嬷姑啊。你说：我怕养不起。

你这话很本真。是的，你家是很穷的，不但你穷整条村子的人都穷。因为你的山村偏远落后，公路通不到村庄，只有一条弯弯曲曲小山路飘带似的飘出去，要走七八公里才接得上通往镇上公路。正因为交通不便，你们种的农作物很难卖出去，偶有小贩来收购，价钱压得贱过泥，卖了也心疼。你父亲早逝，母亲和你相依为命，母亲千辛万苦把你拉扯大，见你这般大年岁了，求神拜佛巴望你早日娶上媳妇，生娃传宗接代。可难呀，村里姑娘不站脚，长大了个个高飞远走，谁也不愿意嫁在村里挨穷。偶有媒婆介绍来女子给你，一是看不上你穷，二是要的礼金吓死人，怎娶得起。因此你村里光棍十几个，有七八个都四五十岁了还没闻过女人味。

你想想自己都 29 岁了，再不娶就日过午时了，况且母亲盼你成家心切，希望你生娃接香火。于是为了圆母亲愿望，你点头愿意娶这姑娘。

但是你还是不放心，向嬷姑了解姑娘的来历。嬷姑说：你放心，我不是骗来拐来的，她是咱们镇板门村一户农家女，可怜她15 岁那年不知何因得了花痴有点疯癫，村里人说嫁了人会好，可是没人敢娶她。她今年 25 了，她父母也不愿再留她，便委托我看谁家愿意娶，他们不要彩礼，什么也不要，只要她有个家，有口饭吃就行。我大老远从镇那边领她来，走那山路鞋都走破了，我的跑腿钱你不能少啊。你说：姑，多谢你了，你的辛苦钱我不会少。

就这样你成亲了。你虽然穷但也象征性摆了几桌酒席，请了亲戚好友还请了村主任。村长必须要请的，谁家婆媳妇嫁女都不能落下他，没他的光临，日后入户办个证明什么的那就不顺溜了。村主任喝了你的喜酒对你说：山娃，好的姑娘难娶将就着吧，睡觉有个媳妇抱，能生娃就值了。你说：我怕村里人会欺负她。村主任说：谁敢欺负她你告诉我。村主任真是个好村主任，给你开了证明去登记，还为你媳妇上了户口。

你媳妇名叫玉娇，苗苗条条白白嫩嫩，可惜是个疯子。她虽然疯可不是武疯是文疯。她不会打人骂人，只是一副傻傻地的样子。她见人不会打招呼，定定地望着人傻笑，村里人不跟她说话，也不敢接触她，只有望她身影怜惜而又唏叹道：唉，人样儿倒好，可怜疯啊。她疯起来像个孩子嘻嘻地笑，说一些不着头脑的话。有时她还会到处跑，跑到村边山坡去摘一大把野山花插满头上跑回家，有时玩到天黑不懂回家，害得婆婆到处找她。你带她去田地里教她种豆种瓜，她看见蚱蜢便去抓，看见条虫子就捉来玩，看见只蝴蝶便跟着飞，害得你看牛似的，怕她跌落田地头的小河淹死。有时她还头发蓬松跑到巷子去唱歌，边唱边笑边手舞足蹈，引得村里孩子围着她看热闹。你看到她这般疯模样很伤心，但也无奈何。你知道她是疯子也甘心情愿娶了她，就已经做好承受伤心痛苦的心理准备了，可你没有骂她打她，只是伤感地叹着气。但是，有时候她正常起来会洗菜洗衣服，会帮你母亲做饭烧柴灶，也会跟你说几句搭边的话儿。这样让你看到了希望，觉着她的疯病能治好。你询问别人，这种疯病能不能治好？有人说能治好也有人说治不好，若能治好她父母早给治好了。你想带她去县城看看医生，却苦于无钱去啊。

你多了个只会吃饭不会干活的疯媳妇更加穷了。你在家种地挣不到钱，想把媳妇的疯病治好唯有去打工了。你不想往远的地方去，只想在县城找个离家近的活儿。临行前你嘱咐母亲说：田地活儿别去干了，让它荒了吧。阿娇你别指望她干活，好好待她，看管好她。先说句丑话，万一她跌落河里淹死，我对不住她爹娘啊。母亲说：你放心，我会把她看管好。

你来到县城，住了一晚旅馆。第二天你真幸运，碰上嫲姑儿子阿楠，阿楠在一间木工厂当师父，把你介绍到木工厂拉大锯，工资不高，才五百元。20世纪90年代初期这工资也不差了，你很高兴认真干。干了一个月领了工资还有两天假。你高兴呀，回家那天跑街上买了两件衣服，母亲一件媳妇一件，还买了腊肠腊肉水果，高高兴兴回到家里。玉娇望着你傻笑，嘻一声说：去哪了？不要我了？你说：我去县城打工。

我也跟你去。

你以为去逛街呀，干活儿哩。瞧，给你买件新衣服，试试合不合穿。

你领她走进房间，要她穿上看看。玉娇嘻嘻笑着，脱了衣服，没有肚兜也没文胸，那身材美极了……你没和媳妇一起睡已有几十天了，又正当雄狼之年，怎奈得眼前之诱，顿时就情欲飞溅，欲火飞腾，你一把将玉娇抱上床……破旧房间里，荡漾着玉娇嘻哈快乐的叫声。母亲听到掩嘴笑，走出门转到屋旁猪圈看她养的一头小猪儿。

你回到木工厂，你很珍惜这份工，干起活儿认真卖力，锯出的木板块块合尺寸，看似没用的木料你都能把它锯出合用来，深得老板赞赏。草有一春人有一运。几个月后，有一天老板来到木工厂，在工厂茶桌上喝茶把个随身带着的公文包遗忘在茶桌上，直到傍晚工人下班也没来拿。你最后一个离开工厂，见到茶桌上公文包知道是老板的，便把它送回老板家。老板很感激你，因为公文包里有文件有他身份证，有一些现金，还有他和买家的签订合约，遗失了就麻烦大了。为了感谢你，老板留你在家吃饭。

　　老板没有儿子只有一个女儿，肥胖，不高，跛脚，走起路来屁股一翘一翘非常难看，正因这缺陷快成老姑婆了还没嫁得出去。老板见你人好，有心想招你为上门女婿，便说：我把女儿嫁你做我上门女婿，好不好？你想也不敢想，受宠若惊，连忙说：多谢老板看得起，可我有，有媳妇了。

　　老板说：听阿楠讲，你媳妇是个疯婆娘，是真的吗？

　　你说：是的，有点疯，但疯得不怎样，人蛮好。

　　老板嘿嘿笑两声说：疯了还蛮好？离了吧，离了，你娶我女儿，将来我的楼房木工厂，一切财产都是你的了。你别急，我给时间你考虑，考虑好了答复我，我再给你几天假回去跟疯婆娘办离婚手续。

　　这晚，你躺在寮棚宿舍床上，兴奋得睡不着觉。你想：我做了老板的上门女婿，便是个有钱人，不再是穷人了。这是个千载难逢的机遇啊，莫错失，一定要答应他。疯婆娘要来干什么，是个累赘哩，不要，不要，休了！你兴奋了大半夜，才在兴奋与疲倦中沉入梦乡。

　　第二天，你怀着兴奋心情与将来美好的憧憬回到了家里。当你看到玉娇微微鼓起的肚子，顿生了悲悯，同时涌起有一种要做父亲的喜悦。母亲说：她有喜了，几个月了。这日子我不让她出门看管着她，怕她到处跑摔倒。愿祖宗有灵啊保佑她生个男娃。

晚上睡觉你辗转反侧无法合眼，心情很复杂。一忽儿想到老板的话，一忽儿想到玉娇肚中的孩子。把她休了送回娘家于情不忍，于理不合；不休，做不成老板女婿，那未来好前景等于，泡沫等于黄粱美梦。你想了许久权衡利弊，最后为了做个有钱人，你狠下心来不再多想了，决定要把玉娇送回家——休了！

醒来，吃了两碗玉米粥，你对玉娇说：我今天有空，想和你回家走走，你也许久没回家了。玉娇说：家，家，这里就是家。你说：回你娘家呀，你娘想你哩。玉娇说：娘不会想我，不去，不去。你说：那去镇上逛街。玉娇说：嘻嘻，好哩。街上有棒棒糖吃，有嘟嘟车看。

弯弯山路上，你和玉娇一前一后走着。秋日阳光洒满你俩身上，秋日山风吹拂你俩脸庞。玉娇长发在风中飘舞，一会儿被拂得高高扬起，一会儿被拂得布满脸庞。你衣袋不知何时放有一条橡皮筋，你拿出来给玉娇长发扎了马尾巴，才不会被山风吹得拂满脸庞。玉娇望着你笑，似是一副感激的神情。她走得时快时慢，见到路旁有野果子，停下来摘一颗送嘴里咬嚼，见到有鸟在天空飞，停下来举头望。你不耐烦说：看什么看走呀，这样走何时到镇上。

你说去镇上其实是骗她的，你要把她送回娘家，不要她。玉娇娘家回门那天你去过，认识。虽然你娶的是疯子，但按着习俗还是要回门的。回门那天玉娇娘对你说：多亏你了不嫌我女儿啊。她是有点花痴，不听话让你有生气时候，千万别骂她打她，让她有个家便行。如果真烦到你了，过不下去了，你就送她回来吧。你说：不会，不会，我会待她好的。

这些话宛如昨天，声声在你耳旁回响。虽然你下了狠心要休她把她送回家，可此时你看到她怀着你的孩子，跟你一道走，似乎无忧无虑的神情，像疯不疯傻不傻小孩般快乐的样子心里生起悲悯，有些酸酸的，不忍，不舍。你觉得自己在犯罪无人性，脚步不由自主地停了下来。玉娇却朝你喊：怎不走了呢？快走呀。嘻哈一声像孩子一样走得很快。你追上她说：别急，小心走啊。指了指她肚子，小心摔倒。玉娇摸着肚子嘻笑，走在你前头。你望着她，苗条身材，长发飘逸，若是不疯，多好啊！不，我不能抛弃她，我要好好待她，我要想办法挣钱把她的病治好！

山风一阵一阵拂来，托起你一颗柔软的心。这颗心像棉花一样柔软，柔得如头顶上的白云，在蓝天上飘呀飘呀。

路旁开放着一丛野菊花，你摘了几朵，戴在玉娇头发上。玉娇嬉笑一声，取下一朵，放在鼻尖下闻着，似乎闻着秋天的气息，闻着你给予她的温馨与温暖。

走了七八公里山路，终于来到公路上了，你俩在一个站牌停下。好大会儿，有辆汽车来了，拖着滚滚烟尘停在你俩面前。你俩上了车找位置坐下，售票员问，你俩去哪？你没有说去板门村而是说去镇上。

正逢墟日，街上人来车往，熙熙攘攘，非常热闹。你紧牵着玉娇的手，怕她走散走失。这一牵手给你从没有过的感受，媳妇的手多么柔软啊！你看过爱情片，有情人手牵手迈步花间沙滩……如今自己牵着玉娇的手迈步街上，不也和他们一样吗？你心里涌起一种莫名的幸福感。你给玉娇买了一双鞋，一件孕妇穿的肥大裙服，一把梳子一张发卡一根红头绳，还和她在馆子里美美吃了一顿饺子。走出馆子不远正好有一间诊所，你领玉娇看了头一回医生。你把玉娇的疯病跟医生说了。医生说：这病看似是疯

其实是花痴，时好时坏，好时像正常人坏时像疯子。你说：是
呀，是呀，能治好吗？医生说：我还没治过这种病，试试看吧，
开些药吃，多伴着她，精神慰藉结合药物治疗或许会治好。

回家时跨过天桥去车站，桥下街边站着一个头发蓬松衣衫褴
褛的女人伸手向行人讨钱，你牵着玉娇的手走过去了，玉娇忽然
扯了一下你衣衫指了一下女人，你往回走几步，摸出十元钱递向
女人的手。玉娇笑了，你望着她，仿佛看到她的心也是柔软的。

这晚，你拥着玉娇睡，轻抚她微微隆起的肚子，享受着她的
馨香玉体，感到自己快要做父亲了，无限喜悦涌上心头，忘却了
人生的悲苦，更忘却了人生的荣华富贵，沉浸在平凡而幸福的美
好中，进入了香甜的睡梦里。

第二天，你回到木工厂。老板问你：考虑怎样，跟疯婆娘离
了没有？你斩钉截铁地说：我不离开她，我要和她白头到老！

陈买新，笔名阿信。广东省珠海市作协会员，斗门区作家协
会会员。热爱文学，喜欢看书听音乐，喜欢田园，喜欢大海，喜
欢拾掇生活的花絮点缀成文字。

母亲的菜园

黄结连

母亲家门前有一块大约 30 平方米的空地，本是作乘凉之用，而勤劳的母亲却把它变成了一片绿意盎然的菜园，每到收割之时，母亲总叫我们几兄姐弟带几包菜回家。

说起这菜园，本是一堆杂草丛生、蛇鼠乱窜、蚊子繁多的荒地，后经村里人合力把这乱草清除，才有这片干净清凉的空地。我们家把它用作饭后运动及聊天之用。特别在夏天，凉风习习，吹到脸上有一种沁人心脾的感觉，家人都不亦乐乎。

一天，母亲突发奇想，要把这空地种上蔬菜。起初，我和弟弟是反对的，到处都有蔬菜卖，值不了几个钱，用得着自己种吗？而且，种菜是一件劳心劳力的活，母亲年纪大，不想让她再操这分心。母亲却认为，种菜可以强身健体呢。拗不过母亲，于是，就同意了母亲把这块地种上了各种时令蔬菜。

菜园在母亲的料理下，一天天地充盈起来。远远地就看到了菜园里那一片绿油油的蔬菜，把田地遮得严严实实。那金黄的油菜，在阳光的照耀下，发出耀眼的光彩。

走进菜园里让人感觉到一种完全释怀的轻松，我蹲下来，摸着一颗硕大的蔬菜，思想一下子回到了小时候的生活。

　　那时候，家里很穷。一家七口，单靠父亲一个在外地乡村教书，用杯水车薪养活一家人，生活捉襟见肘。奶奶留在家照顾我们四兄妹，而母亲一个人负责耕种7亩多的水田，每年交了公家粮后便所剩无几。很多时候，我们都是半饥半饱的，母亲为了我们的温饱，在自留地上种上蔬菜。勤劳的母亲单靠自己双手既要耕种农田，又要耕种蔬菜，累得病了，吓坏了我们这几个年幼的孩子。为了减轻母亲的负担，我们几兄弟姐妹，一有空闲就帮忙干农活。当时的我，才五六岁，也下地帮忙插秧、种菜。面对一大片的农活，我们无论怎样努力干，也干不完。那菜地里的菜，要浇水、除草、下肥，累得晚上睡觉时手脚都是酸痛酸痛的，然而，在那饥荒的年代，我们也只能以吃蔬菜为主。

　　暑假时，父亲回到家，也一起下田干活。某天一大早，父亲挑着满满的两箩筐好菜，带着我，走三十几公里的路来到镇上，本以为镇里的人会喜欢我们的菜，怎知道，等了一个上午，才卖了5毛钱。原来，来卖菜的人也不少啊。到了晌午时分，肚子咕咕地叫，我们只好拿着这5毛钱跑到一间面馆，要了一碗面，父亲把一大半面分给了我，而他自己只吃了一小口。我的眼泪在眼眶里打转，真希望有好多的人来买我们的菜，同时也暗暗发誓，一定好好读书，要挣很多很多的钱，不再卖菜也有钱买面吃，而且要买很多很多好吃的东西给家里人吃，不再受饥饿的折磨。现在，想起来都相当感动，感动于当时的信念竟然那样强烈。

　　时光荏苒，经过自己的努力，终于如我所愿，不再卖菜了，生活也越来越好，遗憾的是父亲已不在了。

　　由于经历了小时候的痛，我更懂得卖菜人的不易。所以我一直都对卖菜人多几分尊重。

"你是想摘菜吗?"弟弟的声音把我从回忆里拉回。回头看,母亲已拿出刀利索地在地里割了起来。我与弟弟会心一笑,也跟母亲一起在菜地里挥起刀来。

后来,在菜园里,母亲与弟弟一起又种上了荔枝树和龙眼树,为菜园子添上了几分生气,更显得春色满园。

黄结连,女,珠海市斗门区作家协会会员,医务人员。工作之余,笔耕不辍,热衷文学创作,善于发掘身边一些积极向上的生活事件,用文字表达所见所想所闻。散文及诗歌见于《黄杨月》《中山日报》等刊物及各文学平台。散文《在新冠病毒防控的日子里》获得斗门区卫健局"疫情下的优秀事迹征文"一等奖;《平凡寓于伟大》获得斗门区卫健局"优秀党员事迹"征文三等奖;《社区美丽的天使》获得斗门区卫健局优秀奖。

不解之缘

黄亮文

　　缘，是这世上是奇妙的事情。男女之间的缘，可以算作是生理需求驱使下的自然追求。然而，生活中很多无法解释的缘，往往令人感到莫名其妙，那就是不解之缘。

　　举个简单的例子，我是一个毫无运动天赋的普通人。我喜欢篮球，曾经随队参加了全省小学生篮球联赛的分区赛，但 12 名报名的队员中，我是唯一没有获得一秒钟上场机会的"观众"。我喜欢足球，但我的球技在班队里也只能是替补；我喜欢象棋，但我的象棋测评只达到业余 6—3 左右，相当于街道前 3 名左右的水平；我喜欢跳高，但有纪录的最好成绩只有 1.6 米……

　　总而言之，在竞技领域我与体育无缘。但连我自己也想不到，在体育领域毫无建树的我，这大半辈子却与体育结下不解之缘。

　　例如，年轻时，我曾多次在珠海两报（《珠海特区报》和《珠江晚报》）参与体育专栏的撰稿。即使是《羊城晚报》《广州日报》等省级纸媒上的体育专栏，也发表过一些体育评论类的文章。

再譬如，我参与了很多市县级象棋比赛的裁判工作，甚至于在《天天象棋》《棋艺》等全国性的象棋平台上，也发表过一些有影响力的文章。家中至今还珍藏了一幅"许特大"题写给我的书法墨宝。

纵使我篮球、足球、象棋的造诣不高，但好歹我也算是基层的参与者，与之结缘也说得过去。然而，一辈子没有见过冰雪的我，看冰球比赛会看得有滋有味；长在水乡却不会游泳的我，对水球比赛也并不陌生。有的人因为中国军团强大而喜欢看球，如乒乓球、羽毛球和排球；有的人因为中国军团强势崛起而喜欢看球，如网球、曲棍球。而我对于球类比赛似乎来者不拒，即使是中国很弱的棒球、手球和橄榄球，我也会看得津津有味。

在所有体育比赛中，我会半夜起床看直播的项目只有两个，一个是足球，另外一个是斯诺克。足球是男人的"共同情人"，喜欢足球没有可说的。为什么我会喜欢上斯诺克？这或许就是传说中的不解之缘吧。因为，我总感觉斯诺克的比赛，有一种难以言喻的魅力。

刚接触斯诺克的时候，我十分费解，顶尖高手面对一些成功率高达百分之六七十的机会球，往往选择放弃，不敢冒险。看多了才逐渐明白，高手之间的斯诺克对决，容错率低得惊人，大部分球员都能够"一次上手，结束战斗"，每位球员都有"一次失误，满盘皆输"的顾虑。人生亦然，年轻时总认为，有百分之六七十成功的机会就必须去拼一把，人生能有几回搏？而年岁长了才明白，当失败超出你的承受能力时，所谓的机会，并不值得用失败作为底牌去豪赌。

在斯诺克比赛中，超分不代表获胜，但超分往往是胜负的分水岭。然而，比赛中球员击打超分球出现失误的情况屡见不鲜。并不是超分球有多么难打，而是在胜利即将到来之际，澎湃的心潮会影响球员出杆的准度与力度。

生活中，笑看风云的人经常笑话别人"关键时刻掉链子"。其实，每个人在关键时刻都会高度紧张，乃至大脑缺氧。只有体验过"关键时刻"的人，才懂得包容"关键时刻掉链子"的人和事。人只有不断丰富"关键时刻"的历练，才能够"关键时刻展风采"。

斯诺克是英语单词 Snooker（障碍）的音译，顾名思义，斯诺克的战术精髓在于设置障碍。进攻是斯诺克获胜的手段，而防守（设置障碍）才是获胜的钥匙。因此，斯诺克是世界上最"温柔"的对抗类竞技项目，你很少在高水平的比赛中见到暴力击打的动作。脾气暴躁的人看斯诺克比赛，十之八九会被气疯了。

足球崇尚"进攻是最好的防守"的理念，而斯诺克则崇尚"防守才是最好的进攻"。或许，只有喜欢斯诺克的人才会明白，干事业不能只注重"进攻"（抢业绩、谋发展）而不懂得"防守"（强内控、防风险）；炒股票不能只注重"进攻"（加仓买入）而不懂得"防守"（减仓卖出）。

我与体育的不解之缘还有很多。近期，斗门博物馆拟办一场斗门体育名将的展览。因为与多年来与斗门体育结下过不解之缘，我应邀参与了大部分文字材料的整理工作。用自己的体育积累，续写自己与体育的故事。

或许，我与体育的这份缘，注定要终身不解了。

沥溪雅聚赋

黄亮文

苏公曼殊，虽生东瀛异土，祖籍粤珠。能画善书，精诗谙赋，语通多族，译著无数。既精佛道禅术，经纶满腹，又曾踵步国父，胸怀抱负。奈何苦海寻度，亦惘亦悟，坎坷生途，亦僧亦俗。岂料横招天妒，国士大儒，英年早故，龄仅卅五。

惟幸先生遗风，中外扬声，邑内后学贤能，结社缔盟。以诗韵为凭，丹心为绳，遂使曼殊精神，薪火传承。

岁在壬寅端午，诗社挂牌揭幕，召集香山文豪，诚邀主管领导，同赴沥溪欢聚，齐游苏公故居，共襄风雅之举，合谱时代赞曲。

古村沥溪，高楼拔地；曼殊故居，藏罅浩宇。高矮差距，独秀成趣。花繁草绿，砖青瓦碧，古朴气息，香泌肺脾，生平事迹，入橱上壁，巍峨雕像，瞻仰络绎。

辰时三刻，珠中诗者，澳门墨客，咸聚中舍。安地诗哥，躬亲谋策，群贤来贺，氛围炽热。丘公树宏，享誉广东，阐咸淡文化以济时雍，论海上丝路力倡联通。谢公建三，文联主管，其诗词可璀璨，集凭吊之非凡，出咏苏之专刊，圆传播之冀盼。高公德光，澳门骚坛尊长，叹疫情之隔障，幸祖国之泰康，祈交流之永畅。司仪冠舒，名媛淑妇，出口成章之谈吐，有条不紊之娴熟，使典礼张弛有度。

中舍会毕，群贤移步观礼，见证"曼殊诗社"揭牌典仪，共期诗词为媒，令香山文化生辉熠熠。

偶尔雨丝悠悠，文朋笔友，乐不思走。或挥毫寄语，吟诵添趣；或抚今追昔，兰亭结谊；或和韵酬唱，联咏华章；或结伴留影，互诉衷情；或互赠书刊，品鉴长短；或添加微信，相约最近。融融之乐，无思谢幕。及至午膳，推杯换盏，谈笑尤欢，怠思归返。

沥溪之聚，丰生雅趣，巧促跨城之遇，宽拓交流之衢。有幸结缘曼殊诗社，广交能贤学者，收获满怀，幸甚至哉！遂以此为记。

注：苏曼殊，近代香山（今珠海中山）名贤，本文写于曼殊诗社揭牌庆典。

阅读的四个境界

黄亮文

"阅读是人类获取知识、启智增慧、培养道德的重要途径"。这段高屋建瓴的论述，浓缩了所有关于阅读作用与意义的论述。其中，核心的两个关键词是：知识与智慧。

知识＝知＋识；知就是清楚明白，识就是融会贯通。智慧＝智＋慧，智就是顿然悟道，慧就是以智引航。愚以为，这是阅读的四大境界。

以杜甫著名的《望岳》为例。能够清楚明白《望岳》讴歌山河壮美的本义，洞悉原意谓之为知，这是阅读的第一境界：清楚明白。

达致第一境界必须领悟"孤舟蓑笠翁，独钓寒江雪"。因为，阅读是一种静心的修行，在物欲横流的当下，阅读需要有独钓寒江雪的恬静心灵，才能够耐得住寂寞，在书海之中与大贤进行心灵的对话，在远离尘嚣的枯燥中增广见闻。

能够融会贯通地理解《望岳》，读懂作者深沉的爱国热忱，引申理解谓之为识，是阅读的第二境界：融会贯通。

达致第二境界必须理解"都云作者痴，谁解其中味?"。书是作者世界观、价值观与道德观的升华，阅读者必须在飞扬的文字中读懂作者的情怀，在晦涩的表述中读懂作者的隐语，在客观的科研中追寻作者的探索，在典籍的光芒中领略先贤的思想。而这一切的一切，都需要在阅读时养成推敲的习惯，将相关内容融会贯通。

能够领会"会当凌绝顶，一览众山小"的含义，顿悟人生真谛，洞悉世理谓之为智，这是阅读的第三境界：顿然悟道。

达致第三境界必须敢于"吾将上下而求索"。所谓的上下求索：上，指传承与发扬，站在巨人的肩膀上极目宇宙，萃取前人的知识结晶，求索真理；所谓的下，就是质疑与批判，正确看待书籍时代性的局限以及著述者的偏颇，勇于去伪存真，升华个人的认知水平，求索真相。只有心怀苦行僧式修炼自觉的阅读者，才能在前路漫漫的迷茫中，求索大智。因为，顿悟一个道理，少则要数月乃至数载的上下求索，有时候穷一生之力，仍未必能够得其门而入。

能够以《望岳》结句之大智，萌发"会当凌绝顶，一览众山小"的豪迈，在生活中豁达胸怀，以智引航谓之为慧，这是阅读的第四境界：知行合一。

达致第四境界必须做到"欲穷千里目，更上一层楼"。领悟登高望远的道理不难，难的是在面对挑衅与困难的时候，愿意更上层楼。

古语云：知易行难。领略一个道理虽然很难，但信奉并执行一个道理，难上加难。都知道"人无信不立"，但商场中的尔虞我诈俯拾皆是；都知道"廉洁奉公"，但官场中的贪腐案例屡见不鲜。可见，能明道理行非易，阅读的最高境界是知行合一，用大智引航人生。

书，是人类智慧的结晶。任何知识都需要日积月累的学习。而学习的基础是阅读，真正的阅读是深刻理解阅读的四个境界后，循序渐进的不断提升。

黄亮文，男，53岁，中共党员，广东省金融作协副主席、斗门区作家协会会员、珠海市三灶诗词楹联学会理事。早年作品散见于《羊城晚报》《广州日报》《珠海特区报》《珠江晚报》，曾为珠海两报体育专栏资深专栏作者。近年以网络推文创作为主，专于古典诗词联赋、现代杂文与评论。主要作品有小说《十五层迷情》、古体散文《示女书》《斗一华诞赋》等。

父亲的假名

范悦春

尽管我一直怀着无限的耐心鼓励父亲大大方方与人相处，"人需要群居"，我跟父亲说。但父亲依旧做独行客，远远地隐藏，默默地看人群热闹，等视线里的热闹把他脑里的不适带走，他才"现身"高歌一曲，原生态嗓音赢得热烈的掌声。

爱唱歌的本地人友好地把父亲邀进退休干部合唱团，于是父亲的心灵随着歌声在异乡飞扬。可登记表上他签了假名"樊军"，好在没人看他的身份证。

父亲开始忙着写歌单，在合唱团练歌，充实快乐。我乘机问，韦老师常常问起你的情况，我们和韦老师通个电话好吗？本以为父亲的性格变开朗了，谁知道他仍是摇头，拒绝和家乡联系。

都说乡情是每一位游子最难舍的情，可父亲却例外。

"60后""70后"的记忆里都有贫穷。那时候的周末，父亲总是牵着我的手在街市转悠。看看果摊，看看肉摊，也看看米摊，只看不买，后来我懂他在了解市场行情。我们总在某个地方与母亲相遇，或供销社门口或工商所门口，久而久之知道父母是约好的。他们约好分头了解行情，母亲单独行动，父亲却要拉着我。

父亲从小是当农民的爷爷含辛茹苦拉扯大，长大后从山里娶来媳妇，第二年后我们几兄妹出生，日子异常拮据。父亲逐渐利用业余时间带着母亲学做小商贩，主要贩大米和水果。街市上的大米和水果，由农民从山里挑来，有些人要赶时间返回的，父亲和母亲就用稍低的价格买下他们的商品，再卖出去。父亲从不站在摊子边，要我学会算数帮忙守摊子，我不敢吆喝，守的摊子生意萧条。父亲不生我的气，却拉下了沉重的脸，于是从小学五年级的暑假开始，我便去供销社卖冰棍。后来去到大城市读书，寒暑假我就在外边打假期工。有一两次忍不住想家，花掉刚攒到的工钱，坐车回家。父亲见我回来，仍是欣喜的，凉风习习的晚上，洗去一路尘土的我，坐在他膝边，听他讲解放战争的故事。

只是这样的温馨是短暂的。

到了靠近开学的日子，父亲母亲就会吵架，父亲指责母亲笨，这些没卖出去、那些卖得便宜。惹母亲急了，母亲就会像唱山歌一样的唱"阿颓哥，哎，跟着哟"，父亲马上蔫了下来，接着好几天不跟母亲说话。有一次我问母亲为什么这样唱，"屋前屋后编的，笑他笨，他才是真笨"。细细想来，父亲在日常生活中确实显得笨拙，胖胖的他，手脚不麻利，五金水电的动手能力更是欠缺。我能想象，又当爹又当妈的爷爷，是如何爱惜唯一的儿子，在那样艰难的日子，可以让他的儿子"两耳不闻窗外事，一心只读圣贤书"。父亲最后吃上国家粮，了却了爷爷的心愿，但不理窗外事也是有代价的。那时候学校放农忙假，父亲也回家帮忙干农活，父亲动作笨拙，显得很吃力，旁人就嘲笑他，调皮的年轻人还编歌曲唱"阿颓哥，哎，跟着哟"，"颓"就是笨的意思。也许年轻人爱搞笑，但这一句歌词却成了一把刀，永远插在父亲心窝里，让父亲抬不起头。

我早应该理解父亲孤僻的原因。可是我太忙自己的生活和工作。尽管我不会像母亲那样虽无恶意却缺乏理解地指责他不作为、无担当，但我却没有意识到父亲的症结所在。

父亲对子女的爱，是无声的关注、默默的付出，在人生关键的转折点，他会全力以赴带着我们往前冲，用他孤独的力量。我记得当年哥哥和我一样，被父亲鼓励去做暑期工，哥哥比我运气好，去林场跟别人卖木材，赚到的钱远比父母贩大米和水果多得多。于是哥哥便不想读书，开学干脆不回学校。那时候不读书很普遍，所以辍学没什么奇怪。但父亲却着急的四处打听，走了一天一夜，才从林场把哥哥找回来，继续读书。

此刻，欣赏着父亲响亮的歌声，望着父亲谦卑的笑脸，我的脑海猛然跳出一个名词，"社交恐惧症"。我想起了父亲牵着我的手上街市，想起父亲总是突然不知从哪里闪出来，想起父亲跟着儿女远离家乡，戴着面具，隐姓埋名。

我顿悟出父亲性格孤僻的原因时，便深深地理解他的不容易。当然并不是每个被嘲笑过的人都会有"社交恐惧症"，可是被爷爷过度保护的父亲，一直没能正确的认知。于是用"樊军"顶住"阿颓哥"这把无形的刀。

我想我能帮助父亲把它拔出来。

范悦春，笔名沙沙。广东省珠海市作家协会会员、珠海市斗门区作家协会秘书长。作品发表于《珠海特区报》《中山日报》《桂林日报》《潮州日报》等报刊。作品《母亲渐渐地老了》《歌唱幸福》《红酒人生》等获奖。

黄杏祥作品

忆江南·斗门好（外二首）

黄杏祥

斗门好，我问黄杨山。珠海擎天成砥柱，松风泉水唱霞丹。何日摘星还。

登斗门黄杨山有感

望尽凌空没有埃，身居高处即天台。
心随溪水滔滔去，诗伴清风阵阵来。
凝翠青山千树绿，浮思碧海万层开。
怡然自得如仙境，远眺前方似画裁。

游斗门马墩山

山幽花笑鸟争鸣，心旷神怡诗趣兴。
富丽田畴尤可爱，青山叠翠接游人。

黄杏祥，中共党员，高中毕业。酷爱文学，尤其爱好诗词。曾任永宁（中山·珠海）企业联谊会第一届副秘书长，阳春诗社学会会员、珠海市斗门作家协会会员、中华诗词学会会员、中华当代文学学会理事、《世界传世诗词大全》主编，著有《春光杏红》。

将心比心

——来自教学一线的教师工作手记

崔慧燕

　　一声下课，让我拉紧的心弦稍微放松了下来。孩子们如四散的小鸟儿，一下子走光了。我默默地收拾着讲台，却发现讲台的边上不知什么时候就放着一本四年级下册的英语书，心里不禁一喜：读六年级的女儿不正在凑齐各册教材准备复习用吗？眼前的这册书不正好可以凑数吗？然而，转念一想：这样一来，固然可以解自己燃眉之急，可是丢书的人一定会很着急的。想到这里，私心一下子没有了。我默默地把书放回原处，好方便它的主人前来找它。

　　无巧不成书，第二天，我的语文书居然不知落到什么地方了，怎么找也找不到。没有书，可真不方便！想起昨天的事，马上不淡定了！幸亏学生小林捡到了还给了我。原来，我的书落在他的桌面上。

　　一次阅读课上，我给学生讲评测验卷的一道阅读题时决定以"将心比心"为题，让孩子们结合实际说说自己对此的理解："车上的这位妇女与那位青年素不相识，但她却热心教那位从农村出来的、因从来没喝过可乐而不会打开易拉罐的青年打开易拉罐的方法，而且考虑到教的方式。这样做，既帮助了别人，又顾及了别人的自尊心。对这种设身处地为别人着想的善举，同学们在平时的生活中遇到过吗？"

还没容其他同学开口，坐在最前面的小康同学又像往常一样随意地扯开了他的大嗓门："那个青年也太笨了，连开个易拉罐也不会！"旁边有同学插话了："就是因为他不会，那妇女才教她哦！""那就直接对他说呗，干吗要兜那么大的弯呢？明明不渴，还要开他一罐，真的！"那小康同学一副不以为然的样子。听他这样说，我不禁心里一乐：你还是自投罗网来了！这个小康同学，平时课堂上不但不专心听讲，还经常故意找碴儿，上次，我表扬一个同学回答问题回答得很好，同学们的掌声都响了起来，他却在那里大声嚷嚷："还不是照搬参考书上的答案！"又有一次，我把一个同学写的一篇文章当范文读给全班同学听，大家都听得挺专心的，唯独他，扯着大嗓门说别人是从作文书上抄来的，问他从哪本作文书上看到的，却又哑口无言……诸如此类的事，不胜枚举。他就是这样一个"把自己的快乐建立在别人的痛苦之上"的人！因此全班同学都不喜欢他，不喜欢跟他玩。见大家讨厌他，他不但不反省自己，反而到处惹是生非。因为他长得壮实，被欺负的同学也不敢拿他怎么样，慢慢地，大家都疏远他了。没了玩伴儿，他又耐不住寂寞，索性破罐子破摔，凡事我行我素，不管何时何地，只要他喜欢，哪怕在课堂上，也扯开大嗓门，无所顾忌。为此，上课的老师都深感头痛，我这个做班主任的就更是如此。

幸好，我也算是有备而来。这首思想教育的小插曲是我故意安排的！"要成才，先立德"，任何一个教育学生的机会，哪怕是用一整节语文课来教育一个人也是值得的。

我不慌不忙地说："那妇女不渴，却还要开了一罐可乐！那妇女可以直接张嘴告诉那个男青年怎么开，甚至直截了当的帮他打开不就得了，何苦要那样大费周章呢?"同学们听了，七嘴八舌的议论开了："是想维护那青年的自尊心""那是设身处地为别人着想""将心比心"，听着同学们畅所欲言的回答，我笑了："能设身处地地为别人着想，那是一种善良的行为！就像当老师在表扬一个同学回答课后问题很出色时，你却发现这同学的答案是预习时从参考书照搬过来的，但你没有当堂戳穿他；又或是当你发现老师给同学们所读的范文是某某同学从作文书上抄来时，但你也没有当堂戳穿他，而是事后才请老师教育那些同学，那该有多好啊。其实，将心比心：如果你是那个抄参考书答案的，或是抄范文的人，你会希望别人当堂戳穿他吗?"同学们异口同声地说："不会！""那个妇女不渴，却还要大费周章的打开一罐可乐，这也是设身处地地为别人着想，他既帮助了别人，又维护了那个青年的自尊心。这是一个多么善良的人啊！"我一边说，一边瞅着小康同学。他不笨，他知道我是专门说给他听的。这回，他不但不强词夺理，竟然还有些脸红。我若无其事，转过去头去对同学们说："不要说我们还不知道那范文是不是抄的，那答案是不是抄的。就算那范文真是抄来的，那答案真是抄来的，但如果我们能将心比心，设身处地为他人着想，会是一番怎样美好的境界呢?"

我放下手中的试卷，意味深长地说："同学们，在生活中，如果我们能将心比心，就会对别人多一份尊重，多一份关爱，就会使人与人之间多一些宽容和理解！"同学们似乎听明白了什么，都静静地看着我。而他，却低下了头，不语……

　　崔慧燕，女，本科毕业。从事小学教育教学工作数十年，热爱教育事业，喜欢和孩子为伴。教育教学工作经验丰富，曾被评为区、市先进教师。兴趣爱好广泛，工作之余，喜爱看书、练字、下棋，也爱用文字来记录生活。

母亲节里写母亲

曾 雄

2022年5月8日，5月的第二个星期天，西方人设立的母亲节（Mother's Day）。相传这个节日最早出现在古希腊，而现代的母亲节起源于美国，即每年5月的第二个星期日。母亲节设置的意义是唤醒大家对母亲的崇敬之意、养育之恩。这种节日得到了中西方人士的认可。"谁言寸草心，报得三春晖？"我们要时刻不忘母亲的恩德似天高比海深，趁她们健在，有机会就回家做点家务，陪她们聊聊天，吃吃饭，而不只在母亲节这一天，那样她们就会开心快乐的！

但新冠疫情影响，我已两年不能回老家了。早上醒来，看朋友圈和公众号，铺天盖地的都是有关于母亲节的音像图片、感人至深的诗词歌赋，看完听后感触颇多。特别是和母亲的一通电话，我觉得有必要为她写点东西了，趁她思维清晰，趁有些事情她还能在电话里亲口告诉我。虽然她上个月答应我，暑假回去后，再慢慢讲她的身世和故事给我听，但现在每天吃两粒止疼药都止不住右腿骨折那里的疼，甚至那正常的左腿也开始痛了，觉得浑身不舒服，每天吃两粒安眠药都是晚上 11 点多睡，凌晨 3 点就醒来，然后就胡思乱想，甚至希望我们能早一点抬她去我父亲的坟墓旁埋了算了。她说如果能早一点安眠，这也是人生的解脱！这是不是意味着她的生存意志很低迷了呢？毕竟她之前一直是一个积极乐观、从不轻易言败的人啊！

母亲生于 1939 年农历七月二十四日，由于外公外婆婚后第一胎夭折，之后久久怀不上小孩，母亲是他们求神拜佛所得，因此起名"求香"。出生后还拜继一个道士，希望能保她一生平安。农村出生长大的她，吃过苦、挨过饿。由于家庭贫苦，小学赤脚上学，初中只读了半年就辍学，扯猪草、捡柴、放牛，帮助家里干其他活。外婆体弱多病，生下母亲后还生了一个女儿，不久后又夭折了。舅舅出生才 1 岁多，外婆因病去世，外公作为染匠终日在外忙碌，照顾舅舅的重任就落在母亲身上。没有几年，外公去世。待嫁的母亲，只能把唯一的亲人，送给了一个离家很远的舅外公。当时母亲才 20 岁，可想而知，双亲过世，弟弟被送，她会有多么伤心！

1959 年，母亲嫁给了父亲。刚好遇上大炼钢铁生产。他们从新禾的新田炼到涟源的安平。当时生活条件艰苦，不久母亲怀上大哥，因行动不便，1961 年母亲回到农村。父亲继续在杨梓铁厂和杨家滩搬运队工作，直到 1963 年父亲才调去郴州七一一工作。母亲一人在家务农，大姐那年出生。父亲一年难得回来几趟，母亲承担起了赡养老人、抚养小孩的重任。后来每隔 3 年，他们生育一个。5 个小孩，全靠母亲照顾。母亲在生产队担任监察员和饲养员、晒谷、收谷、称重、入仓、剁猪草、喂猪等工作都做过。我的童年跟随她度过。有空的时候她教我唱歌，给她们苦难的生活带来一点快乐！幸好那时，我们在农村，哥带妹，姐带弟，父母亲省吃俭用把我们拉扯大。每到放假，大哥大姐还去生产队赚工分减轻父母亲的负担。后来大哥招工、三哥接班，先后去了郴州。大姐嫁人后，母亲身边只留下了四姐和我。父母希望我们好好读书，跃出"龙门"。但四姐不爱读书，初中毕业后就想打工赚钱，父母劝阻无效，让她在社会上闯荡了几年，最终嫁人。

父母把心血放在我身上。退休后父亲在承包到户的田地里辛勤工作，母亲在家喂母猪、买猪崽，父亲喂牛犊，干旱时帮别人家的稻田抽水赚点小钱。农忙时父母忙碌于田地，父亲挑着百多斤重的谷子健步如飞，我只能打下手。他们省吃俭用支付我读大学的费用，直到1997年我大学毕业。父母亲希望我留在家乡，但我选择来珠海斗门教书。一向健康的父亲，68岁那年脑梗死，半身不遂。由于抢救及时，加上母亲无微不至的照顾，几个月后父亲才能起床行走，但必须坚持吃药。

由于要照顾父亲，母亲无法来珠海参加我的婚礼和给我带小孩，她总觉有愧。我说没什么。小孩2岁后，每次暑假，我都带妻儿回家。父母总是喜出望外，唯恐照顾不周。后来父亲先后得了心脏病、肺结核，还有膀胱癌。我们每次离家，父亲总要落泪，总担心下年看不到我们。母亲总劝慰他。在母亲的精心照顾下，父亲80大寿后就永远离开了我们。母亲伤心欲绝，每次看到父亲的遗像时总泪流满面。我想接她来斗门，她以语言不通、饮食不同、离家太远等理由拒绝了我。我也只能由着她，让她和大姐一起居住，平时节假日多给她钱财。每到暑假，我回家陪她去医院理疗、住院治病，她对我来说总体满意。

去年她的脑梗加重，颈动脉有粥样化，心律不齐，心脏有问题，住院两次，医生都说回去静养吧，82岁的人动手术风险太大！她腰椎疼痛，腿部没力，走几步路都很艰难。有时她还会突然晕倒。照顾母亲的重任落在大姐身上。今年年初，母亲从凳子上摔下来，把左肋骨摔断一根；年后她在床上，大姐帮她洗脸擦身后，她自己起身，结果摔断右股骨。送去医院，医生也没什么办法，只能帮她消炎。她大小便都不方便。我们专门请一个护工照顾她，回家之后请了一个保姆，我负责一半的费用，可惜无法帮她减轻病痛。现在她每天在家里的病床上躺着，在病痛的折磨中度日。本来她想会不断变好的，但最近她觉得越来越痛，无法睡眠。看到我姐，她常会以泪洗面，说丧气话。

我只能电话劝她，伤筋动骨都要一百天，更何况她这么严重呢？苦尽会甘来。想想现在新冠疫情个个都过得那么难，我们都要挺过来。多想想孙辈还有好多好事等她看，也要顽强活下来！我们还有暑假的约定，我要听她讲过去的故事，就不要想着怎么快点死的事了！感觉我的一番劝说有一定的作用，她的心稍微安定了下来。接下来我应该多打电话，让她觉得自己还有活着的价值且子孙还有美好未来等着她看！我们希望奇迹还会出现，她的大腿股骨能像她的肋骨一样长合！

思念母亲，劝导母亲，在母亲节里为她写点文字，和她电话聊天，这是我能做的事。祈祷苍天，让这个苦命的人不要再经受病痛的折磨，让她能早日康复！我们兄弟姊妹希望能陪她更久更久，让她颐养天年！

曾雄，湖南人，现定居珠海斗门，中共党员。湖南师大中文系本科毕业，获文学学士学位。珠海理工斗门校区语文科组长、中学语文高级教师，珠海作协和斗门作家协会成员。擅长散文写作，2010年起在各大刊物上发表25篇文章。

另类小贩

李梅格

一条排洪渠分隔开两个城市，这边是珠海，那边是中山。

同样品质的楼房，中山比珠海便宜一半。于是很多人上班和居住上演双城记。

排洪渠上搭了一座铁桥，行人和自行车可以通行，小车则要绕道几公里，而且要承受堵车之苦。

于是排洪渠边上的断头路停了一溜车，开车的人通过小桥步行回家。这座小桥成了人流密集的交通要道。

被堵过几次后我学精了，送女儿去中山补课，也把车停在路边，让孩子自己走过去。

接人时把车泊好还有时间，于是走过小桥去迎小孩。走下小桥时，发现阶梯上有一块瓷砖松了，还有点突出来，不小心踩上去非摔跤不可。于是我想把它推回原位。用脚鼓捣半天没成功。正想出手呢，听到旁边摆摊的女人说：大姐啊，不用搞它，我试过的，搞不了。

我这才注意到眼前的女人和她的地摊。

女人 40 来岁的样子，戴一顶草帽，眉眼周正，笑意盈盈的。地摊上有蔬菜，水果。十几个品种，红的绿的黄的，摆得整整齐齐。

我看中了那一袋子带泥的花生，称了 1 斤，问档主够不够秤的呀？女人急了，哟，可不敢短秤，我做街坊生意，这桥上来来往往的都是邻居啊，我天天都在这里摆档的。我可不像他，她悄悄指了一下不远处，那里有个男人推着板车卖水果，他今天在这儿，明天可不一定来这里。

正说着话呢，一个小伙子推着共享单车下桥，车头挂了两个大塑料袋，有菜有杂物，手上还拿了一些东西，"扑"的一声，掉了一个便当盒在地上，女人丢下花生一猫腰就冲过去帮他捡了起来。小伙子连连道谢。

称好花生，下起雨来。一个小女孩路过，跟摊主打招呼。女人说，你拿我的雨伞去吧，出来的时候还给我就可以了，我有草帽呢。女孩高兴地把伞拿走了。

本来对路边摊贩没什么好感，偷税漏税、骗称头、以次充好，今天遇到了另类，这哪里是无证摊贩啊，分明是服务群众的志愿者嘛。

我猜想她的生意一定不错。

兴趣班那些事儿

李梅格

关于小孩兴趣班，我们家的故事说起来有一匹布那么长。

我小时候很羡慕哥哥会游泳、乒乓球，他被选中上业余体校才有机会学这些。我一直梦想学会一样乐器，也认为自己有唱歌天赋可惜小时候没机会学……

及至小孩四五岁，恨不得把自己的梦想全都翻出来，于是给她报了一堆兴趣班。

大宝先后上过舞蹈、乒乓球、游泳、古筝、朗诵、戏剧表演、书法、画画、识字、珠心算、TPR 等等课外班。她还自己学会了轮滑和滑板。

要学的东西太多，时间不够用，每个假期都很难取舍。我和她爸希望她坚持古筝、乒乓球或跳舞，一动一静两个爱好足以让她终身受益。

每年报班的时候，我们都建议大宝别报画画了吧？但她不知是真的喜欢还是逆反心理作怪，每次都坚持画画要保留，其他可以不报。

我们对画画一窍不通，祖祖辈辈和美术沾不上边儿，从没想过以后让孩子学美术专业。不过当年虽然不看好，不认为她有这方面天赋，还是尊重她的意见，所以从 3 岁开始，大宝课外画画兴趣班没有停过。

小时候尊重孩子的兴趣让她多了一个选择，初一开始，她决定报美术特长生，我们也觉得可行，毕竟文化分低很多，由此衍生出另一个好处，解决了学习动力不足的问题。

很多家长头疼小孩学习没有动力和热忱，"你放一尺他松一丈"。家长盯得紧，成绩好一点，家长松一松，成绩马上下滑。

有些家长很挠头，不知道小孩喜欢什么？没有特别喜欢的科目，没有特别喜欢的专业或以后特别想从事的行业，无可无不可，总之对什么提议都提不起精神，反倒有网络游戏等不良嗜好，缺乏自律，让家长操碎了心。

家长不可能把孩子拴在裤腰带上，靠人盯人监视，靠督促或限制手机都不是长久之计。孩子没有自己的喜好、没有内生动力，等于没有可持续发展动力，学习效果不言而喻。

我感觉目标很重要，有目标才有动力，才能变"要我学"为"我要学"，才能吃得了苦，才有坚持和克服困难的毅力。

目标不能是家长的目标，应该是和孩子的兴趣或兴奋点相关、由孩子自己找到并确立的目标。

大宝在初一的暑假去杭州玩，她爸爸带她去他的母校，路过中国美术学院，进去逛了一圈，她特别喜欢，回来后表示，她将来要考这个学校。

中国美术学院简称国美，是八大美院中第一梯队的学校，号称清（清华美院）央（中央美术学院）国三足鼎立。要考国美必须先考上斗门一中美术班（二中没有美术班），她从此有了自己的近期和中期目标。

大宝曾经很不耐烦背诵古文和诗词，但后来一看背下来直接拿分，她沉下心来钻进去反倒越背越喜欢。高考后很高兴地告诉我，这些题没丢分，我则窃喜诗词会长久滋养她的心灵。

数学一直是大宝的短板，她对数学又恨又怕。高中阶段每次考试的年级排名都是随着数学成绩起伏进退。其他科目成绩稳定升降幅度不大，数学成了上升空间最大的科目。冲刺文化课的三个月，大宝每周去老师家补习数学，一节不少，只有目标明确才有这样坚定的意志。

她确定要考国美后，专业方面马上开启了自动自觉自己加码的模式。别人还在放松的时候她已开始发力，从高年级的学姐身上找差距。中考后的暑假参加高年级的班集训了一个月，高一的暑假又提前到杭州集训了一个月。

当初她成绩上不去的时候，爸爸总批评她不用功，娇气，吃不了苦。后来的事实证明，这个标签贴得大错特错了。无论是在中考前逆袭的阶段，抑或美术专业几年间的学习和集训阶段，还是高考前文化课的冲刺阶段，大宝都十分刻苦。

她吃苦耐劳的程度远远超出我们的预期，搞得我们后来在旁边不停地给她踩刹车，劝她不要太拼命，差不多就行了。

按她的美术总分，可以报读同济大学甚至人民大学，但是她选择中国美术学院，我们尊重她的选择。

有一首儿歌这样唱道，"爱我你就抱抱我，爱我你就陪陪我，爱我你就夸夸我"，拥抱、陪伴和赏识是0—3岁婴幼儿的主要需求。等他长成儿童，可以上兴趣班了，尊重就开始成为父母的必修课。

中国人历来重视童子功，孩子的兴趣班兹事体大，非同一般。爱与尊重是孩子成长的阳光雨露，也应贯穿于发现、挖掘、培养、发展孩子兴趣，寻找孩子自我发展内生动力的全过程。

甜品人生

李梅格

单位大院外面隔三岔五有人叫卖"豆腐花、花生芝麻糊、冰冻凉粉草、冰冻白凉粉……"声音绵远悠长，抑扬顿挫。从楼上往下看，那人推着三轮车边走边叫，有人光顾才停下，大多数时间只听到叫卖声渐行渐远。有时候想吃，从 7 楼跑下去就不见人了。有时候又几天听不叫卖。

小时候住的小巷子紧邻着一条热闹的大街。出小巷右拐第 3 个档口是一个糖水铺。几个白铁锅一溜排开，热气腾腾，香气四溢。豆浆 2 分钱一碗，花生糊、芝麻糊 5 分钱一碗，比这贵的有杏仁露、西米露等等，还有各种点心。每次路过，豆浆芝麻糊的香气让人馋涎欲滴。难得大人带着去吃一次芝麻糊，一副恨不得把碗舔干净的样子，想起来真难为情。

小时候家里有一个存硬币的小木箱子，塞钱的缝开得稍宽了一点，我和妹妹发现用小棍子能搞出钱来。只要把硬币撩拨到和开口平行，就会掉出一个硬币。偶尔运气好不用小棍撩拨，光是拼命抖动也能掉出钱来。于是我们的口腹之欲得到了空前的满足。掉出 2 分钱，可以去喝一碗豆浆，掉出 5 分钱就可以吃芝麻糊或花生糊了。

随着经验越来越丰富，我们作案越来越频繁。终于有一天东窗事发，妹妹被妈妈抓了现行，哭着承认偷过很多次钱，被妈妈拿戒尺打手心。尽管妹妹够义气，没供出我这个同案来，但尺子打在她的手心，响在我的脑门，心惊肉跳羞愧交加，从此不敢再伸手。

多年以后，我还是偏爱甜食，逛街路过甜品店总要驻足张望，发现新品种是一定要尝鲜的。常把甜品当正餐，什么双皮奶、炸水牛奶、布丁、芝士……见一个爱一个，传统的红豆沙、绿豆沙、龟苓膏等等也不离不弃。

见我念叨楼下这档糖水，一个同事帮我要到了档主的电话。听到叫卖可以打电话叫他别走，等我下来。有时候值班，吃腻了食堂和快餐就打电话问他今天开不开档，走到哪里了？

今天值班，4 点多又听到叫卖，马上决定不吃饭了。手上有事走不开，灵机一动打电话过去要求加档主微信，付款后让他放在门卫室，待我下班再拿。豆腐花有3种规格，分别是3块、4块、5块钱一碗，办公室还有别的吃食，本想要一碗，但微信付几块钱似乎太寒酸了，便要了两个大碗，凑够10块钱。送给门卫保安一碗，人家说吃过饭了。给同事，纷纷摇头，称不嗜甜食。

时代迈进全面小康，我的肠胃俨然还停留在温饱阶段。童年味蕾的记忆延续至半百之年，即使面临增肥和糖尿病的威胁，对甜品的热爱恐怕也会终生不渝。

还好有微信，建议档主所有出品糖分减半。下次买豆腐花，健康饮食，留言免糖。

李梅格，笔名格子春秋，女，广东吴川人，现居珠海。1989年参警，三级高级警长。著有散文集《金盾·柔情》（2012年）、《格子春秋》（2015年）、《生命的守护》（合著，2021年）。

兰亭风韵

林少英

从书圣故里老街出来，便追寻着王羲之匆匆来到了兰亭。

兰亭位于绍兴市区西南 13 公里的兰渚山麓，因春秋末期越王勾践种兰于此，汉代在此设有驿亭，故名兰亭。

沿着弯弯的石径，走进林木掩映、竹林滴翠的山林，嫣红、橙黄的枫叶将幽深空寂的园林点燃得意趣盎然。走出竹林，一池碧水中漂游着数只白鹅，优雅轻盈地浮在绿水上，一块写着"鹅池"的三角形石碑立在池上。据说此碑为"父子碑"，当年，身居当地右军将军的王羲之正在写"鹅池"，刚写好"鹅"字，就听到传来圣旨，立即搁笔接旨。正在身旁的王献之忍不住提笔写了一个"池"字，形成了一肥一瘦的"鹅池"。王羲之爱鹅、写鹅、养鹅，他从鹅轻盈悠游的体态中，悟出了飘若浮云的笔墨神韵。

走过鹅池上的石板小桥，前行不远到了一座碑亭，沧桑破损的石碑上写着"兰亭"两字，这是康熙三十七年（1698 年）的亲笔御书，有 300 多年历史。据说"文革"时因"破四旧"被敲断，如今虽然精工相接，仍弥补不了兰字无尾、亭字无头的缺陷，但饱满的字体历经了岁月的沧桑却更显古意盎然。

御书亭后面还有一座更大的御碑亭，八角的攒尖顶，双重的翘角檐下，一个高 6.8 米、宽 2.6 米、重 18 吨的巨大碑亭高高矗立。这是一块拥有 300 多年历史的清代原碑，称为"祖孙碑"。正面是康熙皇帝临写的《兰亭集序》全文，背面是乾隆皇帝即兴写的一首七律诗，祖孙两代皇帝同刻一碑，堪称镇亭之宝。

碑亭的周围是兰亭的中心曲水流觞，这是一汪曲曲弯弯的碧水，从高高低低之字形的叠石溪流中流淌，溪畔是一丛丛茂密的青竹。曲水流觞是《兰亭序集》的诞生地，也是兰亭景区的灵魂所在。古时在三月初三巳日这天，举办修禊集会，即大家到水边洗涤污垢，祭祀祖先活动，后来慢慢演化成水边饮宴，郊外游春的节日。公元 353 年（1668 年前）三月初三那天，阳光灿烂，茂林修竹，草长莺飞，兰蕙飘香，作为当时经济、文化中心（一线城市）的绍兴会稽，身为最高长官的王羲之在这里举办了兰亭雅集。42 位名士应邀而来，他们大多是有军事背景的朝廷官员，同时又是精通书法，在儒、佛、玄学、音乐、文学方面造诣很深的文人墨客。修禊仪式后，大家坐在之字形的溪水旁，将装满酒的觞放在流水潺潺的小溪上，随水漂流，觞停在谁前面，谁就得即兴赋诗一首，否则罚酒一觞。大家纵情于曲水流觞，陶醉在诗情酒意之中。这次兰亭雅集，成诗 37 首，最后由德高望重的东道主王羲之乘着酒意奋笔疾书，写下了旷世绝作《兰亭集序》。

《兰亭集序》如行云流水，潇洒飘逸，"飘若浮云，矫如惊龙"，324 字成就了天下第一行书，创造了后世无法逾越的书法艺术高峰。《兰亭集序》诗文描绘了兰亭的美丽景致和集会的乐趣；

抒发了盛世不长，永恒之不可能，再圆满的团聚终要离散，再自足的幸福终要破灭，再坚强的生命终要走向死亡的人生感叹；引发了生死忧乐的思考，成为千古传诵的名篇诗文。

从此，兰亭不再仅仅是一个地名，它成为精美绝伦的书法名帖，成为魏晋文化艺术的一座高地。

走出曲水流觞，山边是临池十八缸。相传王羲之的儿子王献之练了3缸墨水后，以为自己写得不错，有一次拿了一些字给父亲看，王羲之只在其中一个大字下面随手点了一点，说："拿给你母亲去看吧。"王羲之夫人看后说："吾儿练了三缸水，唯有一点像羲之。"王献之听后十分惭愧，知道自己的差距，于是刻苦练习书法，练完了十八缸水。与父亲并称"书法二王"。

走出兰渚山，一条清澈的溪水潺潺流淌，这就是兰亭江，江面上一条古色古香廊桥沟通两岸。岸上颀秀橙红的水杉，水边青翠绵延的杂草，岸边枯黄斜倚的芦苇，水面上嫩绿浮动的青苔，白鹤在水中觅食、翩飞。此刻，已是冬日，景色依然那么幽雅、秀丽，我能想象到1600多年前的那个春光明媚的3月，桃红柳绿，水声淙淙，鸟声啁啾的迷人景色，一群文人墨客在此雅集的空前盛况，令兰亭成为景幽、事雅、文妙、书绝的圣地。

从此曲水流觞的诗情画意、《兰亭集序》的潇洒飘逸，便深深地种植在兰亭这片土地上，令每一片茂林修竹都被千年的魏晋风骨熏陶得风清骨骏，每一棵花草树木都临摹天下第一行书的风范修身养性得风姿绰约，每一朵花开都飘溢出一股典雅幽香沁人心脾。

"大抵南朝多旷达，可怜东晋最风流"，在魏晋这个战火纷飞、社会动荡的时代，生离死别成为常态，文人在看尽生死之后，释放出别样的生命异彩，形成一种超然物外的魏晋风骨。兰亭，穿越 1600 多年的时空，成为历代文人墨客心中崇尚艺术、向往自由的桃花源。

明月峡，铺满诗歌的栈道

林少英

走进蜀北广元明月峡大门，一座诸葛亮手持羽扇，泰然自若坐在兵车上的塑像矗立在蜀风广场。在他的身后，一幅由北宋名将、民族英雄岳飞手书的鸿篇巨雕《后出师表》展现在眼前，游若蛟龙的字体腾跃在天地间。《后出师表》是蜀汉丞相诸葛亮第一次北伐失败后，在明月峡附近的筹笔驿屯兵休整时写下的肺腑之言。整篇文章，将诸葛亮鞠躬尽瘁、死而后已的情怀展露无遗。

在"明月峡"的石碑下，湍急的嘉陵江水犹如一条绿色的飘带，从幽深的谷底蜿蜒而过。崖壁上一条凿岩为孔、插木为梁，铺木板联为栈阁的木栈道悬立其中，上面是峭崖壁立的山峰。明月峡集雄、奇、险、美于一身，成为嘉陵江上最奇崛、最壮丽的风景。

从前的蜀国是一个独立王国，没有路与外界相通，从战国蜀王"五丁开道"后，才打开了巴蜀通往秦国的通道，迄今已有2300 多年历史。在这条古栈道上，有无数的战火硝烟在这里弥漫，有许多可歌可泣的故事在这里上演：萧何重修古栈道，诸葛亮六出祁山，唐明皇幸蜀……这些故事给明月峡留下了风格多样的诗歌，也留下了深厚的历史文化积淀。

从两汉到唐、宋、元、明、清，2000多年来，18位帝王、24个将相、200多名文人墨客从明月峡古栈道走过，留下了200多首诗歌。千年诗情滋润着明月峡，将秀丽清幽的峡谷荡漾得诗意盎然，明月峡成了一条铺满诗歌的峡谷。

明月峡先秦栈道建成初期，栈道曲折险峻，"上则悬岭屈曲，下则入冥，倾泻深渊"。走在这样的险道上，除了胆战心惊外，根本无法领略大自然美丽的风光。此时只有零星的县志记录，没有诗歌作品的出现。

秦朝末年，社会动乱不堪，百姓被迫揭竿而起。公元前205年，刘邦起兵北伐，萧何入巴蜀筹集军粮。此时明月峡栈道已经废弃多年，被山洪冲断。萧何组织兵士修复栈道，在蜀地筹集了大批粮草、丝帛，沿明月峡水道往关中源源不断地输送。他站在船头，看到明月峡壮丽雄奇的风光时顿感踌躇满志，意气风发地高唱："留收巴蜀兮，廪盈丰年。汉王北伐兮，势若拔山。月峡巍峨兮，壁高入天。栈阁连云兮，马啸车喧。舟筏北上兮，粟谷万石。汉军精锐兮，取我中原。"留下了明月峡有史以来的第一首诗歌《留收歌》。不久，刘邦战败，率数十骑人马落荒而归，心灰意冷的刘邦忽见筹笔驿正在操练的十万大军喊声震天，刹那间重拾自信，再度率军东进。4年后，项羽被逼至乌江自刎而亡，汉室江山从此奠定。

自隋朝创立科举制后，入仕、被贬诗人出入明月峡更加频繁。"初唐四杰"、陈子昂、王维、孟浩然、李白、杜甫、白居易、岑参、陆游、"三苏"、黄庭坚、杨慎、王士祯、彭端淑、张问陶等诗人经此，写下了大量描写明月峡优美景色、乡土风情的诗歌，留下了风格多样的灿烂诗篇。

公元734年仲秋，李白离乡10年，又在长安逗留了1年多，依然报国无门，贫归故里。当他盘旋在明月峡奇险的峭壁悬崖中，望着深不可测的峡谷和气势磅礴的嘉陵江波涛，诗情迸发，写下了气势磅礴的诗作《蜀道难》："噫吁嚱，危乎高哉！蜀道之难，难于上青天……地崩山摧壮士死，然后天梯石栈相钩连……"李白用丰富的想象力，将自己坎坷的人生之路与蜀道之险交融在一起，情景交融，回肠荡气。另一首《夜宿江边》："秦蜀陇相接，界山高入云。远舟荡深谷，波涛雷轰鸣。临窗回旋处，门渡桑榆荫。农家爱征客，留醉赏月明。"则抒写了蜀道的优美景色和风土人情。

公元 759 年的一个隆冬，正值安史之乱，杜甫四处漂泊。他回到家中，得知小儿子已被饿死，为了不让妻儿重蹈覆辙，领着家人从华州到蜀州投奔旧友高适。他翻越蜀道天险，一路行走，仅靠留下诗稿获得几只火烧馍充饥，在饥寒交迫中写下《水会渡》："山行有常程，中夜尚未安。微月没已久，崖倾路何难。大江动我前，汹若溟渤宽。篙师暗理楫，歌笑轻波澜。霜浓木石滑，风急手足寒。入舟已千忧，陟巘仍万盘。迥眺积水外，始知众星乾。远游令人瘦，衰疾惭加餐。"诗人将明月峡盘旋回转、绵延无尽、凶险恶劣的路途淋漓尽致地表现出来，这何尝不是国破山河、仕途波折、穷困潦倒的悲叹呢？

唐朝著名诗人李商隐《望喜驿别嘉陵江水》："千里嘉陵江水色，含烟带月碧于蓝。今朝相送东流后，犹自驱车更向南。"杨凝的《别李协》："江边日暮不胜愁，送客沾衣江上楼。明月峡添明月照，蛾眉峰似两眉愁。"则描绘明月峡美景时，抒发了人情冷暖、知音难觅、无所依托的愁苦，只好寄情山水，聊以自慰。

公元 756 年，安史之乱令唐玄宗仓皇出逃，一行人饥肠辘辘抵达四川中子铺时，瑞象纷呈：先是五里红云罩路，继之金银木樨提前飘香。见此情景，唐玄宗大喜，乘兴口占一绝："中天玉蟾辉如银，子规夜半无啼声。彩云祥雾铺五里，金辇银鞍走锦城。"然后，一鼓作气赶到了筹笔驿，利州以南官员早已在此等候朝拜，吃饱喝足后，在筹笔驿卸下困顿奔波的脚步，休息了3天，才穿越明月峡，一路抵达成都。历史的风云在明月峡留下了太多匆匆的脚步和伤心的往事。

到了宋朝，金兵入侵。诗人陆游投身军旅，精忠报国，在宋金前线目睹将士抛洒热血，却得不到偏安一隅的南宋朝廷支持，心情十分痛苦。他应范成大之邀到成都就职，希望能报效祖国。当他经过明月峡，站在船头，打开在南郑写的《山南杂诗》，起身取笔墨之际，一阵大风将诗稿吹入嘉陵江中，转瞬沉入江里。他心痛不已，望着明月峡腾起的云雾，迷茫中吟唱了一首《自三泉泛嘉陵至利州》："日日遭途处处诗，书生活计绝堪悲。江云垂地滩风急，一似前年上硖时。"

唐宋诗歌的风格丰富多彩，在描绘明月峡路途艰险和美丽景色时，抒发个人怀才不遇、报国无门的忧愤和思乡情怀。

元、明、清时期，明月峡栈道多处已被"碥道"取代，即在有坡度的崖壁上削坡铲石筑成土石路，视野更开阔了，奇险之路已不复再现。明人王士性认为："自古称栈道险，今殊不然，可并行二轿四马。路虽崎岖，然在山无险。"元朝诗人朵儿只《过朝天峡》："奉使朝天岭若仙，俯观锦绣蜀山川。古今豪杰之多少，回首燕都路八千。"明代诗人杨慎《马道壁上次韵》："嘉陵江水碧迢迢，雷吼晴滩雪涌潮。"清初诗人费密《朝天峡》："一过朝天峡，巴山断入秦。大江流汉水，孤艇接残春。暮色愁过客，风光惑榜人。明年在何处，杯酒慰艰辛。"清代诗人王士祯对栈道感情更为深厚："千峰盘雪栈，数骑出去林。蜀道连天起，秦关入望深。今宵图画里，如听冥猿吟。"此时诗人对栈道的描绘加进了文人听力上的感受，使眼、耳、心与自然景观的交融更加深入传神，文人之心性与景色彼此交融、深化，乘舟过朝天峡时顿感气象雄浑、风光秀丽，忍不住放声高歌。然而，在感受风光之美时又徒生漂泊落魄之苦、思乡寂寞之情。

元、明、清文人在前代基础上更加丰富了明月峡的景物内容。同样的古道、同样的山川，在每个人的心中又有了不一样的风景、不一样的美。作者根据明月峡栈道的景色变化以及自身的生存状况，对山水景色产生了不同的体验和认识。开始突出对人类生存环境的抒发，随着认识加深，开始感受山水景色的整体形象，从模糊到清晰和从直观到欣赏的过程，从而达到更高的艺术境界。

眼前，一列火车从嘉陵江对面的峭壁上穿越隧道，飞驰而过。明月峡成了集嘉陵江水道、先秦栈道、纤夫道、金牛驿道、宝成铁道、108 国道等古今六道于一峡并行的"中国天然交通博物馆"，发生了天翻地覆的变化。当代著名书法家、诗人赵朴初在《明月峡中》写道："石栈天梯史迹看，车如流水走盘盘。穿岩破壁风雷过，一页轻翻蜀道难。"如今，过明月峡已是风驰电掣的瞬间，如清风般掠过，漂泊、跋涉、思乡、报国无门的悲苦忧虑早已烟消云散。

望着对面壁立山崖上嫣红橙黄的秋叶，脚下幽深峡谷中欢畅的嘉陵江水，眼前随着山势蜿蜒起伏在崖壁上的古栈道，猎猎飞扬的蜀汉旌旗，那战火纷飞的天堑之险已成为历史的剪影。当时光流转，硝烟散尽，明月峡古栈道成了秀丽、险峻的迷人风景。岩壁上的每一个石孔、每一块石碑、每一个转角都隐藏着一首首诗。明月峡成为一条连接古今的诗歌栈道，铺满诗意，散发芬芳。

林少英，女，20世纪60年代出生，祖籍广东普宁，从小在韶关长大，1985年加入韶关"五月"诗社。1994年到东莞，系东莞市作家协会理事、东莞市作家协会谢岗分会主席。20世纪80年代开始发表作品，作品散见《作品》《黄金时代》《华夏诗报》《南方日报》《江门文艺》《东莞文艺》。

斗门好地方

梁荣添

（一）

珠海斗门好地方，有山有水有鱼塘。
爱国侨胞遍广宇，地灵人杰近澳港。

（二）

春鳙夏鲩一箱箱，秋虾冬鲮上市旺。
美食鱼饼真可口，风鳝海鲈美名扬。

（三）

商贸物流出口忙，生意兴隆财源旺。

喜看斗门今胜昔，幸福生活奔小康。

（四）

柏油道路车如龙，交通运输通四方。
高楼新屋遍域乡，改革开放再启航。

读读写写乐晚年

梁荣添

　　退休多年，读书看报写文章，成为我晚年生活的一大乐趣。
　　我是一名退休干部，原在斗门县水产局工作。由于职能的关系和经常深入镇村调研，了解当地农业生产情况及推广科学养鱼的工作需要，养成了喜爱读书看报写文章的习惯。退休后，为了满足自己学习新知识、新科技的需要，我每年都要订阅几份报纸杂志。平时出街，我也爱去书店里逛逛，遇上了如意的书籍，就买上几本，带回家来品读。平时我也爱把报纸放在背包里，外出活动一有空就拿出来读读，爱不释手。至于书籍，我则喜欢在晚上研读，静坐灯下，如痴如醉，直到深夜。
　　书报读多了，也不知是什么触动了我的神经，年已古稀的我竟然迷上了写作，有了"爬格子"的瘾头，常常行住坐卧，脑子里都在琢磨写稿的事。骑车走路，劳作聊天，回忆往事，随时都在搜索素材，捕捉灵感，细心观察，汲取营养。华灯初上，我静坐灯下，沐着明月清风，文思泉涌之际，便铺开稿纸，痴痴地钟情于笔耕，沉浸在感悟和思索的乐趣之中。

积年累月，我对"爬格子"着了迷。我想，"爬"有用力前进之意，"格子"有距离、障碍之喻，合起来就是自强不息，坚持写作，就是活到老，"爬"到老。每当提起笔来，一切忧虑烦恼便烟消云散，仿佛眼前晴空万里，花团锦簇。"爬格子"既动脑，又动手，磨炼意志，对于修身养性，开阔胸襟，协调身心裨益其大。

"爬格子"，我自得其乐。每当看到自己的姓名变成了版面上的文字，一乐也；听到有人赞扬那篇文章写得好，二乐也；收到稿费汇款单，三乐也；看到发表的文章已汇编成书，四乐也；听到某篇稿件在社会上产生了好的反响，五乐也……真是其乐融融啊！

写作是一种甜蜜的事业，舞文弄墨，乐而忘老，他能催人奋进，你要写好文章，必须要深入生活，努力学习，加强修养，充实自己，这样才能心有所思，言有所论，情有所感，才能写出好文章来。退休之后，由于我经常练笔，脑子灵活了，智慧灵光了，文思敏捷了，写稿也不大费劲了。30多年来，我先后在《中国渔业报》《中国花卉报》《中国特产报》《澳门日报》《广州日报》《广东农民报》《花鸟世界报》《新会报》《珠海特区报》等50多家报刊发表新闻稿数百篇，诗歌、对联、随笔、知识小品、散文也数百篇。2020年我首次出版自选集《闲情拾趣》一书，全书分为"散文随笔""知识小品""讲饮讲食""诗联欣赏"四个部分，共175篇文章，是值得庆幸的事。我文集的全部作品是在报纸杂志发表过的，已同许多读者见过面，今次能挑选一部分文章结集出版，看到自己经过努力学习和勤奋笔耕得来的劳动成果，对我本人来说算是有个交代；对支持过我的老师、上级和亲友作个汇报，留个纪念，也是一个交代。

勤动笔，常写作，使我的脑子越用越灵活，延缓了衰老。我潜心写作时，心情就会进入一种宁静的状态，笔随思绪走，情在字间飞，忘掉了烦恼，驱走了不快，使我身心愉快，身体健康。今年我已是 84 岁高龄老人，神清气爽，骑车走路步快如风。与笔共舞，以灯为伴，笔耕不辍，精神有了寄托，使我晚年生活过得更加充实，更觉老而有趣和欢乐。这不仅提高了自己的文化素质，还颐养了身心，何乐而不为呢？

梁荣添，原斗门县水产局副局长。1983 年开始文学创作，在《中国渔业报》《中国花卉报》《中国特产报》《澳门日报》等 50 多家报刊发表诗歌、随笔、知识小品、散文百篇。现为广东省散文诗学会会员、珠海市作家协会会员。

房　租

刘文俊

　　"俺山里人可怜啊。看看，娃儿跟媳妇成年在浙江打工。一年统共就过年回来十天半月。" 65 岁的曹奶奶背有些驼了。不足一米六的个子，站在张太太跟着，努力将头抬起来，看着张太太的脸慢慢说："要不是给孙娃看眼，俺就趴山里不出来。孙子 9 岁了，弱视，在山里没法治，这才让我领着孙娃进城，一边上学，一边治眼。"他身边的孙子一只眼带着黑色的眼罩，怯怯地站在两位老太太中间，两手不停地捏揉着衣角。

　　张老太太低头看了看小男孩子，左手在孩子头上来来回回摸揉了几下。

　　"他爷身体不好，哮喘病，天一冷就出不来气儿。家里有两亩山地，不种吧糟蹋了，种吧，雨水顺了还中。旱一点本儿都收不回来。要不是能上山采点山货，挖点药草，靠种地养活不了自己。"

　　曹奶奶弯腰把裤腿往下抒到膝盖上，有些卑微地说："你瞅瞅我这腿肿的，贴着止疼膏也不中，不能上楼，要不是，我也不搬家。你就可怜可怜俺们，房租便宜点，别说 260 了，200 元一个月，我仨月一交钱，你看中不中?"

刚才交谈中，张老太太得知曹奶奶比她还小 1 岁。但看面相张老太太比曹奶奶要年轻五六岁。曹奶奶当时长叹一声说："到底是城里人，风不吹，雨不淋，不一样啊。"

张老太太听后笑了笑。

其实，张老太太也是农村长大的。

她的父亲是第一批右派，1958 年一家人六口，俩大人四个小娃儿，从郑州回到农村老家。右派平反后，张老太太才进城参加工作。她 3 岁回到农村，20 多年她好似从没吃过一顿饱饭。人家的姑娘十三四岁就来例假了，而她 18 岁才初潮。营养不良导致生理发育都延迟了好几年。20 多年的农村生活，她的印象就一个"穷"字。没吃的，没柴烧，没钱花，甚至没盐吃。一年 6 尺布票还没钱撕布，自己纺花织布做衣裳。母亲找邻居借一汤匙盐，还不上，不好意思再去借，就支使着当年才 10 来岁的张老太太去借。借了还，还不上。攒两个月，张老太太的母亲就给邻居做两双布鞋。大家心照不宣。

张老太太常对孩子们说，她们 3 年困难时期没有饿死，实在是件幸事。

张太太的父亲是 1948 年河南大学毕业生。学的种植专业。他们在房前屋后种几十棵烟叶。父亲是专家，种的烟叶比一般的成色要好。父亲让张老太太拿到镇上卖。那时的张老太太才十四五岁。她按照父母所说的价钱不动。其实，父母给她有灵活性。但张老太太就是认定了，一分价钱一分货，就是要比别人的贵 1 毛钱，不然对不起父亲下的力，流的汗。几斤烟叶，她赶了几次集才卖掉。

返城后，张老太太在农村长期养成的生活方式没有太大改变。她没有啥业余爱好，不化妆，不美容，不唱歌，不跳舞，最大的爱好就是存钱。发工资后，她留下生活费用，所余的钱全部存到银行。如果发生额外开支，她从生活费用扣下来。

同事们都笑她，一分钱掉下来，八面吹灰，把钱都串在胁巴骨上了。

连张老太太的母亲都说她太会攒钱了。一次发完工资，她想存20元钱，但怎么算也差2块。无奈，她找母亲借2元钱凑够20元存到银行，当月她少改善两次生活，挤出2元钱来还给了母亲。

张老太太听了曹奶奶的话后："那不中，两间房一个月260，不能变。你们的生活困难我同情，价钱高低与可怜不可怜没有关系。我是急着上南方过冬，不想闲这半年，要不，我不会恁便宜租给你。"

张老太太说的是实话。11月份她和老伴要去南方过冬。一直到转过年四五月份才回来。急着租出去，就一下把价格降到最低了。

"咱们再商量商理。你瞅瞅俺这孙娃儿，在山里没法治，眼都快瞎了。才8岁的娃，不治不中，治吧，药钱、房钱、饭钱，都是钱。孙子跟我在这里，一个月难吃回肉。好在现在眼科医院治的视力有0.6了。医生说治这病不是三天两早晨的事。俺央人把孙娃儿转到城里来上学。等他眼治好了，俺就回去了。姐，你权当做善事了。就一个月200吧。你闲着不是也闲着了嘛。"曹奶奶眼里流露出一丝弱者才有的光。

"不中，不中，你看过不少房子，价钱你也知道，咱俩见过3次面，说过几回了。还是我的便宜，要不，你也不会三番两次地回来找我。260 元一个月，一点也不能少。你看别处电费一度一元，我这里按电业局的价格收，水费按水厂收费，一点也不加价。再说了，做慈善和做生意是两回事。一分价钱一分货，两码事不能混在一起说。"张老太太收起脸上的笑："这房子值最少值这个价钱，再少了，我对不起这两间房。"

张老太太收到了曹奶奶微信转来了 1040 元钱。其中 260 元是押金，另 780 元是三个月的房租。她点击收款后，又给曹奶奶转账 800 元。

转账留言上写着：祝孙子早日康复！

刘文俊，笔名居仁堂主。1956 年生人。汉族，中共党员。资深文学爱好者，有中、短篇小说、散文、诗歌二百余篇（首）约三十万字见诸杂志报端。广东省作家协会会员、珠海作家协会会员、斗门区作家协会会员。

共铸奋斗精神

——斗门人民改造大自然追求新发展的斗争

凌小聪

　　珠海市斗门区，是一个奇特、奇妙的名字。她既源于庄稼丰收"大功臣"和捕捉鱼虾"神奇武器"的㞷斗，又源于带来生命重要源泉淡水资源和增加财富之母土地资源的珠江八大门之一虎跳门水道，又引申为战斗、斗争、努力奋斗和家、家族，而且寓意为奋斗者大家庭。在历史长河中，无论是原斗门人的奋斗精神，还是新斗门人的奋斗精神，无论是个体斗门人的奋斗精神，还是群体斗门人的奋斗精神，总之所有斗门人的奋斗精神，都是奋斗者大家庭之奋斗精神。

（一）

　　明朝宣德五年（公元 1430 年），广州府新会县古博都狮岗村（今江门开平市水口镇泮村）人邝应瑞，号菊窓，经长子狮岗樵划船到本府香山县黄梁都（今珠海市斗门区）黄杨山附近边打鱼边物色迁居之地后，携妻子带 4 个儿子等一行人从百里之外经水路来到黄梁都择地立村。邀请了一名风水大师看风水，大师早已知道黄梁都距离县城遥远，孤悬海岛，偏僻之壤，盗贼觊觎，而且只有大赤坎、乾务、荔枝山（今荔山）、龙坛、东澳、大沥岐等几条村落，当行至龙归岩下，亦知道以前此地曾有龙归庵因年久已毁。但此地山水相连，海滩辽阔，观察周围环境，东面有黄杨山，南面有鹤兜山，西面有成群山丘，呈现出三面环山，形状似戽斗，且北面没有山阻挡，像斗口直面虎跳门，而且黄杨山、鹤兜山等水源汇合成河溪（今斗门河溪）经此地前面往低处流入虎跳门水道，虽然方圆 10 里之内人烟稀少，但山林繁茂，溪水清澈，地势开阔，土地肥沃，鱼虾丰富，实为风水宝地。另一方面，庄稼人家庭虽然人丁兴旺，是一个大家庭，但劳动是财富之父，全家人必须努力战斗在农渔畜生产上，并与生产、生活诸多困难作斗争，才能在此地生存发展。便建议在此地立村，必然人丁兴旺，生产丰收，生活美满，实现梦想。并在戽斗和虎跳门中各取一个字组成"斗门"村名，寓意奋斗者大家庭。邝菊窓一家人心里也明白，必须努力劳动，艰苦斗争，克服困难，做奋斗家庭，才能安居乐业、创造价值，并把小斗门村建设成大斗门村。自此，这个远道而来的奋斗者大家庭在这块陌生的土地上从零开始，斩竹木、割茅草搭建住所，开垦荒地、荒山、荒滩、荒水，种植庄稼，养殖畜禽，戽鱼戽虾，筑梦追梦，奋斗不息，开枝散叶，日渐壮大，经过 600 多年发展成为一大族，分别居住在斗门镇斗门村、小濠涌村、深潭村、安峨村、南村、上申坑村等地，境外分布在美国、加拿大、澳洲、香港、澳门以及东南亚各国和地区。繁衍至今已有 30 多代 3 万多人，而且英才、名人辈出。有在抗日战争期间参加中国共产党和创建中山县第八区（今珠海市斗门区）首个中共支部（也是今珠海市第一个中共支部）并任书记的邝任生；有在抗战期间参加中国共产党，曾任中国致公党第七届中央常委兼秘书长、第五届全国政协委员的邝明；有美国历史上首位华裔国会参议员，曾参选美国总统、被誉为"华人第一参政人"的邝友良；有香港特别行政区第十三届全国人大代表、企业家和慈善家的邝美云等等一大批奋斗者大家庭中的优秀代表人物，锻造了热爱劳动、自强不息、艰苦斗争、勤劳创业的奋斗精神。

（二）

斗门土地肥沃，淡水、滩涂、砂石土资源丰富，气候温和，雨量充沛，光照充足，自然条件优越和区位优势突出。但是季节性台风暴潮、暴雨、咸旱灾害严重。滩涂围垦和根治洪、潮、涝、旱、咸五害，消除"冬春旱咸夏秋涝"之苦是奋斗者大家庭多年梦寐以求的愿望。新中国成立 70 多年以来，奋斗者大家庭直面困难，重视困难，解决困难；从一点一滴做起，逐一克服困难；以坚忍不拔的顽强意志去战胜各种困难。他们以斗门滩涂围垦、白藤堵海、五山引淡、白藤湖治理、黄杨山造林等同大自然作斗争的艰巨浩大行动，展示了奋斗者大家庭敢于筑梦、追梦的自信和勇于圆梦的力量，诠释了奋斗者大家庭自力更生、艰苦创业、团结协作、顽强拼搏、克难攻坚的奋斗精神，成为奋斗者大家庭一笔宝贵的精神财富。

斗门滩涂围垦，历史悠久。南宋时期，奋斗者大家庭为筑土地生财之梦，已进行小面积分散的围垦，开启了斗门基围农耕开发的历史，历经元、明、清三朝和民国以自发为主围垦面积共

7.0929 万亩。新中国建立后，奋斗者大家庭为开发利用大自然所提供的滩涂宝库，1956 年 1 月，平沙垦区围垦工程战斗打响，1958 年 6 月完成首期围垦面积 4.416 万亩，为平沙 1955 年 5 月建场开垦的第一块新土地，是斗门围垦史上面积最大的垦区，也拉开了斗门大规模围垦的序幕。斗门围垦中还进行了南北水垦区、前锋垦区、"2571" 围垦工程（联合国 "世界粮食计划署" 为支援平沙农场安置越南难侨发展生产而援助的项目，编号为 "中国 2571"）、八一大围、白藤湖东西垦区、鹤洲北垦区、雷蛛垦区和南虎垦区等 8 期 1 万亩以上面积的围垦；还有 5 次围垦战役在斗门围垦历史上具有重大意义，其中八一大围围垦是中国人民解放军某部队奉命组织的 3 场 "特殊战斗" ［另外两场战斗为军建大围（含东西七围）围垦面积 0.89 万亩和空军农场围垦面积 0.9604 万亩］中战场最大的一场战斗，于 1963 年 10 月至 1964 年 11 月在潮来浪滚滚、潮去烂泥深的海滩上围垦面积 2.2 万亩；白藤湖东西垦区围垦是斗门围垦史上最具攻坚性的战役，是白藤堵海和白藤湖治理先后两个工程的重要组成部分，1975 年 3 月围垦面积 3 万亩；白蕉八围是白蕉镇政府于 1982 年 4 月通过集资形式自筹资金率先用挖泥船进行施工，是斗门围垦史上首次采用机械化施工，围垦战役告别了 "大兵团" 作战、人海战术和铁锹、农艇、滑泥板、箩簊等传统简易作战工具，1983 年 12 月竣工，围垦面积 0.85 万亩；鹤洲北垦区围垦是国家水电部珠江水利委员会对珠江三角洲水道口门整治重点工程之一磨刀门口门综合治理开发工程的先导试验区，河道整治与围垦开发相结合，斗门县围垦公司率先于 1984 年 3 月动工，1985 年 8 月合拢成围，围垦面积 1.885 万亩；南虎垦区续垦是斗门历史上最后一次围垦，斗门县

围垦总公司于 1990 年 1 月动工，1991 年 12 月竣工，围垦面积
1.7 万亩，标志着斗门历经 36 年的滩涂围垦画上了圆满的句号。
1980 年以前，在潮起水汪汪、潮落白茫茫的滩涂上以铁锹挖泥、
农艇运泥、滑泥板推泥、箩簟挑泥为主的人工围垦大会战方式筑
堤围垦，条件十分艰苦，正是斗门围垦的真实写照。笔者于 1975
至 1977 年在斗门县红卫中学读高中时，参加了围垦建设校办小农
场劳动，那时在"学大寨、学屯昌"的影响下，师生劳动热情高
涨，以班级为单位步行至尖峰山东南的鸡啼门水道侧的荒滩上，
采用滑泥板推泥、人手传泥等方式在烂泥深至大腿的荒滩上开展
筑堤围垦战斗，一些女同学来"例假"也坚持不退下围垦战场。
1956 年至 1991 年，奋斗者大家庭结合治理艰苦奋战筑堤星罗棋
布、纵横交错圈围滩涂开垦面积共 31.5055 万亩（含在斗门县
〈1965 年 7 月 19 日设立〉境内的平沙农场 10.22 万亩、红旗农场
4.2966 万亩、三灶湾垦区 4.8 万亩）。斗门围垦合计 38.5984 万
亩（257.323 平方公里），占斗门县平原总面积 415.037 平方公里
的 62%，占斗门县 1990 年总面积 925.271 平方公里的 27.81%，
超过四分之一，战果辉煌，造地奇迹，圆了奋斗者大家庭夺取世
界上最宝贵的自然财富、具有永续性利用价值的土地资源之梦，
成为广东省少见的人少田多的县，也为日后成为"甘蔗大县"
"产糖第一县"（被誉为"糖县""甜县"）和经济社会发展奠定
基础。可以说，没有斗门围垦，就没有斗门繁荣。正是：万顷围
田历代开，八位神仙共徘徊。

　　白藤堵海防咸防潮工程，是一场"大兵团"作战人工建筑海
堤战役。为筑解决农田防咸、防台风暴潮之梦，该战役由中山、
珠海两县联合成立中珠白藤堵海防咸工程指挥部，由受益地斗门

地区派出 3500 人，珠海派出 1500 人，中山其他地区派出 5000 人支援参战，浩浩荡荡的"堵海"大军 1 万人于 1958 年 9 月开赴白藤头安营扎寨并在此摆开战场，吹响战斗号角，调配大小船只 3894 艘（含机船 10 艘、大木船 474 艘、农艇 3410 艘）、手推车 200 辆，"堵海"战士们穿麻包袋衣、吃咸鱼煮饭、住草棚茅屋，作战行动是堵塞坭湾门水道经白藤山两侧出海的东、西海峡。东海峡由白藤头至灯笼西六围界河口，宽 4050 米；西海峡由白藤尾至三板，宽 1675 米。海峡平均水深 5 米，其中 460 米宽的坭湾门深水槽深达 7.9 米。"堵海"采取堤线外坡抛护脚石、分层铺树枝与填泥土、抛投装石 200—300 公斤的竹猪笼和在深水槽凿穿船底沉入装满大石的 5 吨木船等战术筑堤，先后分别奋战 9 天和 94 天，西、东两堤成功合拢，后由专业队维护，用草头泥分层加高培厚和堤内坡抛护脚石等。中山县委副书记魏来书兼任工程指挥部副指挥、副政委，亲自从各公社抽调了 1200 多名青年组成突击队，并与"堵海"战士们吹响了"冲锋号"，一起冲锋在前，把一包一包土石抛投入深水槽，在群众的热烈欢呼声中胜利地完成海峡全堤合拢，唱响一首奋斗的青春之歌，展现了青春力量。1959 年 2 月 22 日，中共中央副主席、中央政治局常委、国家副主席、国防委员会副主席朱德在广东省省长陈郁陪同下视察白藤堵海战地，极大地鼓舞了广大"堵海"战士。堵海战役于 1961 年 5 月基本完成，历时近 3 年艰苦奋战。白藤东、西两道大堤（堤顶高程 2.8 米，防浪石墙高程 3.5 米，堤面宽 5.7 米）好像一条"水上长城"横贯于白藤山东、西两侧，严密地封锁了海潮从坭湾门进入堤内。堵海完成土方 170 万立方米、石方 19.3 万立方米、砂方 26.1 万立方米。投入劳动力 300 万工日，总费用 281.86

万元，其中省拨款 130 万元。堵海竣工后，斗门地区的乾务、白蕉公社和珠海县小林公社等地共 13.63 万亩农田防台风暴潮效益显著，防御咸潮有一定效益。同时，堤内形成一个 30 平方公里的白藤湖；堤外形成宽广缓流的浅水滩，均有利于加快泥沙沉积、滩面淤高，基本实现了奋斗者大家庭整治好乾务、白蕉公社等地农田防台风暴潮灾害之梦想。可以说，有了白藤堵海，就有了下一步围滩造田，扩大耕地面积。正是：削堵山水斗沧海，撬挑石土战白藤。

五山引淡防咸防旱电灌工程（民间称"五山淡河"工程），是斗门县乃至广东省最大的提水电力灌溉工程，又是一场"大兵团"作战人工建筑灌溉河渠战役。为筑解决农田防咸、防旱之梦，该战役由中山县委成立工程建设指挥部，在佛山专署和中山县两级水电局工程技术人员指导下，由受益地乾务公社和平沙农场共组织 2000 多名"挖河"战士于 1964 年 3 月进场参战，其中乾务公社五山片区的"挖河"战士挑着简单的行装，带着家里的锄头、铁铲、箩箕等手工劳动工具来到斗门公社的南门村、小濠涌村和大濠涌村安营扎寨并在此摆开战场、击响作战鼓声，每个生产队租用一二间民房打地铺，冒严寒、顶酷暑，有的更是赤脚上阵，挖土开河，挑土筑堤，建闸架桥，以大头菜、萝卜干、咸鱼为菜肴，早出晚归。在垒筑上段堤坝时，大多数泥土都是从山上用肩挑背扛下来垒高，其余用挖河之泥土垒高。技术人员也吃住在工地。斗门县"四清"工作团乾务分团副团长蓝远兼任工程建设指挥部副总指挥，与指挥部干部、技术人员一起到各队参加挖泥、推泥上堤劳动，经常从斗门公社南门涌口抽水总站沿水渠规划线路步行至平沙农场沙美水闸检查工作。斗门建县后，挖河进入高潮阶段时，县委动员和组织了全县各部门、各公社共 5000 人支援参战，县、社领导亲临前线指挥，"挖河"战士们日夜奋战，加快工程进度，至 1967 年 9 月基本竣工使用，历时 3 年多艰苦奋战。该河渠由引水干渠和支渠组成，干渠起点在斗门公社南门涌口，终点在平沙农场沙美水闸，全长 20.3 公里（上段为填方土渠、底宽 6.6 米、堤顶高程 3 米、堤面宽 2.5—3 米，中、下段为挖方土渠、底宽 5.5 米、堤顶高程 1.5—3 米），设抽水总站（第一级抽水站，工程"水龙头""总开关"）1 座（安装口径 1200 毫米水泵 3 台，总装机 780 千瓦）、二级提水站 10 座（安装口径 500—800 毫米水泵 10 台，总装机 549 千瓦，10 千伏输电线长 34 公里）、倒虹管 4 座、泄洪涵 9 座、分水闸 164 座、跨渠机桥 15 座、行人桥 9 座；支渠 14 条，共长 20.2 公里（底宽 0.6—5 米、堤顶高程 1—2 米、堤面宽 0.5—2 米）。建筑河渠完成土方 81.5 万立方米、石方 1.21 万立方米（其中浆砌石 1.07 万立方米）、混凝土 2985 立方米，使用钢材 225 吨、水泥 1600 吨、木材 931 立方米，投入劳动力 36.3 万工日，总费用 224.2 万元，其中国家投资 190 万元。设计受益农田面积 4.8 万亩，其中五山片区 3.7 万亩、平沙农场 1.1 万亩。干渠途经斗门公社小濠涌村和大濠涌村的农田也同时受益。该工程在斗门建县初期建成使用，被斗门人民称为"斗门县红旗渠""丰收河"。渠水犹如一条"巨龙"自北向南吐水，满足沿线农田用水需求。五山引淡的成功，圆了奋斗者大家庭整治好五山公社（1966 年 3 月设立）等地农田咸、旱灾害之梦。可以说，没有五山引淡防咸防旱，就没有咸旱地变成丰收田，也就没有水稻增产丰收。正是：问渠哪得满如许？为有涌口淡水来。

白藤湖综合治理工程，是一场"大兵团"接续作战综合治理白藤湖战役。白藤堵海工程竣工后，对自然生态环境产生重大影响，不仅影响了白蕉公社等地农田的自流排灌，还加重和扩大至其他地方农田内涝。为追彻底消除白藤堵海遗留问题，同时要取得农田排涝、引淡、防咸和围滩造田等最大综合效益之梦，斗门县委通过国家、省、地水利部门专家和技术人员的研究论证，确定了"河湖分家，破堤建闸，湖内整治"的治理方案，成立了白藤湖治理工程指挥部，由受益地白蕉、六乡、坭湾、乾务 4 个公社共组织 800 多名"治湖"战士自带铺盖和粮食于 1971 年 2 月开赴白藤湖安营扎寨并在此摆开战场、吹响开战号角，兵分建筑外江大堤实行河湖分家、破东堤建闸、湖内开挖引淡河渠整治 3 个战地奋战，"治湖"战士们住蔗叶棚舍，穿尿素袋衣，吃粗米煮饭，常饮苦涩的咸水，晚上蚊蚋成群，但他们发扬"愚公移山"精神，起早摸黑、争分夺秒赶任务。"朝六晚六（早上 6 时开工，晚上 6 时收工)，吃完晚饭又继续"成了"治湖"战士们每天奋战的口头禅。在垒筑外江大堤时，"治湖"战士们从白藤山爆石，肩挑手抬运石、垒石，用双手和双肩挖掉白藤山半截山，只用一年半时间就完成工程主体 70%。六乡公社盖山生产大队农民周德行 19 周岁，是大队挑选的 40 多名青年"治湖"战士之一，先后在尖峰山、坭湾公社新青和西埔生产大队附近取石点抬石到农艇上运至垒筑外江大堤堤段，每天运石 2—4 船次，冲锋在前，多次被评为白藤湖治理积极分子。1972 年 11 月 8 日，受第 20 号强台风和暴潮袭击，白藤东堤一处正在施工的排水涵闸被暴潮冲崩，5.5 公里长的堤段被严重摧毁，附近红旗农场 36 名青年职工在保护军建大堤安全中献身。灾情发生后，先后有 2 个公社退出参战，人员减少了 450 多人。在这严峻关头，白蕉、六乡 2 个公社的"治湖"战士承担了全部治湖任务，在佛山地区工作组和工程师、技术人员指导下，全县各行各业在人、财、物上给予支持，保证了治湖顺利进行。白藤大闸的兴建是白藤湖治理的关键，是斗门唯一一座大型浮运水闸，经过两年多的奋战，于 1974 年 9 月建成使用。白藤湖治理主体工程于 1975 年 3 月基本竣工，历时 4 年艰苦奋战，建造了一座总净宽 151 米长的浮运水闸白藤大闸和一座闸首净宽 8.5 米的白藤湖沙头浮运船闸，建筑了一条南北向 5.8 公里长的外江大堤（堤顶高程 2—4 米、堤面宽 2.5 米），开挖了一条东西向 4.4 公里长的引淡河渠幸福河（底宽 30 米、堤顶高程 2—4 米）。完成土方 339.1 万立方米、石方 29.9 万立方米（其中浆砌石 4.4 万立方米）、混凝土 1.3 万立方米，使用钢材 300 吨、水泥 4400 吨、木材 1000 立方米，投入劳动力 200 万工日的工程。总费用 650 万元，其中国家投资 263 万元。白藤大闸如同一条"长龙"横卧在东堤上向外喷水，使白蕉联围等。

地农田水位降低，恢复自流排灌。治湖竣工后，逐步恢复了白藤堵海前的水文、河床状况；基本消除了白蕉、六乡公社等地 8 万多亩农田的内涝灾害；白藤农场、红旗农场和珠海县小林公社等地共 4 万多亩农田，通过接引白蕉联围上游淡水灌溉，消除了咸害；缩减了防洪、防暴潮堤线 21 公里，提高了防洪、防台风暴潮能力；使白藤岛、红旗农场、小林等地与陆地相连，为发展陆路交通提供了条件；在白藤湖东西区域围垦面积 3 万亩。真正达到了除害、兴利、开发的目的，效益非常明显。白藤湖治理的成功，圆了奋斗者大家庭整治好白藤湖等地农田涝、潮、咸灾害和增加土地财富之梦。可以说，有了白藤堵海和白藤湖治理，就有了日后的"沧海变桑田""桑田变乐园""乐园变新城"。正是：楼拥河湖朝都市，路通八方架云腾。

凌小聪，曾受聘担任县工业技术学校和全国法院业余法律大学广东分校法律课教师。撰写工作研究、理论文章11篇及斗门历史故事，在中共新闻网、中国党建网、广东人大网和《农村党建》《珠海特区报》等国家级、市级网站、报刊及《斗门乡音》发表。带着研究成果入选论文2篇，参加省人大制度研究会研讨会2次。

李辉作品

诗五首

李 辉

颂党旗

党旗招展百春秋，栉雨经风倍锦绣。
血火凝聚犹鲜艳，光芒普照耀神州。
庄严誓词今牢记，理想信仰铭心头。
启航实现中国梦，美好幸福永追求。

红婵夺冠

红婵跳水竞风流，少年得志冠全球。
一跃成名天下知，气撼东洋耀神州。

香山湖公园

湖光辉映百花妍，海天栈站紧相连。
喷泉柱高数十丈，凤凰飞鸟在盘旋。
山明水秀美如画，云道迂回景全现。
游客闻信八方来，逍遥赏悦乐心田。

冬　日

漫天雪花飘，大地草枯焦。
借问何时却，盎然在明朝。

四　季

春桃草芽尖，夏兰荷叶圆。
秋菊稻穗弯，冬梅雪一片。

李辉，男，斗门区作家协会会员，珠海市公安局斗门分局退休民警。有小说、诗歌、散文等作品在各级刊物发表和获奖。

出　路

苏红卫

　　自从将父亲从老家接到城里后，莉总要抽时间陪父亲散步。

　　一天傍晚，街上行人稀少。父女俩沿着街道散步。父亲步履蹒跚，莉也不着急，跟在父亲后面，边走边刷手机上的信息。突然一辆白色轿车在她旁边戛然而止，莉握紧了手机，不由自主地搀扶住父亲。

　　车门打开了，一穿着黑色西服，戴着眼镜，文质彬彬的男子出现在莉面前。"不认识我了?"男子笑眯眯地望着愣在他面前的莉。

　　"你，你……"不知道是激动，还是紧张，莉平时说话非常流利，此时竟然显得语无伦次，愣在那里。

　　"你让我找得好苦!"男子是莉昔日的高中同学熊，他像以前一样，霸道地伸手握住莉的手，像在抱怨，又像意外中得了大奖般地欣喜。

　　"何苦还要来找我?我带给你的灾难还少吗?"莉对熊早有耳闻，知道他创业开了工厂，一直在等着她。但莉每次都躲着不见，他们多年没见面了，但见面后，彼此却并不陌生。

当年，莉以优异的成绩考取了县里的重点高中，报名那天，莉尾随穿着草鞋、衣着朴素的父亲第一次进了城。县城内川流不息的人群和车流、衣着时髦的少男少女、琳琅满目的商店，让她充满了好奇和羡慕，习惯了大山的贫穷和人烟稀少，没想到大山外面还有这么多男男女女，这么多商店、高楼。

在学校报了名后，父亲谆谆告诫她："我和你妈现在身体都不好，供你读书不容易，在学校一定要好好学习，长大后，如果有能力，就帮我们修通村里公路！"莉牵着父亲的手，答应着父亲的要求，并依依不舍地将父亲送到校门口后，才返回教室。

在教室里，每张座位上都贴着学生的名字，莉找到了自己的座位，用手轻轻擦干净了课桌和凳子上的灰尘，正准备坐下时，没想到却冷不防地栽倒在地上，同学们哄堂大笑，一个个伸长着脖子望着她尴尬、窘迫的神态，原来旁边的男生趁她坐下的那一刹那，手疾眼快的将她的凳子撤走了，让她和同学们在难为情中见了一面，她不认识其他同学，因为摔的这一跤，却让同学们都认识她了。

其他人看着她的笑话，其中一位男生伸手将莉从地上拉了起来，还将凳子递给莉。莉抬起头来，只见这位男生国字脸，眉毛很浓，长得白白胖胖，穿着十分斯文，正笑眯眯地望着她。这时老师进来了，教室内瞬间安静下来，莉也规规矩矩坐好，神情严肃地关注着老师，好像忘记了刚才的不快。

下课后，在去厕所的路上，莉突然又被另一位男生猛然一推，差点滚到地上。

"你再敢欺负女生，小心挨打！"刚才拉莉的那名男生，指着推搡莉的男生骂道。

"老子欺负了，你又能怎么样？"推搡莉的男生长得高大结实，满身横肉，如果不是在学校，很容易将他与刚出道的小屠夫联系起来，他根本就没将眼前这位长得眉清目秀的小男生放在眼里。

"不给你点颜色看看，还以为我是一只病猫！"小男生冲上去，一脚将他踢倒，两腿迅速夹住对方，一手揪住对方的长发，一手握住拳头，狠狠地打击他的腹部、胸部。

"哎哟，我再也不敢了！"刚才还嘴硬的、推搡莉的男生，受不了拳头的猛击，在众目睽睽之下，瘫倒在地上，毫无还手之力。

小男生见好就收，对莉说："我叫熊，以后谁敢欺负你，我就狠狠教训他！"

"熊哥，谢谢你！"莉甜甜的声音让熊心里热乎乎的，班级其他男生心里却酸溜溜的。

"不客气！"熊还想和莉说什么，但莉已经转身跑出了教室，看似要急着上厕所。

开学这一周，莉和熊形影不离，无话不谈，非常亲密，转眼到了周末，最后一节课下课铃响后，同学们迫不及待地跑出了校园，刚才还人声鼎沸地校园，瞬间空无一人。莉对县城不熟悉，不敢出校园，到寝室将衣服洗干净后，在床上坐了一会儿，又返回教室，拿出课本，开始学习。

"紧张学习也要注意休息才行！"熊不知道什么时候走进了教室，不由分说，将莉课桌上的书收起来了。

"我担心功课跟不上，正好利用周末补补！"莉站起来，伸手找熊要书本。

"会休息的人，才能学习好，走，我带你出去玩儿！"也不管莉是否同意，熊拽着莉的手，走出了教室，莉的脸迅速红了，眼睛害羞地朝四周望望，除了小鸟在校园内悠闲地觅食、追逐嬉戏之外，没见其他老师和同学，莉才任由熊牵着她细嫩的手。

走出校园，莉的精神放松了很多，脸不再红了，心儿也没刚才跳得那么厉害了，两人在街上大摇大摆地说说笑笑。熊和莉手牵着手走进一条狭窄的巷子，熊说那条巷子前方有一家小酒店，价格便宜味道好，要带莉去尝尝，没想到面前钻出一群赤裸着上半身，露出健硕的肌肉和花花绿绿文身的小混混儿。

"喂，让老子看看，你俩有没有夫妻相！"其中一位留着一个大光头，脸上长了一道疤，好像是一只黑色的蜈蚣爬在脸上，看起来有些狰狞，边说边伸出手，企图捏莉的脸蛋。

"让开！"熊伸手挡住混混儿的手，一步跨到莉的前面。

"嘿，还想英雄救美？小子！开学第一天，你无缘无故地打我兄弟，老子今天是替他报仇来了！"男子伸出胳膊摸了一下自己的光头，露出胳膊上花花绿绿的文身，一看长相，就像被熊在班上殴打过的那位一脸色相的小男生。

"滚开！"熊收紧拳头，趁其不备，果断出击，朝对方脸上狠狠一击，男子瞬间倒地。熊趁机拉着莉跑回了学校。

二人惊魂没定，喘着粗气，在教室坐下不久，班主任来了。"你在外打架了！"班主任进教室就问熊，"你打架咋那么狠？将我们班男生的一只眼睛都打瞎了！"班主任非常生气，大声质问熊。熊低着头站了起来。

"老师，我们是正当防卫！"熊吓得脸色苍白，忙替自己辩解。

"警察在办公室，你去向他们解释吧！"熊被警察带走后，班主任将莉请到办公室问："你和熊是什么关系？"

"同学!"莉羞答答地回答。

"我知道你们是同学,可是班长说你们在恋爱,对不对?"莉红着脸,低着头,一言不发。

"是不是?"班主任提高了嗓音,大声追问,莉抬头望着愤怒的班主任,不好意思地点点头,突然又不由自主地摇摇头。

"你先回教室,以后再找你了解情况!"莉从老师办公室离开后的那段时间,整天度日如年,心情糟糕到了极点,上课头昏脑涨,夜晚也是噩梦绵绵,总感将有大事发生,至于会发生什么,她又想不清楚。

一天下午,天气阴沉沉的,空气沉闷,压得让人喘不过气来,看样子好像有暴风雨。莉坐在教室里,无精打采地望着天花板发呆,班主任走了进来,径直走到莉面前,敲了敲她的桌子:"请跟我来一趟!"

莉跟着班主任走进办公室,进门就听到父亲的声音:"娃呀!我们都盼着你好好读书,将来帮我们村修路的,没想到你会惹出这么大的乱子!"原来父亲被班主任通知到学校了。

"老人家,事情已经发生,再批评、教育失去了作用,熊已触犯了法律,莉虽然没参与打架,但也脱不了干系,现在惹出这么大的祸,谁敢让她继续留在学校?"怪不得这段时间,班主任从来不找她谈话,原来他已经拿定主意,等着她父亲到校来后,将她接走。

莉离开学校那天,天空下着滂沱大雨,雨水抽打着她柔弱的身子,泪水和雨水交织在一起,眼睛一片模糊,从此莉和熊失去了联系。

两人在街上相遇后,寒暄了一阵,熊提议找家茶馆,坐在一起叙叙旧,莉建议先将父亲送回家,父亲不同意,要随他们一起去。

最终莉和父亲随熊进了一家古色古香的茶馆，这家茶馆坐落在县城的郊区，显得偏僻、幽静，他们选择了茶馆二楼靠窗户边的位子，窗外的江面上，波光粼粼，映照着彩色的晚霞，父亲没心情欣赏晚景，盯着熊，率先开口："你就是那个和闺女一起被学校开除的熊？"

"老人家记忆真好，还记得我？"熊和老人以前从没见过面，没想到老人对他印象却这么深刻。

"以后你不要来找我女儿了，我女儿臭名远扬，配不上你！"证实了眼前坐着的就是熊后，父亲一脸的不高兴，他对以前的事情仍然耿耿于怀。

"我坐过牢，也臭名远扬，就让我们两个臭名远扬的人合伙过宁静的日子！"熊边帮莉的父亲倒茶，边诙谐地回答。

莉听了心里却甜蜜蜜的，没想到熊对自己还是一往情深，忍不住多望了熊一眼。滴滴滴，莉的电话响了，莉掏出电话，一看是张老师的电话："村里又张罗着修公路的事，莉，你带着父亲回来看看吧！"

"现在正忙呢，恐怕没时间回去了！"莉在电话中沉默了一阵，显得有些为难，她不是不想回去，而是担心回到老家，见到熟悉的人和景，难堪的往事再次浮现到脑海中。

莉的老家地势偏僻，从县城出发，在连接县城与集镇的公路间，夹着一条不引人注目的小路，顺着小路直走再翻过一座山丘，有一条废弃的水渠，沿着这条水渠走 3 个小时就爬上了鸡公头，鸡公头三面陡峭，一面平坦，平坦的地方就形成了一个自然村落，人称鸡公村。

村里老人们讲，他们祖上因为逃避外界的战乱而躲进了这里，也有人说当年有一支土匪队伍被官兵追杀，最后逃难到鸡公村，选中了这个易守难攻的险要地势居住下来。祖上的事情无从考证，村里上百户人家却有几十个不同的姓氏，而且同姓大都集聚在一块儿，与异姓居住地之间，少则要走十几分钟，多则需要好几个小时，但站在门前大声吆喝，相互都能听见，他们像一群刺猬，保持着一定距离，又相互偎依在一起，过着与世无争、与外界隔离的生活。

莉的家庭比较特殊，单家独户一个姓，房子坐落在村子的最顶端。父亲告诉她，她们的祖上是这群人的头领，没有同姓的族人。莉不相信，反驳父亲："如果我们的祖宗是他们的头领，应该子女成群，怎么可能世代单传？"

"不是头领的后代，我们的身体怎么会这么好？"父亲说服不了女儿，就找歪理由，那时父亲身体强壮，每到菜叶、板栗、核桃等农产品销售季节，他和莉的母亲就帮村里人背运到山外，每天的收入有几百元，他还组织了一个运输小分队，他自任队长，带领大伙儿发家致富。

可惜好景不长，因为体力严重透支，莉的父亲腰椎出了问题，后来成了医院里的常客，赚的钱全部送进了医院也没医治好，反而成了驼背，村民嬉笑他："赚了几年钱，武松变成了武大郎！"

莉的父亲想不通："为什么越勤奋越穷？"

村支书告诉大家："我们这里虽然物产丰富，但靠肩挑背驮永远改变不了贫困的命运，唯一的办法就是想办法修通村公路！"村支书还带领村民到上面呼吁要求修路，也曾经引起上级领导的重视，认为这条路必须修通，不久，大伙终于盼来了工程队，挖掘机开进了村子下面的山脚，几天就修了一公里多路。莉的父亲弓着身子，到修路现场，看着挖掘机修了一整天路，回来兴奋地告诉莉和她母亲："按照这个速度，要不了多久就能告别肩挑背驮的历史，等路修通了，我们家的果树就真的变成了摇钱树！"

没想到挖掘机工作了几天后，就撤走了，大伙儿询问村支书，村支书哭丧着脸告诉大家："上面拨的那点钱用完了！"而且这一停，就遥遥无期。

那时，莉还在村里上小学，全校只有张老师一人教。在村中，张老师家距离莉家最近，莉聪明好学，特受张老师的青睐，除了经常辅导她的学习外，还常常给她讲解山外的故事，并鼓励她"好好读书，将来成为社会栋梁，才有能力帮村民修通这条连接外面的公路！"

一天，村支书到莉家做客，和她父亲谈到修路的事，莉走到村支书面前，一本正经地说："你们不要着急，等我上了大学，就回来帮村里将路修通！"

村支书哈哈大笑，抚摸着莉说："好孩子，我们无能为力了，只能指望你们这辈人了！"

读初中时，张老师也调进了初中，而且还是莉的班主任。有张老师的呵护，没人敢伤害莉，莉的成绩也是一路突飞猛进，顺利考取了重点高中。遗憾的是莉在高中还没读完一年，就被学校开除了，而且城里孩子为她争风吃醋，相互斗殴的绯闻也传回了小山村。莉的故事出现各种不同版本的绯闻，也撩拨着一些男人好奇的心："这个女娃子到底有多美？"

一天，莉随父亲到集镇上去给母亲抓药，刚到集镇，迎面遇到一位小眼睛、大肚子、两只圆滚的膀子上雕有龙的青年男子，嬉皮笑脸地对莉："怪不得城里的娃子为你拼命，长得还真不赖，当我的女朋友，这辈子有你好吃好喝的！"

莉的父亲举起扁担，骂道："哪来的野种，敢欺负我娃儿？"

青年男子一愣，丢下一句："靓妞，记住我叫明，以后再来找你！"吓得跑开了。

莉辍学回家后，希望得到张老师的指点，可惜莉初中毕业不久，乡镇开始清理民办老师，张老师没考上公办教师，带着家人到城里一家私立学校教书去了。

鸡头山上，莉的家位于鸡的喙上，三面悬崖，一条小路成了联系乡亲们的纽带，家里良田环绕着房前屋后，悬崖边沿种植着翠竹，翠竹内种植着板栗、核桃，水果树层层包围着良田和房屋。父母不希望外界干扰他们平静的生活，在通往外界的唯一小路上，栓了一条狗，一狗当关，万夫莫开。

一个下着小雨的夜晚，猫头鹰一声接着一声恐怖地叫喊着，狐狸也在房子周围嘶哑地叫着，屋内一片漆黑，莉躺在床上，翻来覆去睡不着，却不敢睁开眼睛，好像有人在房前屋后游荡，随时都可能冲进屋来，将她抓走。

突然，她听到父亲的喊声："你要坚持住！"

莉侧耳细听，听到母亲大口大口地喘着粗气，莉迅速披衣起床，跑进母亲房间，只见母亲脸色苍白，汗珠从额头上滚下，双手捂着胸口，斜靠在床沿上。莉扶着母亲问道："妈，你怎么了？"

"心脏病复发了！"父亲边给莉的母亲喂药，边回答。

"要不要紧？"莉望了窗外一眼，一片黑暗，什么都看不见，风呼呼地刮着，不时有树枝折断的声音。

"再严重，也只能等天亮后，我们才能去医院！"等莉的母亲吃完药，莉趴在母亲床前，和父亲陪着母亲等待着天亮。

母亲的病情没有丝毫的好转，父亲不时抬头，焦急地望着窗外。时间一点点过去了，黑暗中终于隐隐露出一点亮光，父亲站起来对莉说："快帮你妈穿好衣服，我去请人，将你妈抬到医院去！"

母亲躺在床上，呼吸困难，莉围着母亲，不断地帮她揉着胸部，天慢慢亮了，雨还在淅淅沥沥地下着，父亲带着五六个人回来了。他们进门后，将莉的母亲抬到担架上，准备去集镇看病，莉也跟在他们后面要随母亲去集镇。

"你就在家里！"父亲让莉看家，莉虽然不愿意，但也没办法，家里有猪、牛、鸡要喂食，离不开人。

望着父亲和母亲一行人远去的身影，莉心神不宁，坐立不安，也无心做饭，干脆重新钻进卧室，躺在床上，迷迷糊糊睡着了。

"家里有人吗？"浑厚粗壮的声音远远传递进屋，将莉叫醒，莉一骨碌爬起来，快12点了。

莉走出门，看见电工虎被狗拦着，不敢前进，"你有么事？"莉站在门口大声问道。

"查电表收费！"虎躲着狗，回答着莉。

莉走过去，拦住狗，放虎进了屋，到电表前，看了看，用计算器算了一通，说道："两个月的电费，150元！"

"爸妈到集镇上去了，家里没钱，等他们回来了，你再来拿！"

"到你们家来一趟不容易，你在家再找找，免得我再来一趟！"虎盯着莉的胸部，咽下口水。

"真的没有！"莉知道，家里仅有的一点钱，都被父亲带走了。

"没钱不要紧，帮我收电费，一天150，如何？"虎眼睛一转，色眯眯地望着莉的脸蛋，试探着问道。

"不会开玩笑吧。"一天赚 150 元，莉没有思索，一口答应了，还眼巴巴地望着虎，希望虎不是在开玩笑。

"我一个人负责收周围几个村子的电费，忙不过来，电站早就要我请个帮工，没有合适人选，如果你愿意，跟我学几天，以后我们村的电费就交给你来收，虽说达不到一天 150，但一个月挣上千元没问题！"虎的建议，对莉来说颇有诱惑力。

"从什么时候开始?"莉生怕虎反悔，急切地问。

"我今天刚好要去电站缴费，你跟我去，将你介绍给他们，如果他们同意，从明天开始，你就可以帮着收费了！"对虎的提议，莉没有犹豫，满口答应，迅速锁好门，跟着虎一前一后走了出去。

在电站缴纳完电费，电站还留他们吃了晚饭，出来时，天色已晚，莉一想从此以后，每个月将有千把元的收入，心花怒放，在回来的路上，在虎前面边走边兴奋地哼着歌，看水水亲，看树树绿。"蛇!"突然，一条粗大的黑蛇从莉前面的水渠溜了出来，消失在杂草中，吓得莉尖叫着，转身扑进虎怀里。

虎紧紧抱住莉，一只手在莉的后背、臀部轻轻游走，莉镇定下来后，企图挣脱，却被虎抱得不能动弹。

"松开我!"莉被虎抱着，紧张，害怕。

"送给我的小仙女，岂能白白放过！"虎比莉大几岁，小学时在同一间教室上课，只不过莉读一年级，他读六年级，虎双手紧紧抱住莉的纤细的腰，在她细嫩的脸上亲了一口。

"松开我，否则，我叫人了！"莉没想到虎敢对她这样，开始拼命挣扎、反抗。

"你就成全我一次吧，我长这么大，连女人的手都没摸过。"

虎对莉垂涎已久，这样的机会哪能放过，他一只手抱住莉，腾出一只手撕扯着莉的衣服。

"救命呀！"莉吓得大喊大叫。

"虎子，乡里乡亲的，你也敢做这样缺德的事？"正当虎将莉压倒在地上时，一个人一把将虎扯了起来，虎回过头来，发现是村支书，他在集镇上开完会刚回来，虎提起裤子，丢下莉跑了。

天空收走了最后一丝晚霞，路上已经模糊不清，村支书打着手电筒，为防止出现意外，亲自送莉回家。在路上，村支书反复告诫莉："一个人在家，不要轻易让男子进屋，也不要随男子外出，你父母不在家，你一个人一定要小心！"将莉送回家后，村支书在莉的房前屋后检查一遍，没见异常，又帮莉拴好狗，才放心地回去。

母亲在镇医院住了一个多星期了，莉独自待在家里，与外界没有联系，不知道母亲病情如何，让她整天忧心忡忡。一天中午，莉正在做午饭，父亲满脸沮丧地回来了，哭丧着脸对她说："你妈可能不行了，你马上去医院照顾她，我在家准备后事！"

莉悲痛欲绝地来到医院，看到全身干枯如柴、脸色苍白的母亲，抱住她忍不住呜呜哭了起来，医生将她拉出病房："现在不是哭的时候，这样会刺激你母亲，让她走得更快！"

"我妈妈还有没有救？"莉问医生。

"到县医院可能还有救，在这里已经无能为力了！"医生直言相告。

莉哀求医生："你们行行好，将我母亲送到县医院！"

"医院无钱可垫，我们也不是慈善机构！"医生摆摆手，一口拒绝了，莉心有不甘，却又无可奈何。那天，母亲的病情略为稳定，莉要去超市买点生活用品，走出医院没几步，就遇到虎。虎见到莉，喜笑颜开："全村都在传闻，你母亲快不行了，你怎么还有闲心在街上转！"莉没理睬虎，继续朝前走，虎紧追不放，"我们家的事，不要你管！"莉愤怒地吼了一句，又加快了脚步。

"我们之间也算有一次肌肤之亲，你们家的事怎么能说与我无关了？如果你愿意和我好，我准备有 10000 元送给你，帮你母亲治病……"虎掏出万元现金，在莉面前晃动着。

莉本想骂他一顿，看到现金，有些心动，态度也和气了："虎哥，将这 10000 元借给我，过段时间再还你行吗？"

"不借，但可以送给你，条件是你嫁给我！"虎有备而来，希望借此娶个漂亮媳妇。

"行，将这笔钱借给我，母亲病好了，我回家后就嫁给你！"莉突然怒火中烧，但转念一想，现在家里缺钱，先将这笔钱骗到手，以后再想其他出路。

见莉答应，虎将钱塞进莉的胸前，抱住莉就企图狂吻，莉机灵的朝旁边一闪："我母亲都这样了，让人看到以后怎么为人？你先回去，等母亲出院了，我再去找你！"

"那不行，你以后反悔，我怎么办？我在酒店定有房间，如果你今晚陪我一次，我还可以再给你一万！"那次被村支书破坏了他的好事，虎欲望难平，脑子里都是莉的倩影，可是没机会接触莉，现在见到莉，虎不想再错过机会，说话也赤裸裸的。

如果不是母亲的病，虎敢在她面前说出这样的话，她会毫不犹豫地抽他几耳光，但现在底气不足，母亲已经病入膏肓，偶尔好转，不一定是好事，乡镇医院条件简陋，只有到县级以上医院，才有一线生机！

莉犹豫了一阵，慢吞吞地跟虎到了酒店。在酒店里，虎折腾了莉一个多小时，还不想放莉走，直到莉哭着哀求："我母亲一个人在医院，我们在这儿寻欢，如果出现意外，我会恨你一辈子的！"虎才恋恋不舍地放过莉。离开时，虎突然反悔，却只给了莉一万元，以后爱一次，给五千。

莉带着 10000 元现金，进医院后，就交给医生，医生见状，态度瞬间变了，马上安排了救护车、一名医生和一名护士，将莉的母亲送往县城医院。

"美女，还记得我吗？"司机见到莉，热情地主动和她打招呼。莉思索一番，还是不知道他是谁。"美女，遇到困难找我！我叫明。"明帮着医生、护士在县医院安顿好莉的母亲后，塞给莉一张名片，带着医生、护士回去了。县医院经过几周的全力抢救，花光了 10000 元钱，最终还是不能挽救莉的母亲。

"该咋办哟，回去的路费都没有了，还欠医院 1000 多元！"医生将莉的母亲推进了太平间，匆匆赶来的莉的父亲急得直跺脚。莉也无可奈何，手伸进口袋，突然摸到了一张纸条，掏出来一看，明的电话。在绝望中，好像看到了一丝希望，她有气无力地走到街上，在一个报刊亭里试着给明打电话。

"美女的事，就是我的事，我马上开车来！"明信守诺言，不仅开来了医院的救护车，还帮莉垫付了她母亲欠医院的住院费。将莉的母亲送回老家后，明回去前，还悄悄塞给莉 1000 元："过几天，我再来找你！"

安葬完母亲后，一连几天，父女俩都待在家里，悲伤得吃不下饭。母亲去世"头七"的下午，父女到莉母亲坟前烧完纸钱，回来后，父亲坐在堂屋里，低着头拼命吸烟，莉望着门外发呆。

拴在外面的狗像被什么击中，高亢的声音变得像在哭泣。

"大伯，前一段时间外出了，伯母去世，没赶回来帮上忙，今天专门来看望你们！"虎走近了，色眯眯地盯着莉的胸部，假装和父亲打招呼，莉看到他就恶心，小学还没毕业，说话粗鲁，长相丑陋，莉为那一晚后悔不已。

"滚！"虎在村里到处吹嘘和莉的绯闻，莉的父亲半信半疑，现在看到虎，突然怒火中烧。

"滚，不可能，你女儿拿了我的10000元，她已经是我的人了！"虎根本就不将莉的父亲看在眼里，莉的父亲抄起家里木棍去驱赶虎，虎根本就不退让，一把抓住老人打过来的木棍，轻轻一推，老人倒在地上。

"爹！"莉慌忙扶父亲，却被虎拦腰抱住，要朝房间内拖去。

"谁在这里撒野？"明提着礼物，出现在门前。

"帮我打死这个狗杂种，我今晚就跟你走！"莉看到明，不假思索，气急败坏地叫喊。明见状，扔掉手中的礼物，一脚将虎踢倒在地上一阵猛打。

"我的牙齿，我的眼睛……"虎倒在地上大声求饶。

"打死他，打死他，我就做你的女人！"莉失去了理智，疯狂地喊叫，明的拳头伴随着莉的喊叫，越打越凶，等明住手，虎已经停止了呼吸。

明松开虎，吓得目瞪口呆，站起来连连说："不是我想打死你，是这个女人想要你死的！"惊慌失措地转身逃出了莉的家。第二天，警察在山脚找到了明的尸体，在逃跑中，他慌不择路，掉下了悬崖，两个男人为争夺莉，互殴致死的消息迅速传开了。

莉从监狱出来后，整天待在家里，哪也不去，父亲也不敢让她出门。一个春节过后的清晨，太阳温暖地照耀着大地，莉还没起床，喜鹊在树上叽叽喳喳将她叫醒了。"难道有贵客？"莉躺在床上闭着眼睛想到，马上又否定了自己的想法，回村后，自己名声扫地，已经与村民断绝了来往。

"莉，快起床，张老师来了!"听到父亲叫喊，莉一骨碌爬了起来，穿戴好，推开卧室门，张老师手提着茶杯，头发有些花白，但精神饱满。

那天，张老师对莉说："你是我教的学生中最优秀的，我不相信你的命运会这样，听到你的传闻，我彻夜难眠，这次回来，一是祭祖，再就是和你见见面，希望你能改变这种受人欺负、任人摆布的命运，要想改变这种命运，还是像我在课堂上说的那样，当你受到欺负、当你感到前途无望时，请你静下心来认真学习，在书本里你会汲取到无穷无尽的力量……"

"我高中上学还不到一个月？怎么学习?"莉仍然感到前途渺茫。

"你智力好，学习毅力强，可以自学专科、本科，还可以自学法律，力争拿到律师资格证……"那天，张老师在莉面前滔滔不绝，让莉的心胸豁然开朗。

张老师在莉家里吃过午饭之后，又带着莉登到山顶，指着远处对莉说："你看我们的祖宗还真会选地，我们村里虽然地势偏僻，但土地肥沃，物产丰富，只要将来修通连接外界的公路，这里的人们不愁不富裕，至少你母亲和你的悲剧不会再重演!"

张老师还帮莉在县城买回了自学所需的各种书籍，莉按照张老师的指点，自修完法律专科，还顺利地拿到了律师资格证。又在张老师的指引下，莉进了一家法律事务所。

一天，莉正在法律事务所看案卷，张老师带着老支书匆匆走了进来，一阵寒暄过后，老支书痛心疾首地说："我们村的自然资源丰富，空气负离子含量高，特别适合种植茶树、板栗、核桃，我们将所种植的茶叶、板栗、核桃等农副产品送到山外，不仅销路好，而且价格高，深受市场欢迎。可惜我们交通不便，不能大规模生产，如果不修通公路，不能带领村民发家致富，我们那个绵延几百年的村子还会贫困下去！"

"我会尽力想尽办法促成这条公路修通的！"张老师和村支书离开后，莉随即向有关部门反映修路问题，还在一些媒体上撰文发起修路倡议，迅速在网上传播发酵，引起新一届当地政府的高度重视，县长亲自带队，现场办公，这条村级公路就立刻开工并在近期竣工了。

听完莉讲述自己的过去，熊动情地说："过去的事情就过去了，明天，我随你们回老家，参加这条乡村公路庆典仪式吧！"

苏红卫，曾用名苏小小，斗门人士。广东省楹联学会会员，东莞市戏剧家协会会员。

诗词四首

赖雄斌

卜算子·读书

案首一壶茶，架上书千卷。晤对闲时气自徐，消尽千千倦。
西岭灿明霞，秉烛何辞晚。师善含和养素年，笑看风云幻。

贺神舟十三号凯旋

四月春和景正明，神州又奏凯旋声。
屏中诗句歌胸臆，线下鲜花赠俊英。
半载巡天几代梦，一朝落地恁多情。
未知领域征途远，砺我扬鞭勠力赓。

苏曼殊

寄迹空门意不空，怜花惜月几人同？
芒鞋破钵皆疑幻，仗义驰言的是雄。
诗画大成馀玉屑，行藏多舛类飞蓬。
扶桑禹甸淹留地，剩有嘉声两处隆。

踏莎行·游屋头龙水库

叠巘摇青，流溪泻玉。龙头探向波间浴。嘶蝉力竭挽残阳，栈桥掩翠盘纡曲。

水榭风廊，肥芸瘦菊。熏人最是山花馥。比肩莞尔几游人，贪看仙鹤闲梳沐。

赖雄斌（网名珠漂一族），男，潮汕人氏，现居斗门。珠海市三灶镇诗词楹联学会骨干会员，珠海市曼殊诗社会员。喜欢格律诗词，作品散见于《金海风》《黄杨月》等文学专刊及网络平台。

蒲兰赋（外二篇）

唐国裙

季夏梦，浮云韵。"随风潜入夜，润物细无声"。"忽如一夜春风来，千树万树梨花开。"

翰墨书，御文印。悠悠西江域，汩汩翰墨池，青青文笔峰，穆穆研究院，茂茂砚苑府，莘莘求学子，欣欣集结号，书缘聚，舞墨香，蒲兰赋。

绿罗裙，青莲图。生如夏花，涓涓细流，人淡如水，超然笔墨。相思湖畔，静莲嫣然，赋词谱曲，修禊乐章。师恩如海，授命不迁，镕裁世情，代相承传。约定俗成，衍生流变，书画如梦，承天顺地。竹韵书馨，潜心翰墨，驰情烟霞，千古幽贞。天朗气清，茂林修竹，丝竹管弦，畅叙幽情。惠风和畅，游目骋怀，书趣万殊，兴怀随化。情随事迁，修己养心，不落尘俗，低昂续香。一树百获，斯文啼喧，裂素明窗，孔师杏堂。

映翠苑，苍玉诗。"自古贤者心，所忧在民泰。""荷风送香气，竹露滴清响。""潜消百草芳，清芬散逐楚。""渥丹承露彩，绀绿泛风光。""屡结骚人佩，时飘郑国香。"幽幽寻九畹，步步即芬芳。空谷半霜风，王楚涂墨兰。兰草已成行，砚园菲草芳。襟袖满馨香，采采露倏盈。习习香从纸，翩翩度潇湘。

桃李不言，下自成蹊。天朗气清，惠风和畅，师生济济一堂，蕴涵沉香，裂素明窗，赏兰亭"亦兰亭"，孔师杏堂，传经送宝，立美修远，翰墨薪传。

毫心寄素，青莲不染。似水流年，清香溢远。

诗意地栖居

"年年岁岁花相似"，岁岁年年筑花谱。

"自在飞花轻似梦"，书香有意来东风。茅檐人静，门掩黄昏，砚边积跬，木兰织锦，春花秋韵，纸上谈兵。竹园抒情，春水四泽，三秋桂子，十里荷花，"竹色溪下绿，荷花镜里香"。绿盘菡萏，亭亭清绝，轻吟《荷塘月色》，如临"荷风送香气，竹露滴清响"。

孟夏苦夜短，开轩赏清风，"物情无巨细，自适固其常"。"一叶写心，墨笔生花，百株染馨，灼灼其华。桂花浮玉，梅兰菊竹"，秀色掩古今。情殊万事，畅叙幽情："定定住天涯，依依向物华"，"桃花流水窅然去，别有天地非人间"。

皓月洗心，"春风尔来为阿谁，蝴蝶忽然满芳草"。融心毫素，盘点心情，颜彩画图，抱朴含真，"随风潜入夜，润物细无声"……

诗意地栖居着，亦是清照"枕上诗书闲处好，门前风景雨来佳"。

竹　居

　　青青围墙，隐隐学堂。与其偶像剧直播，不如退而结网，立根亮节。品竹载竹，金镶碧玉，与众不同，紫竹尤绮丽。文同画竹，成竹在胸。凡心所向，素履所往。倚东风，豪兴徜徉，竹园几许，桃花红，梨花白，收尽春光。木林于秀，桃李不言，下自成蹊。飏青旗，流水桥旁。寒来暑往，释然乘兴，徐步心耕。竹载文传，文竹撷英。锦竹织绣，竹香书清。丹青创意，新竹吐新。碧竹国学，典御十方，古韵新学，凝土成雕。握铅抱椠，见贤思齐，德馨固本。乘幽控寂，文显意幽，竹影沉璧。

水复山重客到稀　文房四士独相依

唐国裙

　　"入夜青灯照眼花""书来乞诗要自写"。

　　茂林修竹，清风肃穆，读苏子"蓑蓑兮雾縠石，宛宛兮黑白月"。念一首诗，闻一段故事，情随事迁，妙笔莲花。枕上诗书，汉字为伴，书画涂鸦，弄墨舞笔，畅叙幽情。能书馨伴终生，有闲情，有深意，有情怀，有故事。枕上诗书，字字动情，句句人生，以古为伴，感悟经典，浸染情怀，品经典与浪漫，一花一世界，一诗一感悟，一词一境界，"腹有诗书气自华""梅花香自苦寒来"。

几净无瑕，砚田无边，"夕阳照个新叶红，似要题诗落烟台"。欲学古人"玉龙笔架，铜雀砚瓦，金凤笺花"，难求"诏授薛涛笺"。知乎，若以笔为业砚为田，当懂文同端溪紫石砚。米颠抱石，文同画竹，书画同源，书画自修"双刃剑"。所谓"水复山重客到稀，文房四士独相依"。书友劝，亦可纳文房用具集趣，如笔筒、笔架、墨盒、墨床、臂搁、笔洗、书镇、水勺、水丞、砚匣、砚滴、印泥、印盒、裁刀、图章，若文房用具俱全，或可富甲一方……然吾文贫，常只以笔涂鸦印花。今日三省吾身，虚度光阴，辛丑冬末，壬寅正月，知时令二十节气，写二十四书签；知春夏秋冬十二月，又创十二美人鱼，深知文房所蓄，多臻妙美。

再读蒙恬造笔、张芝临池、羲之换鹅、太宗书"戈"……古人故事，回味无穷。读"笔"，穿越春秋战国，似乎懂笔。笔，吴呼"不律"、楚呼"幸"、燕呼"弗"、秦国呼"笔"……有笔亦有墨，古人用"墨刑""墨绳""墨龟"，真是术有专攻，如秦代大将，文才武略，狩猎悟造笔："幸"加"竹"，是"笨"也。中山人毛颖、绛人陈玄、会稽褚知白、弘家陶泓，笔墨纸砚皆有灵性，文雅雅士何堪独处。

在水一方，"年年岁岁花相似"，岁岁年年筑花谱，荷塘有月色，"自在飞花轻似梦"，书香有意来东风，端池宝地飘香，翰墨藏珍润古。薛涛《四友赞》："磨润色先生之腹，濡藏锋都尉之头。引书媒而黯黯，入文亩以休休。"

特别的爱给特别的你

唐国裙

　　"如果我是你眼中的一滴泪珠，我会顺着你的脸庞滑落到你的心灵深处；如果你是我眼中的一滴泪珠，我今生为不失去你而宁愿不哭"，读到这句话，涵涵的妈妈感触应该最深刻……经典版巩俐主演的《漂亮妈妈》浮现脑海，撞击过多少人的心灵呢？

　　我是去年认识涵涵的，涵涵是二年级大名鼎鼎的熊孩子，人小鬼大，远近闻名，霸道又特殊。

　　学校老师们有一项任务，每个办公室门前悬挂一块小黑板，供老师们每天书写两句古诗，展示粉笔字练大功，教导处让我领导科组老师对粉笔字评价等级。我们办公室离涵涵的班级最近，我不得不操心，外面小黑板上的粉笔字被小毛孩搞破坏，尤其是在上级检查的那些日子，越是忧心，越是碰壁，熊孩子爱捣鬼！办公室门口每天书写的古诗句总给淘气鬼抹了。

　　我开始守株待兔，就想抓住搞破坏的熊孩子，教训一下！功夫不负有心人，熊孩子的捣鬼行为终于让我亲眼所见，没等我冲上前去抓这个捣蛋鬼，他已经抹了古诗句粉笔字，迅速地一溜烟逃跑了，动作飞快如鼠！我想冲出去追，抓人来当面教训，同事YY竟然慈悲为怀把我拦下：TT老师，算了算了，他叫涵涵，他需要特别照顾，他妈妈天天到学校陪课……

遇上这种每天都要妈妈坐教室陪课的熊孩子，能不慈悲为怀吗？对于小涵涵破坏粉笔字的事就这样不了了之吗？小毛孩为所欲为，我心有不甘，耿耿于怀，我想找个机会逮他来办公室教育教育。但是一波未平，一波又起：当我值日在走廊巡视时，小涵涵又神出鬼没了，嬉皮笑脸地在我前面蹿得飞快，飞步流星，居然把一层楼的节能灯"啪啪"全打开，我一路追赶，一路关灯，无论我怎么叫"不能打开。"他当耳边风，手舞足蹈很开心地跑了。

　　一年后，我教三年级，涵涵在 W 班就读，我不得不面对小霸王涵涵了。凭着一腔热血，我想无论如何也要教育教育他，我快要见到他的庐山真面目了，不知教室里总有一个家长在后面听课，是什么滋味呢？对我而言，真是几十年一遇。

　　我们在平凡的岗位上，每日两点一线，早七晚六。我们择善而行，不曾为什么而迷惑，平静的日子心有清澈海洋，明心见性。这一回，我要和涵涵母子打交道了，心里涟漪不止，课堂品鲜，肯定奇遇连连。

　　果然，我的 W 班第一节课终生难忘啊，涵涵在 W 班"大展风采"，让我无所适从。孩子们在安安静静地筑画心灵工程，我站讲台上目视四方，监视着孩子们的学习情况，孩子们都动手描画了。今天涵涵妈妈没在后面听课，涵涵也动笔涂画了。时间滴滴答答地流逝，越靠近下课，我就能大喘一口气！

　　突然，涵涵开始四处游荡了，他先拿自己的作业给我，涂鸦的画面，我看不懂，还是鼓励一下："涵涵今天表现不错，完成作业了！"涵涵很高兴，他走到别人的位置，探头看看这个，又看看那个，最关键是他走到一位女同学那，一举手就摸摸女同学的手臂，张口就咬。

我想气都来不及，冲上前，伸出大手，眼看能逮住了，可是他个子小、窜得快，他张开的嘴露出尖牙让人心塞，更心塞的是他又窜到倒数后排二的另一个女同学身旁，摸她手臂，还没等他张口，我已经一个箭步冲上前拉住他，使劲地把他拖到他自己的位置上，牢牢死守！

我惊讶地发现，第一个受害的女孩子没告状，依然认真在完成作业。看来，涵涵的这种恶习不是第一次，同学们很包容他。涵涵反常的举动，孩子们居然非常平静，我心里特别感激，守住涵涵，不停地教导他。这样的"见面礼"送给我，一下课我就拉着涵涵教育，他依然嬉皮笑脸没有半点顾忌，我赶着去下一班上课，只好收手，姑且饶他一回。

之后，我找班主任，约见家长了。涵涵的妈妈很不自然地走进了我们的办公室，她很尴尬好像无所适从，我拿凳子请她坐下细谈。涵涵妈妈的表情渐渐自然了，她要看孩子的作业，看了作业，她出乎意料地激动。她微笑着表扬涵涵，说涵涵进步了，居然能画出形，看她好欣慰呀！我把上课情形一一告诉她，让她一定要对被咬的孩子家长，进行好好解释和沟通，她一一应允，非常歉意地说：我刚好没空，就没来陪课，下次上课我一定来陪。我能说什么呢？可怜天下父母心！

每次上课，有人坐镇，涵涵没那么肆无忌惮了。从此，也没发生过张嘴咬人了；上书法课时，涵涵妈妈还一笔一画在后面悉心指导涵涵……

一切似乎平静了，有涵涵妈妈监管，涵涵都完成作业，至于作业什么样子，对于涵涵妈都可以抚慰心灵，她欣喜孩子的一点一滴的成长，因为现在涵涵上课，涵涵妈有时可以在教室外守候了！

金秋十月，本地一年一度的教学评估再度掀起了热潮。当公布我校评估的确切时间，我心里咕咚一下，我悄悄地找到涵涵妈妈告知评估时间和孩子们必须严于律己等等。我听说以往到了关键时刻，涵涵妈会自动让涵涵请假，我不知这一次涵涵妈会怎么处理？出乎意料，她非常肯定地说，评估那天下午，她一定陪涵涵上课。

评估团如期而来，三年级 W 班下午第一节是我的美术课。我按部就班，循序渐进引导孩子们，一一展示精彩课件的同时，视线不忘飘到涵涵的地带，涵涵妈居然没坐涵涵旁边，而是像个普通听课老师那样坐到后排。我心里一直绷紧一根弦，我最怕"定时炸弹"突然爆发！也许精彩的课堂吸引了涵涵，破天荒地这回涵涵一整堂课从头到尾，没离开自己的位置，他认真听课，按要求在认真绘画。一番演示，孩子们在创作，我缓口气，找准机会巡视，看看涵涵的作业情况。涵涵一直认真画，居然还不错，他可以这么认真上课，3 年来屈指可数呢！应验了那一句"每颗种子都会发芽的"，涵涵今天的状态，太难能可贵了！

学校评估以后，日子又恢复了平静，涵涵似乎进步了一点，他一天一天地长大。涵涵妈在背后所承受的一切，无人堪比，我心里默默地向这位漂亮妈妈致敬，她依然如故，天天到校，我们每次相见，都微笑相应。

秋风起，落叶似缠绵的蝶，送来缕缕芳香；冬雨下，绽放无数的感动，浸润着涵涵稚嫩特别的心灵，懵懵的涵涵不知什么时候才可以真正感知到他被满满的幸福包围着。

谨借才女林徽因的芬芳致敬涵涵妈："你是爱，是暖，是希望，是人间四月天。"

唐国裙，女，华南师范大学美术教育、暨南大学书法学双本科毕业。中小学美术高级教师，香洲区美术学科带头人，广东省女书法家协会会员，珠海市青年书法家协会理事，曾任珠海市青年书法家协会主席团成员、秘书长。个人书法作品在国家级、省级、市级获奖；辅导学生美术、书法作品获国际级、国家级、省级等级别奖励多项。

最是人间烟火味

吴英云

"人间烟火味，最抚凡人心"，《一日禅》有云："小小厨房一把米，一瓢水，几颗红豆慢慢熬煮，米豆在缸中滴滴吟唱，飘出人间幸福味道，红尘世俗好日子从烟火中熏出来。"

这种烧柴煮食的烟火渐渐被现代化厨房取代，越来越少烟火味。普通的使用燃气炉灶明火煮食，先进的无火无烟开放式厨房，用的都是高科技的电炉蒸煮烤功能齐全，无烟无火。工作繁忙或不愿意动手煮食的年轻人还可以外卖快餐，更是干净利落。在长辈们眼里这些无烟无火煮的食物，营养价值几何？人间烟火味还存多少？

我走进厨房，把高压锅炖好的香喷喷的鸡汤用焖烧壶装好，准备带给女儿喝。这焖烧壶的造型让我不禁想起了从前家里熬粥用的黑色小葫芦瓦煲。

打开记忆的闸门，把我拉到 50 年前乡间的小厨房。祖母穿着一身黑衣，站在灶前，揭开一个小木锅盖，然后手拿一个小勺子，小心翼翼地舀里面滚烫滚烫的米汤，锅里的米将近煮成饭，此时大概还有一碗半的水，这是下锅时故意多放了一碗半水，大人们说这就是米汤。只见祖母用一个勺子动作麻利地一勺一勺地把米汤舀进一个小葫芦瓦锅里，盖上盖子，好像很珍贵的用双手捧着，小心翼翼地放进另外一个大铁锅下的炉炭上，再用两块砖头把炉灶门封好。大约过了两小时再取出来，就能煨成一锅稠稠的糯糯的米糊，米香四溢，祖母虔诚的拿一个瓷碗装好，试好温度就让我趁热喝了，香甜可口，喝完齿颊留香。

在那个物质极端匮乏的年代，食物极其珍贵，用葫芦瓦煲煨米糊，是斗门这一带乡人能想到的提取大米营养的办法，成了那个年代幼儿的盛宴。祖母用这个葫芦瓦煲做的米糊一直伴随着我长大，这个小小的瓦煲，用的时间久了，外表已被柴草的烟火熏得黑不溜秋，跟祖母一身黑粗布衣一样，烙在我童年的记忆里，那是我见过的最漂亮，最迷人的小瓦煲了。50年过去了，祖母已去世20多年，那个旧厨房连同那间老房子也早已坍塌了，那个黑不溜秋的小瓦煲早不知去向，但那碗晶莹的米糊于我而言是至美人间烟火味！

如今，眼前这个精致绝伦的不锈钢焖烧锅，往里面倒进100度的汤能保温14小时，我在想要是往里灌入米汤，会不会做出祖母的小葫芦瓦煲煨出来的味道呢？我的宝贝喝着这个焖烧壶的汤，不知能否品出人间最美的烟火味？

吴英云，土生土长斗门人。教育工作者。热爱家乡，热爱文学。

吴英云作品

缝纫机缝出来一片天

韩世兰

嘎吱隆隆的声音响了起来，刘姨踏着缝纫机，两只脚踩在踏板上，左手按住布匹，右手熟稔地操作着。光阴荏苒，这缝纫机已经陪伴他们一大家子20多年了。缝纫机所创造的价值为他们一家人提供一半生活费用来源，它像母亲一样养育着孩子。

10年前，刘姨已熟悉踩着缝纫机为他人缝制衣服了，她手艺好，活儿多。赶着村里人们送来的需要剪裁、修整的衣物，老旧的缝纫机马不停蹄，一刻也不停歇地发出响声，嘎吱隆隆的，隆隆的。

刘姨的手很巧，每次经过她的修整，那些并不出色的布匹就像是施了魔法似的，变得好看极了。村里人都喜欢她，古道热肠又爱笑，别人送来修改的衣服，哪怕晚上11点，她也要熬夜做完从不拖延。她瞄准针头，斜眼穿过针去，踩动机器，一下子就完成了。

有一天，离她们家约1公里的地方，来了一群神秘的客人，一排10多人行走在狭窄的小路上。他们衣着光新整洁，一看就知道不是村里的人，手里还提着什么东西，步履匆匆地往刘姨家方向赶。看到这大场面，刘姨疑惑万分，人群越来越近，她认出来领头的她是孩子的班主任。

具体经过没有人复述，也少有人围观，村里的人都有各自忙活的劳务，哪里顾得上这些。听说来的都是初中学校里的老师，他们家孩子都品学兼优，学校得知家庭拮据，3个孩子都在读书，常常入不敷出，老师便来家看望。

他们家的芳子不负众望，考上县里的重点高中，又去省城上了大学。刘姨望女成凤，可缝纫机的活远不够支撑一家人的生活，她也老了，看起来更憔悴了。好在儿子成家了，承担了部分养家的责任。眼看着芳子即将毕业，刘姨即将熬出头，意外却发生了。

"快，刘妈家出事了！"村里的人急急忙忙的，一下子都往她家涌去。小孩子们停下玩耍，安静地站着，大家围在门槛那里。"听说碎石机那里出事了！"有人讪讪地说。具体什么情况，还没有确切的回音。

人群里大家三言两语地讨论着，我凑上去，也听不真切。"是那家小伙子被石子压倒了，不知道还有没有得救……可怜呀，他才结婚不久，小孩子还未满周岁。"

大家纷纷眉头紧锁，年轻力壮的纷纷跑到刘姨家，希望帮上点什么。

过了约莫半小时，有个人跑来，气喘吁吁地说："人总算是刨出来了！现在拉走了，希望还有得救。"

远远地，那三轮车拉着受伤的年轻小伙子，隐隐约约瞥见那小伙子满身鲜血，有的人不忍心，转过头去。估计是救不活了，小孩子们吓得钻进大人的怀里，被大人蒙上眼睛。我的泪水掉了下来。

儿子没了，日子还得过，老两口拭干泪水，那台老缝纫机再次响了起来，沉闷的声音一响就是半夜。有时，刘姨累得腰都直不起来，本来身形矮小的她日渐瘦削，身体也每况愈下，好在儿子的小孩逐渐长大，看着这个神似貌似儿子的小孙子，她心口像被锋利的缝纫机针刺一般。

芳子毕业之后进了一家事业单位工作，再后来去了南方的某个大集团公司工作。辗转几载，现在定居在一个海边的城市。她出资给母亲在镇上开了一家小小的窗帘铺子。刘姨的缝纫机就放置在铺子左上角最显眼的地方，嘎吱隆隆的声音又响了起来，这次的响声是欢快的，隆隆，隆隆……

后来我听说，芳子考上了研究生，但是考虑到家里的经济情况，幼小的侄儿要照顾，妹妹还在上大学，她选择了放弃，出来找工作赚钱养家。我心里顿时蓦然沉了下去。芳子，这个努力的女孩，从始至终都在奋斗着。刘姨又何尝不是呢？她也曾经是一个花季少女，只是她过早地挑起了家庭的重担，她也曾回忆过自己无忧无虑的少女生活，也曾幻想过享受自己儿孙绕膝的天伦之乐。

这年，刘姨50多岁了，小孙子已经上小学三年级，背起奶奶亲手做的小书包上学了。缝纫机嘎吱隆隆的声音响了起来，往日心底里的阴霾逐渐散去，缝纫机旁的她笑容逐渐多了起来。

天边粉紫镶嵌金边的晚霞保留着那倔强的模样，衬托着旁边屹然不动的小山，几只鸟飞过，却少有痕迹。

韩世兰，95后，重庆人。2020年来到斗门，从事语文教学工作，热爱文学。

广警生活第一年

曾鹏昊

　　对于许多高三学子来说，填报军事院校、公安警校应该是高考提前批志愿的首选。我也不例外。通过体检、体测、政审、上优投线、填报提前批志愿，2021 年 9 月 13 日，我怀揣梦想踏入了广东警官学院嘉禾校区，成了一名新时代的"广警人"，并加入了治安系这个温暖和谐、朝气蓬勃的大家庭。我带着父母殷切期望，带着对大学生活无限憧憬，开始了我人生的新征程。我将在这学习专业知识，磨砺坚强意志，锤炼过硬本领，去忠诚于党、报效祖国、服务人民、奉献社会，为人生下一阶段努力和奋斗。一眨眼，1 年广警生活成了过去，回想起来，酸甜苦辣咸，尽在心田。也许你会成为我们的同列，也许你也想让你的子女就读于公安、警察院校，现在想和大家分享一些我们多姿多彩的大一生活，以便及早了解。

　　入校第一天晚，我们就开了军训动员大会。第二天就开始了为期 10 天的第一阶段军训。这和我们初、高中的军训有天壤之别，要求严格得多。站军姿、走齐步、敬军礼都要求规范统一。

"两脚跟靠拢并齐，两脚尖向外分开约六十度，两腿挺直，上体正直微向前倾""手臂要伸直，步伐要整齐""腿抬高，压脚尖"……每一声呐喊，都需令行禁止。九月的广州，太阳的毒辣不减丝毫。炙烤着大地，热气从地面升起。即便如此，我们依旧意气风发。干净的动作、坚定的步伐、挺起的胸膛、笔直的身姿，似火骄阳比不上我们眼中光芒，当空烈日不如我们内心的火热。从晨光熹微到月明星稀，我们在一秒秒坚持着，汗珠逐渐浸透衣裳，酸痛缓缓爬上身躯。很多人体力不支，也在坚持；就算倒下，也要成为山岭。我们坚毅不屈，相信新一轮太阳于东方升起之时，便是我们成长蜕变之日，训练场上便有我们飒爽英姿！

刚开始时，我们为叠不好"豆腐块"而苦恼，教官耐心教我们叠军被，让我们反复练。要求我们一棱一角九十度、一边一面都平整，并告诉我们三分叠七分修，压折挤掏齐上阵，毅力恒心均需有。当工工整整的"豆腐块"慢慢成形，勤恳踏实的生活态度便得以体现。

当绿茵场上点缀淡黄，人头攒动，豆腐块的被子顷刻而成，那些翻折的被角如此美丽，可想而知，它们凝聚了我们多少磨炼与心血。半月艰辛终有成，秋意正浓展英姿。这多自豪！

在第一阶段性军训总结会上，我们崭露头角，纪律严明，队列整齐。我们精神饱满，斗志昂扬，勇争第一，尽显英雄本色。我们以顽强的意志，不屈的精神，完成了一次精彩的蜕变。获得了优秀学员和汇操比赛一等奖，赢回我们的荣光。我们流过的汗，晒过的太阳，淋过的雨，都值得。我们很快就融入这个光荣的集体，学会服从、学会坚持、学会团结和爱。

接下来是 2 个多月的警务化管理，老师教会了我们怎么样在警校生活。到 12 月份，我们开始了第二阶段军训。这不仅是警务化管理的加强，更是对我们意志力的磨炼。因为这一阶段的军训定在冬季进行。这意味着，我们每天都要和寒风共舞，与冷雨为伴。总共 19 天，平均 10 度以下的气温，让我们体会到了皮肤皲裂的痛，也经历了四肢僵硬，但我们不惧穷冬烈风，亦不畏寒气刺骨，因为站立是我们的姿态，坚持是我们的回答。我们始终用自己的精神风貌书写预备警官的风采。我们明知冬训之艰辛，也不愿错过此番历练，只愿与蜡梅一起绽放，一声风啸一声寒，一点寒梅一点香。在冬训的洗礼下我们学会了怎样才能成为一位合格的预备警官。军姿可以作证，行动得以体现，我们不再是昔日温室里的花朵。

广警第一年最难忘的是 2021 年 11 月 29 日我们期待已久的授衔仪式。那天我们小心翼翼地换上了笔挺的警服，把皮鞋擦得锃亮，等待一条拐的使命降落我们肩头。解扣、添衔、旋钮，当第一条拐扣在肩头，顿觉责任之重。授衔即受命，宣誓即承诺。听，宣誓的话语掷地有声；看，握紧的拳头孔武有力。温暖的火种在我们心里点燃，从这一刻起我不再只属于我自己，我还属于人民。我从一名懵懂青年向预备警官蜕变，我头顶警徽，脚踏实地，我会以梦为马，历经磨砺，不负韶华，去共赴属于我们的藏蓝青春，我将永保坚定、忠诚的信仰，毫无保留投身于警务事业。

生活并非波澜不惊，警校生活也丰富多彩。上学期，除了体训、上课之外，学校组织不同年级、不同系的篮球赛、足球赛、校际辩论赛等活动，还带领我们去校外参观红色教育基地、深入社区参加实践活动。

但新冠疫情打乱了我们的生活节奏，也影响了我们的外出活动。2022 年 1 月 13 日，放假回家的我们不准出市、出省，因为中山坦洲、珠海南屏也相继出现新冠病例。虽然斗门相对安全，但为了防止病毒扩散，珠海全市各镇都开展新冠疫苗接种、全员核酸检查。闲不住的我，想为社会做点贡献，曾往白蕉镇和白藤湖家和社区做志愿者，帮助镇医院、居委会做一些力所能及的事。在各个岗位上我体会到工作人员的辛苦，但我没轻言放弃，每天工作8小时以上，持续了一周。这应该是我上广警以后思想觉悟不断提高的表现吧！

开学的第二学期，我们都是封闭管理，周末也不能出校门。4月之前，我们都是线下上课，尽管也要做核酸检查。但随着白云区新冠疫情的蔓延，特别是我们嘉禾校区周围社区有新冠患者后，我们都改为线上教学，核酸检测密度加大，特别是5月3日，我们校区的正常生活按下了暂停键：饭堂紧急关闭，小卖部被围得水泄不通，集合和晚查铺也通通被取消。一夜之间，原本充满欢声笑语的校园变成另外一番模样：平时烟火气最足的饭堂，如今变得空荡荡的，校道也失去了往常的喧闹。大家在学院静态管理下，仿佛迷途的飞鸟在黑暗中找不到方向，但莎士比亚曾说："只要有阴影的地方就会有光。"面对这场看不见硝烟的战争，我必须去战斗，因从来没有从天而降的英雄，只有挺身而出的普通人，更何况我们是广警人。

当省厅给我们运来物资时，我和其他志愿者一起把物资护送到每一栋宿舍楼下。我看见许多老师们不畏艰辛、身先士卒，带头冲锋在抗疫战斗的最前线；医护人员的眼神略显疲惫，却又无比的坚定。冰冷的雨，却浇不灭我们炽热的心。我看见蓝衣、大白、红旗在这一场战斗中不断交织，绘出一幅幅动人的抗疫画卷。我们呈现出原生态的正能量，我们的真善美不需包装，最鲜活的价值观在我们广警人身上传承。疫情是块试金石，那些敢拼敢为的血肉之躯才是真正的民族脊梁。我深信疫情终会过去，我期待看见广警钟楼下满树的繁花，期待看见足球场上追风的少年，期待看见篮球场上挥洒汗水的兄弟，期待看见我们的伙伴脸上重新洋溢青春笑容，也无比期待疫情过后充实的每一天。

大鹏展翅，扶摇直上九万里；音符跳跃，奏响人生新乐章。当我收到"祖国红"的录取通知书时，我便扛起了"警察蓝"的责任与担当！使命光荣，我会牢记初心，不忘"来时路"；行稳致远，走好"脚下路"；坚定信念，奋进"未来路"；我将增强政治意识，严守纪律规矩，树立良好形象，展现学警风采。我知道警校生活，并不简单；藏蓝青春，更不平凡。当我选择广警时，我明白我的青春是用来奋斗的；当我每次抬手敬礼时，我意识到肩上扛起的是责任。

广警第一年的生活，让我明白了广警是我另一个温暖的家庭，治安系护我前行，教我成长。在这个人生的崭新起点上，我有了质的飞跃，我将乘风而上、与风共舞，迸发能量、坚定向前去赢取更多的胜利！治学齐家，筑梦藏蓝青春，今朝一展鸿鹄志，安身立德锤炼忠诚警魂。

作为一名未来的中国人民警察，在此我宣誓：坚决拥护中国共产党的绝对领导，矢志献身崇高的人民公安事业，对党忠诚、服务人民、执法公正、纪律严明，为捍卫政治安全、维护社会安定、保障人民安宁而英勇奋斗！我将再启新征程，与你同行，与时代同行！

曾鹏昊，毕业于珠海一中，现就读于广东警官学院。爱好写作，初中写的散文在珠海市斗门区征文比赛多次获一等奖，并在《黄杨月》上发表。

黄杨山赋

谭代雄

噫！
黄杨山！
雄踞珠江口，
鼎镇西南维；
双龙蟠戽斗，
九峰启门扉。
卓尔耸立亿万岁，
沧海桑田看几回！

噫！
黄杨山，势巍巍，
南门北澳绣成堆。
天高地迥，
倚广佛而瞰珠水，
物阜年丰，

襟港澳而屏新会。
南国春早，
桃李木棉绽新蕾，
水乡夏长，
枇杷丹荔映草莓；
秋风乍起，
赤坎炊烟起芦苇，
冬笋方兴，
金台晨钟讽梵呗。

噫！
黄杨山，峻无畏，
松柏长绕英雄碑。
崖门一战千古恨，
太傅忠魂浮海归。
濠冲初任党支委，
月坑潜伏游击队。
倭寇横行山矗矗，
机毁人亡风微微。
黄杨雄风歌不尽，
黄杨风骨傲难摧。
更喜健儿擎金盾，
扫黑除恶恃风雷！

噫！
黄杨山，尽葳蕤；

白蕉水，逝难追。
我来黄杨七寒暑，
岁月曾将我击溃。
萝竹猗猗檀郎老，
温泉漾漾玉人颓；
金碧丽江难为醉，
华发水郡岂堪杯。
湿地连海金湾湄，
是吾剑之所从坠！

噫！
黄杨山，自磊磊，
黄杨土，尚可培。
黄杨山水饶嘉木，
黄杨松涛阵阵催。
我将宝剑沉于水，
黄杨波上多明媚；
我将青春植于土，
黄梁都里尽朝晖。
谁将为我思愦愦？
谁将为我敛恣睢？
马上寻马无觅处，
我将无我正可为。
念兹在兹终不悔，
风兮风兮接霞飞！

井岸，井岸

谭代雄

井岸，井岸
如果不是滚滚的黄杨河
你也不会在此积土成山
井岸，井岸
如果不是岁月的潮汐
不系之舟不会在此停留
天涯倦旅不会在此盘桓
我也不会在此长成一棵树，把根与你相连

井岸，井岸
你是此岸，你是彼岸
你是滚滚红尘堆砌的
一间风雨客栈
无论是坐井观天
还是回头是岸
都未曾解开这旷日持久的
量子纠缠
井岸，井岸
你无数次用涛声

拍打我的酣眠
我无数次用脚步
丈量你的平安
我走过你的市井
走进你的日常
走进你的温暖
走进你梦呓里的安详

谢谢你在炎炎烈日下
撑开芒果树的绿伞
谢谢你在沉沉暮色中
点亮步行街的红颜
我只是步履迟缓的路人
没有可以叫卖的甜蜜
也没有需要收购的孤单
我所期待的只是小巷深处
一抔余烬的晚餐

井岸，井岸
如果不是春水方生
西堤路不会渔舟唱晚
我不会爱此夜色阑珊
高高旋转的摩天轮
不会倾吐五光十色的烟圈
缓缓升起的观景厢
不会装满星星的语言

我也不会在你的眼眸
再次解读天方夜谭

哦！
井岸，井岸
你是此岸，你是彼岸
你是茫茫业海中
悄然隐退的大船
身如不系之舟
心念似水流年
我欲乘风归去
谁与把酒言欢

谭代雄，1970年生于湖北天门，1993年毕业于武汉大学，南下珠海。曾发表《港澳大桥赋》《黄杨山赋》等作品。

梦里梦外（外二首）

罗春柏

天际的浓墨
浸染着大地
万物匍匐
城乡一片沉寂

沉雷声声
硝烟漫入人心
风沾着沉重的血
鸽子飞向哪里

村口街头的每一站
是防洪的堤吗
谁驾来方舟
唱响那曲橄榄树

可怜人间
梦里梦外又见
老树昏鸦
古道西风瘦马

夕阳西下

夕阳西下
彩霞挂在远山
坐在窗前的人沉默不语
谁在回家路上
把一首老歌轻唱

我在渐凉的风中漫步
不知道弯曲的小径
尽头在何方
采来路菊的金黄
召唤心空那轮艳阳

岁月的故事
在暮色中闪烁
记忆的云帆
拂动朦胧的星光

风尘洗去了

背影渐渐隐退
而那曲清脆的笛音
还在耳际飘扬

白　露

冥冥中
乘轻轻的风
潜入夜的深处
曙色渐明
眨动闪亮的眼睛

一野的轻纱
含情脉脉
留不住南飞的雁
透彻的清凉
注释秋的密码

那只翠鸟远去了
留一声叹息
皱了满池西风
滑落的每一滴晶莹
都是枯荷的泪

秋水长天的路口

谁拾起前贤的秋歌
路人走湿的步履
没有远上寒山
已经过了昨天的长安

　　罗春柏，中国作家协会会员，中国诗歌学会理事。作品入选中国年度诗歌选本。获广东省第七届鲁迅文学奖。著有诗集《一棵树站着》《枝头的绿羽》。现居珠海。

寒号鸟之死（外三首）

何中俊

乌拉！在凛冽的寒风里

寒号鸟忽然唱起来

好！两只斑鸠喝着彩

乌拉！它又拉高了声调

妙啊！妙啊！

围过来的麻雀们奉承着

乌拉，乌拉！

这一回声惊四野

杜鹃、喜鹊、云雀和猫头鹰们

都众口夸赞

寒号鸟兴致高涨

它登上光秃秃的梧桐树

用尽平生之力，誓要让众人惊艳

乌拉！乌拉！乌……

最高处，寒号鸟卡住了

它鸟了一半的嗓子，破碎
寒号鸟，血尽而亡

缝补匠

破篱笆插上树桩
犁头再磨一遍
在三月，不小心的人
就会陷入桃林深处
那只从旧洞里爬出来的灰兔
一眨眼，就成为一溜烟雨
春心是一卷毛边书
抻展一次它又翻卷一次
坐在屋檐下的人
搬出陈年的旧家什
扫帚、簸箕、背篓、板凳
把那些溃散、破败和松弛
一一扎紧。三月
是一个称心细致的缝补匠

书 系

以树型结构去检索
枝干突出，根深叶茂

何中俊作品   265

沿着微光的叶表

游走，溯源，可抵达

万物的幽深之心

有些系，色厉内荏，其实

不过是虚张声势。掩饰

内心深处的焦虑与惶恐

有些系，静处一隅

和那些堂皇与骄奢不同

他们安静地抽丝剥茧，直到

现出骨骼和经脉的隐与现

停或顿。锋芒与内敛

才是一把刀具有的本相

至于浮花掠影，锦绣裱里

一枝一叶间，布下绳迹墨线

谱系之间，那本走进心里的书

像人，再也无法合上

旧事物

隐雷在山边滚动，暴雨将至

罩着白色半透明雨衣的电动车从路口

飞驰而过。像一朵飘动且聚满雾气的云朵

金字山的绿衣衫穿破了，露出一块

十亿年前的旧伤疤。停止挖掘的碎石机

黄杨月作品集

像一群无家可归，缺手断脚的流浪汉

粗绵布，亚麻衫，无纺布芒鞋
和那些醒来的男人和女人，给自己
换一顶时尚的新帽子，遮挡早已倦怠的容颜

人间还是老面孔，离别已经很久
苦楚尚无绝期。牵挂的人在路上绊绊磕磕
谎言的花朵开满山坡，背叛还在流行

新娘早是旧娘，如同青花碗，走着走着没了角
月光镀着古老的银，浪花唱着一样的歌
在夜晚独自擦拭的物件，是一堆皱巴巴的旧报纸

何中俊，中国诗歌学会、中国纪实文学研究会会员，中山市网络作家协会副主席，中诗网签约作家，中国"每天一首原创诗"诗歌运动发起人，中诗网论坛副总编。作品见《诗刊》《星星诗刊》《诗选刊》《作品》等报纸杂志，入选多种选本。

出版有诗集：《在水之湄》《一只蚂蚁的悲伤》《乡俗物语》《飞奔的石头》《一个城市的艳遇》《远山的寂静》《刽子手》《春天的草垛》《一朵花的高度》《坐在时光的码头上》（获第二届香山文学三等奖）、《爱上盲者》《时间的证词》（获第三届香山文学三等奖），散文集《路上开放的丁香》，报告文学《王道》（获广东省"有为杯"纪实文学作品优秀奖）。

榕树下

徐向东

傍晚，我从山上下来，一身臭汗

一堵旧围墙拐角，是一棵大榕树

此时，那个拾垃圾的老人不在

其实他不老，和我打工的乡亲年龄相仿

眼前乌云来了，雨也会来

旁边是亲切的，譬如工地

汗流浃背的工人，进进出出

那些十几元一件的衣服裤子

很静，没有摇摆，也不炫目

还有碗筷，一辆旧斗车和电动车

几个塑胶盒，里面有土，种了葱姜

很青，有的叶片被虫咬过

树下，摆着破旧的桌椅和凳子

一张报纸，刊有近日的新闻

旁边一只不锈钢水杯，剩半瓶白开水

一枝花伸过来。我一屁股坐下来
空的头脑涌出词汇，空气静止
想起来这座城市以前，那些再没见过的人
一些乡邻，缕缕烟火
土砖，冬天洞开的窗纸
离我那么近。它们都有一张朴素身份证
慢慢说话，就像现在
南国秋天里，仿佛要领养多年失散的我

　　徐向东，中山日报文棚主编、中山画刊主编、中山市作协副主席、中山市报告文学学会主席。诗歌作品发表于《中国作家》《诗歌月刊》《诗林》《诗潮》《中国诗歌》《南方日报》《菲律宾商报》《上海诗人》《香山诗刊》等。有诗歌、文学评论、小说、报告文学、散文和新闻作品获国家级、省级奖。著有诗集《季节无言》，长篇小说《归者》，为第一作者合著报告文学《王道》等。

斗门赋

马爱群

水陆通都，珠西大区，斗门是也。

东连中山，北倚江门，南面南海，西眺黄茅（海）。地处西江之尾，层状地貌，积沙成原，河网密布，隔成小岛，

分茅裂土，先民赖以耕耘；居水乡福地，黄杨山脉，巍峨绵延，筑堤修围，造船打箭，挖塘置网，后人从之渔猎。斗门西北地带，东北枕黄杨山，西南向梅阁海，地形酷似斗状。昔朝代更迭，名字多变江海未宁；今江清海晏，区冠斗门名远八方。溯西江，凭一桅可逆桂滇而上；面南海，纵千船可达四海五洋。鹭飞六合，雁去八荒风驰电掣，北京夕发朝至；一衣带水，港澳片苇可航。山清水秀，低山突屼，平原宽广，孤丘众多，水道交错，河涌密布，滩涂淤积，浮露迅速，天赐河网；四时气候，春日照少，阴雨多雾，夏阳光足，雨量丰沛，秋高气爽，气温逐降，冬温剧降，前干后湿。物阜民丰，香花不辍金台禅寺；风调雨顺，人道此地宜生宜居。改革开放，迎四海

宾朋八方商贾各类人才；务实创新，引高新技术智能制造实体经济。民怀乐土之情，士有报国之志，天予振兴之机，地擅岭南之美。

轻雾迎晨，树摇曳而风姿绰约，鸟语啁啾意在唤人醒；烟霞炫晚，灯璀璨而光芒四射，花香暗送缘于伴人归。觉桃园临近，赏百花无须去花圃；离云汉非遥，星辰唾手可得。桨声灯影，此景与广州争妍；月下对酌，吴刚捧桂花酒至。登临送目，望黄杨山。山势雄伟，九峰围合，谷深岩秀，花艳果硕，茶田吐翠，清泉冽水，金台飞瀑，赤脚仙踪，无底深潭，环海镜面，金台禅寺，系揽古今，风光优美，人间仙境。乡村旅游，十里莲江。生态农业，农耕体验，休闲度假，科普教育，养生居住，平畴千顷，水灵稻香，民居客栈，鲜花小院，民俗展览，绿道轻骑，湖上垂钓，田园诗意，世外桃源。围堰之前，听波涛拍岸，似忆北宋康王；御温泉里，用温水洗身，疑华清池畅浴；百果园内，看热带异果，大开农业眼界；进灯笼沙，赏水乡风情，静闻渔歌互答；游白藤湖，观一碧万顷，西芹茁壮成长；新青富山，惊产业聚集，工业大有作为；水松林中，树在水里长，确属稀世珍奇；斗门旧街，融中西建筑，颇存优质禀赋。

天眷斗门，钟灵毓秀，人杰地灵，水乡风情。赵氏菉猗堂，张世杰墓地，乾务之飘色，水上之婚嫁，装泥鱼习俗，沙田之民歌，具研究价值，为旅游上品。黄杨山下，书声琅琅，此处多莘莘学子；黄杨河畔，领异标新，斯帮产建国英才。百舸争流，江港遥呼海港；千船竞发，斗门接驳海外。华夏圆梦，吾辈尚需努力；征途漫漫，后代莫要奢狂。前辈筚路蓝缕，开现代事业之先河；后人朝勤夕励，继祖业而兴邦。

绿洲虽肥沃而人不逸，水乡虽富庶而众犹劳。辛劳必兴国，逸娱定亡身。奋起斗门人，实现中国梦。

　　马爱群，男，1948 年 12 月生，黑龙江宝清县人。物理学教授，珠海市作家协会会员。曾任哈尔滨市太平区副区长、哈尔滨大学副校长、中国物理学会量子光学专业委员会委员、多所高校兼职教授。发表学术论文 110 余篇，职教论文 40 余篇，诗词赋百余首（篇）。